Silke Nowak

Patient 211

VIKTORIA
PUBLISHING

Über das Buch

Dr. Julian Kraft gilt als Koryphäe auf dem Gebiet der Forensischen Psychiatrie. Er beurteilt, ob ein Verbrecher zum Zeitpunkt der Tat schuldfähig war oder nicht.

Sein neuester Fall führt ihn in die Klinik Marienberg am Bodensee. Linda Fallersleben steht im Verdacht, ihren Mann ermordet zu haben. Obwohl der Leiter der Klinik, Professor Norman Sombra, ihn vor der Manipulationskraft dieser Patientin warnt, kann sich Julian nur schwer der Faszination entziehen, die von ihr ausgeht. Zunehmend teilt er Lindas Angst, ein Serienmörder könnte sein Unwesen auf Marienberg treiben. Denn nachts verschwinden Patientinnen aus der Klinik – und niemand weiß genau, was mit ihnen passiert.

Julian will Linda helfen, stößt damit aber bald an ungeahnte Grenzen. Wem kann er noch vertrauen? Lindas Tochter Delphine? Helen, der freundlichen Krankenschwester? Und warum ist Kommissar Hanta auf Marienberg? Die Zeit drängt, denn sobald es Nacht wird in der Klinik, kann er wieder zuschlagen.

Über die Autorin

Silke Nowak, 1975 in Ravensburg geboren, lebte fast 20 Jahre in Berlin, wo sie Literaturwissenschaft und Philosophie an der Freien Universität studierte. Es folgte eine Promotion in Germanistik. Bevor sie Krimis schrieb, arbeitete sie als Dozentin für Literaturwissenschaft an verschiedenen Universitäten, als Pressesprecherin und im Bereich der Neuen Medien.

Ihr Debütroman *Auserwählt* erschien im Juli 2013 bei Amazon, wo er eine große Leserschaft und begeisterte Kritiken gewinnen konnte. Seitdem schaffen es ihre Krimis immer wieder auf die E-Book-Bestsellerlisten.

SILKE NOWAK

PATIENT

#211

Kriminalroman

VIKTORIA
PUBLISHING

PATIENT #211
Silke Nowak
© 2017/20 Viktoria Publishing, Bad Saulgau
Umschlag: Eva Hocke, MüllerHocke
GrafikDesign Autorenfoto: Jehle & Will
Buchausgabe 2 | 2020
Herstellung und Verlag:
BoD - Books on Demand, Norderstedt
ISBN 9783750462069

„Der Mensch ist ein dunkles Wesen.
  Er weiß nicht, woher er kommt, noch wohin er geht,
  er weiß wenig von der Welt und am wenigsten von
sich selber."
  Johann Wolfgang von Goethe

„Jeder Mensch ist ein Abgrund;
  es schwindelt einem, wenn man hinabsieht."
  Georg Büchner

Personenliste

Linda Fallersleben: Künstlerin, steht unter Mordverdacht.

Benjamin Fallersleben †: Psychoanalytiker, wurde am Mittwoch, den 8. März 2017, erstochen auf dem Diwan in seinem Behandlungszimmer gefunden. Er war Mitinhaber der Klinik Marienberg.

Delphine Fallersleben: Medizinstudentin, Tochter von Linda und Benjamin Fallersleben.

Dr. Julian Kraft: Psychiater, Forensischer Gutachter, Chefarzt an der Alsterklinik Hamburg, verheiratet mit **Jutta** Kraft, sie haben zwei erwachsene Töchter.

Prof. Dr. Norman Sombra: Leiter der Klinik Marienberg.

Helen Lennox: leitende Krankenschwester in der Klinik Marienberg

Josephine Drechsler: genannt Josy, Kommissarin, Polizeiposten Salem.

August Hanta: Golfspieler, Kriminalhauptkommissar aus Sigmaringen, seit vier Jahren im Ruhestand, ist meist unterwegs mit **Hilde**, seiner Hündin.

Tom Ruptur: Pfleger in Probezeit.

Außerdem dabei:

Evelin Reiter: Patientin, Zimmer 403
Debby Koch: Patientin, Zimmer 405
Rufus: Patient, Zimmer 409
Giuliana Pergalozzi †: Patientin, Suizid, Fenstersturz
Iris Meyer-Riemenschneider: Patientin, gilt seit dem 1. Mai als vermisst
Charlen Tavikov †: Patientin, Unfall beim Wandern
Siegrid Höchst: Patientin, gilt seit dem 6. Februar als vermisst
Melanie Huber †: totes Mädchen
Wolfgang Putzer: Privatpatient von Benjamin Fallersleben
Jeremias Landhut: Gerichtsmediziner
Tristan Becker: Richter im Mordprozess gegen Linda Fallersleben.

1

Sie konnte ihn riechen.

Er war hier.

Noch bevor Linda ganz erwacht war, wusste sie, dass jemand an ihrem Bett saß. Es roch nach Zigarre. Ihr Herz schlug schnell, als der Rauch durch ihre Nase eindrang, tief bis in ihre Lunge hinein und von dort direkt in das Angstzentrum ihres Gehirns, die Amygdala. Schweißperlen bildeten sich auf ihrer Oberlippe. Instinktiv wusste Linda, dass es der Rauch einer *Romeo y Juliet* war. Das war seine Lieblingsmarke gewesen.

„Benjamin?", wollte sie fragen.

Doch nur ein dumpfes Stöhnen kam aus ihrem Mund.

„Es tut mir leid", wollte sie sagen, aber ihre Zunge gehorchte nicht.

Wieder einmal war sie in diesem quälenden Zustand zwischen Schlafen und Wachen gefangen, ein Durchgangsstadium, dem sie früher kaum Beachtung geschenkt hatte. Doch seit sie die Tabletten nahm, um überhaupt noch schlafen zu können, zog sich das Erwachen hin, manchmal bis zu einer Stunde, vielleicht waren es auch nur Minuten, sie konnte es nur schwer einschätzen. Drei Melperon schluckte sie jeden Abend, drei kleine, weiße Tabletten mit gewaltiger Wirkung: Die Zeit wurde flüssig, Sekunden wurden zu Kaugummi und Minuten zu einer Ewigkeit, in der unheimliche Kreaturen erwachten. Klagend, flehend, schön oder hässlich waren diese Kreaturen – wie auf den Gemälden der surrealistischen Maler.

Linda hörte das Schlagen einer Turmuhr.

Wieder roch sie den Rauch einer *Romeo y Juliet*, der sich mit dem Geruch des Putzmittels vermischte.

Benjamin?

Sie träumte, eine Treppe nach oben zu steigen, die aus Knetmasse war und das Geräusch ihrer Schritte verschluckte. Köpfe tauchten aus der Masse auf, auch Schlangen, auf die sie treten musste. Doch das war nicht das Schlimmste. Das Schlimmste war, dass Benjamin oben an der Treppe auf sie wartete und lächelte; aber je näher sie kam, desto mehr löste er sich auf in einem gelblichen Nebel, der ihn umgab.

Warte! Benjamin! Ich muss mit dir reden.

Linda ging schneller. Ihre Beine rutschen unter ihr weg wie weichgekochte Spaghetti.

Warte!

Seit Linda in Marienberg war, musste sie dafür kämpfen, aufwachen zu können. Obwohl ihr Körper währenddessen ruhig im Bett lag, war die Prozedur für sie anstrengender als ein Zehnkilometerlauf. Wenn sie erwachte, war sie schweißgebadet. Wenn sie erwachte, wusste sie, dass ihr Unbewusstes mit dieser

Knetmasse ein treffendes Bild für den chemisch herbeigeführten Schlaf gefunden hatte, der sie für ein paar Stunden die Hölle vergessen ließ, in der sie seit Monaten lebte.

Seit fünf Monaten, um genau zu sein.

Seit dem 8. März. Niemals würde sie diesen Tag vergessen, an dem ihr Mann tot auf dem Diwan in seinem Behandlungszimmer gelegen hatte.

Benjamin?

Wieder schlug die Turmuhr.

Und dann hörte sie dieses seltsame Geräusch.

Bitte nicht.

Es war sein Atem. Langsam, sehr langsam sog er die Luft ein. Ein Röcheln folgte. Dann, einen quälenden Moment lang, passierte nichts. Er schien die Luft anzuhalten. Stille trat ein, jene Stille, die unheilvoll war wie der Moment, in dem sich alles veränderte – aber nicht zum Guten.

O Gott, Benjamin, ich habe dich geliebt, bitte glaub mir das!

Endlich atmete er wieder aus. Sie hörte ein langgezogenes Zischen, mit dem die angestaute Luft entwich. Doch ihre Erleichterung hielt nicht lange an. Denn im selben Moment, in dem er ausatmete, traf ein Hauch auf ihren Hals. Linda erstarrte. Dieser Atem war böse, auf eine erotische Weise böse, als säße ein Fremder an ihrem Bett, der Benjamins Körper nur als Versteck benutzte.

„Linda", flüsterte er.

Nein! Lass mich!

Sein Atem war ganz nah an ihrem Ohr. Und dort flüsterte er beinahe zärtlich: „Linda."

Lindas Nackenhaare stellten sich auf. Sie fühlte die feinen Härchen überdeutlich, jedes einzelne Härchen richtete sich auf, zuerst in ihrem Nacken, dann auf ihren Armen und zuletzt auf der Innenseite ihrer Schenkel. Sie erschauderte.

„Gefällt dir das?"

Nein! Geh weg. Lass mich!

Der Mann, der an ihrem Bett saß, war Benjamin. Das *war* seine Stimme. Sie bildete sich das nicht ein.

„Linda", hauchte er. Er sagte: „Meine Linda."

Doch etwas an seiner Stimme war anders. Nur was? Was? Linda wusste, dass Benjamin tot war, selbst im Halbschlaf wusste sie das, aber der Mann, der an ihrem Bett saß, roch nach seiner Zigarre und nach seinem Aftershave, *Taylor of Old Bond Street*. Das war eindeutig der Geruch des Mannes, mit dem sie fast zwanzig Jahre verheiratet gewesen war.

Wieder schlug die Turmuhr.

Wieder seine Stimme: „Linda."

Benjamin?

Diesmal kam bereits ein Lallen aus ihrem Mund. Lindas Beine zitterten, als sie versuchte, sich aufzurichten. *Gleich hast du es geschafft!* Ihre Augenlider begannen zu zucken, die Decke zur realen Welt wurde dünner.

„Linda", flüsterte er und schob eine Hand unter ihr T-Shirt. Sein Daumen glitt über ihre Brustwarze.

Was tust du? Lass das.

Linda fühlte seinen Pullover auf ihrer Haut, 80 Prozent Kaschmir, 20 Prozent Baumwolle. Sie selbst hatte Benjamin diesen Pullover geschenkt. Der weiche Stoff verursachte ihr eine Gänsehaut, wieder richteten sich die Härchen auf ihrer Haut wie Tänzer auf. Nur dass es keine Tänzer waren, sondern Dämonen aus Goyas Höllenbildern, Schmerzen, Sehnsucht.

Oh Gott.

Etwas in ihr stöhnte auf, etwas, das sie weggesperrt hatte, um zu überleben. Sie wünschte sich so sehr, dass Benjamin es war, der sie berührte, und zugleich betete sie, dass er es nicht war.

Bitte, lieber Gott, lass das nur ein böser Traum sein.

Als er seine Hand nach oben wandern ließ, wusste sie, weshalb er gekommen war.

„Warum hast du mir das angetan?", fragte er.

Im Traum stand Linda jetzt ganz oben an der Treppe – mitten in dem gelblichen Nebel – und bekam keine Luft mehr.

„Habe ich nicht immer gut für dich gesorgt?", fragte er. Dann schlossen sich seine Finger um ihren Hals.

„Nein!", schrie sie und …

Plötzlich saß Linda aufrecht in ihrem Bett. Gierig rang sie nach Atem, keuchte, hustete und riss die Augen weit auf. Der Puls hämmerte in ihren Ohren. Das

T-Shirt klebte an ihrem Körper, sie war nassgeschwitzt und verstört und blickte sich ängstlich um.

„Benjamin?", fragte sie in die Dunkelheit hinein.

Sie lauschte.

Vom Park her fiel das milchige Licht der Gaslaternen ein. Die Rollläden blieben über Nacht oben, darum hatte sie gebeten. Linda starrte in das Halbdunkel hinein. Die Konturen des Zimmers nahmen langsam Gestalt an. Sie erkannte das Fenster, den Schreibtisch und die Stehlampe, sogar die einzelnen Glasstücke des Lampenschirms erkannte sie. Nur ihn erkannte sie nirgends.

„Ist da jemand?", fragte sie.

Der Radiowecker auf ihrem Nachttisch zeigte 05:12 Uhr. Es war Sonntagmorgen, der 20. August, es war 05:12 Uhr, und sie war in der Klinik Marienberg. Linda wusste das, sie war nicht verrückt.

Zitternd schlang sie ihre Arme um den Oberkörper. Am liebsten wäre sie wieder in das große, dunkle Loch gefallen, das man Schlaf nannte. Doch sie befahl sich: *Bleib wach! Denk nach!* Sie schnupperte. Das war doch Rauch, der sich in den allgegenwärtigen Geruch des Desinfektionsmittels mischte, oder nicht? Die Tür war geschlossen. Linda blickte sich um. Wenn er also wirklich hier gewesen war, dann müsste er jetzt noch hier sein.

„Ist da jemand?", fragte sie wieder.

Ein großer, dunkler Schatten glitt über ihre Bettdecke. Das war nur das Fensterkreuz, das im Scheinwerferlicht eines vorbeifahrenden Autos wanderte, sagte sie sich.

Aber im Park fuhren keine Autos.

Linda sah sich um. Im Zimmer gab es nicht viele Möglichkeiten, sich zu verstecken: nur unter dem Bett, im Schrank oder hinter dem Paravent.

„Benjamin?", fragte sie wieder.

Etwas knarzte.

Linda blickte zum Schrank hinüber. Es war ein großer, moderner Einbauschrank, in dem ein erwachsener Mann locker Platz gefunden hätte. Die rechte Schiebetür stand offen. Linda starrte auf den dunklen Spalt. Etwas blitzte hervor. Waren das Augen? Mit zitternden Fingern tastete sie nach der Taschenlampe, die sie für solche Fälle im Nachttisch bereithielt. Sie knipste sie an. Gespenstisch huschte der Strahl durch das Zimmer.

„Wer ist da?", fragte sie und richtete die Taschenlampe auf den Schrank.

Es war nur ihr Gürtel mit der silbernen Schnalle. Linda lachte, aber ihr Lachen klang seltsam.

In diesem Moment raschelte es hinter dem Paravent.

„Benjamin?", fragte sie und richtete die Taschenlampe auf den Raumteiler. Bei Tag erinnerte sie der Paravent mit dem Blumenmuster an glückliche

Zeiten. Es war ihr eigener Paravent, den sie mit in die Klinik genommen hatte. Jetzt wirkte das Gestänge aus schwarzem Metall wie ein Skelett. Linda ließ den Strahl tiefer wandern. Zwischen dem Paravent und dem Fußboden war ein Spalt von etwa fünfzehn Zentimetern.

Ihre Hand zitterte.

Sie erkannte keine Schuhe.

„Du hast geträumt", sagte sie laut zu sich selbst. Und dann: „Benjamin ist tot."

Der 8. März war eigentlich ein ganz normaler Mittwoch gewesen. Wie oft hatte sie sich schon gewünscht, die Zeit zurückdrehen zu können.

„Benjamin", flüsterte sie und spürte Tränen in ihren Augen. Sie ließ den Arm mit der Taschenlampe sinken und starrte auf den Lichtkegel, der auf das Parkett fiel.

An jenem Mittwoch war Linda den ganzen Tag über im Atelier gewesen. Das Atelier lag knapp zwei Kilometer von ihrem Haus entfernt in einer ehemaligen Scheune. Zweimal die Woche, immer mittwochs und freitags, hatte Benjamin Privatpatienten zu Hause. Deshalb blieb Linda an diesen beiden Tagen länger als sonst im Atelier. Sie mochte es nicht, wenn Patienten bei ihnen zu Hause waren.

Der Lichtkegel verschwamm vor ihren Augen.

Nein, es gab keine Zeugen, die sie im Atelier gesehen hatten.

Linda fror.

Erst gegen halb acht war sie nach Hause gekommen. Nein, sie hatte sich nicht gewundert, dass ihr Mann nicht im Wohnzimmer gewesen war und auch nicht in der Küche. Und nein, sie hatte nicht sofort nach ihm gesehen. Erst als er gegen acht immer noch nicht auftauchte, war sie in sein Zimmer gegangen.

Ihre Zähne begannen zu klappern.

Linda betrat das Büro. Sie öffnete die Tür. Seit dem 8. März öffnete sie immer wieder diese schwere, lederbespannte Tür, die zu Benjamins Allerheiligstem führte, in sein Behandlungszimmer. Das Behandlungszimmer eines Psychoanalytikers. Und da lag er: auf seiner Couch, blutüberströmt. Diesen Anblick würde sie nie mehr vergessen. Ebenso wie den Klang der Stimme ihrer Tochter Delphine, als sie gefragt hatte: „Mama?"

Nur deshalb war Linda froh, auf Marienberg zu sein, wegen Delphine. Es tat gut, wenn ihre Tochter an ihrem Bett saß und ihre Hand hielt.

Ein kalter Hauch streifte Lindas Hals.

Linda wischte sich die Tränen ab und richtete die Taschenlampe zum Fenster hinüber. Konnte das sein? Erst jetzt bemerkte sie, dass das Fenster offenstand.

Niemand durfte das Fenster öffnen.

Zu ihrer eigenen Sicherheit.

Linda drückte die Klingel über ihrem Bett. Dann stand sie auf. Ihre Beine waren schwach. Sie zitterte, aber sie musste es nur noch bis zum Fenster schaffen. Hinter ihr knarzte es, doch sie drehte sich nicht um. Benjamin war tot. Es gab keine Gespenster! Linda ballte die Hand zur Faust. Wie naiv war sie doch gewesen, zu glauben, dass ihr der Gerichtsprozess das zurückgeben würde, was man ihr genommen hatte:

Ihre Würde.

Ihr Zuhause.

Ihr Kind.

Doch das Letzte, was sie ihr nehmen wollten, würden sie nicht bekommen: Ihren Verstand.

Wieder knarzte es.

Nein, sie war nicht verrückt.

Zumindest hatte sie das geglaubt – bis zu diesem Augenblick, in dem sie sich doch umdrehte.

2

Am Samstag, den 19. August, kam ich spät in der Klinik Marienberg an. Über dem Bodensee tobte ein heftiges Gewitter, Blitze zuckten am Himmel und Platzregen machte die Sicht streckenweise unmöglich. Die Serpentinen hoch zur Klinik waren eine einzige Rutschpartie. So war es schon stockdunkel, als ich am Haupteingang klingelte, mich räusperte und in die

Sprechanlage sagte: „Doktor Kraft ist hier." Erschöpft und vollkommen durchnässt trat ich in das Foyer, die riesige Fensterfront spiegelte meinen erbärmlichen Anblick wider. Eine blonde Dame kam freundlich auf mich zu.

„Herr Kraft", sagte sie. „Wir haben Sie schon viel früher erwartet."

„Es gab einen kleinen Unfall", entgegnete ich.

„Hoffentlich nichts Schlimmes?"

„Nein", antwortete ich. „An der Steige kam jemand ins Schleudern." Ich fuhr mir über die kurzen, frisch rasierten Haare, streifte den Regen ab und fügte hinzu: „Bei dem Wetter kein Wunder."

Draußen krachte ein Donner. Die Frau begleitete mich nach oben auf mein Zimmer. Ihr Name war Helen Lennox, sie war eine der leitenden Stationsschwestern auf Marienberg. Im Aufzug lehnte sie sich mit dem Rücken an die Wand und erzählte, dass sie auch in der kommenden Woche Nachtdienst habe. Dabei lächelte sie mich an. Sie hatte ein schönes Lächeln und einen üppigen Busen. Ich schätzte sie auf Anfang fünfzig. Sie war nicht mein Typ, aber sie hatte Ausstrahlung. Im zweiten Stock stiegen wir aus, ich ging hinter Helen her, auch ihr Po war recht üppig. Das Zimmer war modern und geschmackvoll eingerichtet, Holz und warme Töne dominierten, eine sterile Krankenhausatmosphäre schien bewusst vermieden worden zu sein. Die Fensterseite war komplett

aus Glas, dahinter erkannte ich eine großzügig ange-
legte Holzterrasse. Ich öffnete die Schiebetür, trat
hinaus und blickte in die Nacht. Der Regen ließ langsam nach.

„Bei Tag sieht man den Bodensee und die
Alpenkette", sagte Helen.

Ich nickte. Jetzt sah man den Klinikpark, der von
nostalgischen Laternen beleuchtete wurde. Der Boden dampfte und verwandelte das Licht rund um die
Laternen in gelblichen Nebel.

„Das sind noch Gaslaternen", sagte Helen, die
plötzlich in der Schiebetür stand: „Original 1921. Stehen unter Denkmalschutz."

„Verstehe", sagte ich.

Wieder lächelte Helen mir zu, als sie fragte, ob ich
noch etwas bräuchte. Ich verneinte, wünschte einen
ruhigen Nachtdienst und ging ins Bad, um mir die
Hände zu waschen. Beim Blick in den Spiegel erschrak ich; ich sah erschöpft aus. Meine Maschine aus
Hamburg war bereits um 16:30 Uhr am Bodensee-
Airport in Friedrichshafen gelandet. Bis zur Klinik
waren es eigentlich nur 40 Kilometer – eine Strecke,
die ich normalerweise in einer Stunde hätte schaffen
können.

Ich gähnte.

Meine Hände zitterten.

Ich trocknete sie ab und erschrak über das Blut auf
dem weißen Handtuch. Akribisch untersuchte ich

meine Hände, doch da war nur ein kleiner Schnitt am rechten Daumen, den ich mir überall zugezogen haben konnte. Ich blickte mich um. Das Bad hatte eine große, begehbare Dusche, die Toilette war hinter einer Trennwand verborgen. Alles war tipptopp sauber, stellte ich zufrieden fest, kein Fleck auf den Natursteinfliesen, und der Spiegel glänzte wie eben erst poliert. Ich trat näher, prüfte die Stoppel an meinem Kinn und beschloss, mich noch einmal zu rasieren.

Als ich zurück ins Zimmer kam, bemerkte ich, dass die Balkontür noch immer offenstand. Der Regen war zu einem sanften, gleichmäßigen Rauschen geworden.

Eine Turmuhr schlug elf Mal.

Ich öffnete die Aktentasche und blätterte durch die Unterlagen, die sich darin befanden. Auf einem Schnellhefter stand *Linda Fallersleben.* Ich zog ihn heraus, nahm eine Flasche Rotwein aus der Minibar und setzte mich in den Ledersessel. Der Sessel wirkte alt, das Leder war leicht abgewetzt und roch nach Geschichte; ein angenehmer Kontrast zu dem ansonsten neuen Zimmer.

Für einen Moment schloss ich die Augen.

Endlich angekommen.

Linda war angeklagt, ihren Mann, den um 25 Jahre älteren Chefarzt und Psychoanalytiker Benjamin Fallersleben, am Abend des 8. März in seinem Behandlungszimmer erstochen zu haben. Ausgerechnet auf seinem Diwan war er ermordet worden; ein symbolträchtigeres Möbelstück gab es wohl nicht. Hier hatten über Jahrzehnte seine Patienten gelegen, während er sie in die dunkelsten Ecken ihrer Seele geschickt hatte. Auch Linda war einmal seine Patientin gewesen. Sie hatte zwar von Anfang an bestritten, ihren Mann ermordet zu haben, doch die Beweislage war erdrückend. Außer ihr war niemand im Haus gewesen; das hatte sie selbst ausgesagt. Auf der Tatwaffe, einem japanischen Sashimi-Messer, waren ihre Fingerabdrücke gefunden worden. Als die Polizei eintraf, die Linda selbst gerufen hatte, waren ihre Hände und Kleidung blutverschmiert gewesen. Später hatten Freunde des Paares ausgesagt, Linda habe bei verschiedenen Gelegenheiten kundgetan, eines Tages werde sie ihren Mann noch umbringen.

Ich öffnete den Rotwein. Es war kein Glas da, also trank ich aus der Flasche.

Was mir Sorge bereitete, war, dass ein Gutachter bereits eine schwere Persönlichkeitsstörung bei Linda festgestellt hatte, von einer „wahnhaften Störung" und einem „paranoiden Gedankensystem" war die Rede. Ebenso wie der Inhalt des Gutachtens beunruhigte mich, dass es sich bei dem Gutachter um den Psychiater Professor Dr. Norman Sombra handelte, der gerichtlich bestellt worden war. Das Problem daran war: Professor Sombra war der Leiter der Klinik Marienberg, außerdem war er der Freund und Geschäftspartner von Benjamin Fallersleben gewesen.

Das roch nach Befangenheit. Denn eine psychische Störung war der einzige Weg, wie Linda einer langjährigen Haftstrafe entgehen konnte.

Ich nahm noch einen Schluck Rotwein.

Der Nebel kroch durch das Fenster herein.

Zur Überraschung aller hatte Lindas Verteidigung aber Einspruch gegen das Gutachten erhoben und ein zweites Gutachten vorgelegt, in dem der Freiburger Psychiater Felix Erdmann Linda seelische Gesundheit bescheinigte und, im Falle einer Verurteilung, volle Schuldfähigkeit attestierte. Das Ganze war dann vor Gericht noch eine Weile hin und her gegangen, bis schließlich ein dritter Sachverständiger bestellt worden war, den beide Parteien akzeptierten.

Dr. Julian Kraft, Chefarzt und Psychiater aus Hamburg, genießt als Forensischer Gutachter einen tadellosen Ruf und steht nicht im Verdacht der Parteilichkeit, hieß es im Protokoll.

Ich nahm noch einen Schluck.

Nun war ich also hier. Ganze vier Tage würde ich auf Marienberg bleiben. Meine Gesprächstermine mit Linda waren zwar erst für Montag- und Dienstagnachmittag vorgesehen, so stand es im Terminkalender, aber da es nur samstags einen Direktflug nach Friedrichshafen gegeben hatte, musste ich den Sonntag auch noch in der Klinik verbringen. Am Mittwoch sollte es wieder zurück nach Hamburg gehen, das Flugticket steckte bereits vorne in dem Ordner.

Es piepste.

Irritiert sah ich mich um.

Ich brauchte eine Weile, bis ich das Handy in der Aktentasche fand. *Drei versäumte Anrufe*, stand auf dem Display, außerdem wurden vier WhatsApp angezeigt. Das Smartphone war nicht mit einem Pin gesichert, so konnte ich es einhändig und ohne viel nachzudenken öffnen. Jutta hatte drei WhatsApp geschickt, sie schrieb: *Alles klar? Bist du gut gelandet?* Auch zwei Fotos hatte sie geschickt, auf dem einen war eine kleine, etwas mollige Frau mit blonden Locken in einer weißen Bluse zu sehen, auf dem anderen trug sie eine rosafarbene Bluse mit Blümchen. Darunter stand: *Welche findest du besser?*

Ich tippte auf das Profilbild von Jutta. Es zeigte dieselbe blonde und etwas mollige Frau, die von einem großen, schlanken Mann im Arm gehalten wurde. Im Hintergrund war die Elbphilharmonie von Hamburg zu sehen. Die Frau war Jutta, der Mann war ich.

Ich antwortete: *Alles klar. Hatte nur Verspätung. Hier leider ganz schlechte Verbindung. Schlaf gut!*

Du auch!, kam es postwendend zurück. Jutta war online, also schrieb ich noch schnell: *Die weiße Bluse ist besser.* Dann schaltete ich das Handy aus, ich war zu erschöpft, um lange zu chatten.

Ich blickte auf.

Von draußen hörte ich ein seltsames Geräusch. Mit der Weinflasche in der Hand ging ich auf die Terrasse

hinaus und sah mich um. Hatte da nicht eine Frau ge-
stöhnt? Ich lauschte. Doch nur das gleichmäßige
Trommeln des Regens war zu hören. Einzelne, dicke
Tropfen fielen von der Jalousie auf die Holzplanken
herab.

3

„Neeein!"

Ich schreckte hoch. War das ein Schrei gewesen? Im
ersten Moment wusste ich nicht, wo ich war, dann sah
ich den Ledersessel und die Fensterfront. Richtig, ich
war auf Marienberg. Ich tastete nach dem Handy. Es
war 05:25 Uhr. Die Balkontür stand einen Spalt offen.
Unruhig ging ich auf die Terrasse und blickte mich
um. Der Regen hatte aufgehört. Hatte da wirklich jemand geschrien, oder hatte ich nur geträumt? Unten
im ersten Stock brannte bereits Licht, ich sah den Liefereingang, zwei Kleintransporter standen davor, das
Flutlicht war grell. *Gemüse frisch aus der Region*, stand auf
dem einen. *Putzer putzt, Unser Name ist Programm, Rei-
nigungsfirma Gebrüder Putzer*, auf dem anderen. Männer
liefen hin und her, gedämpfte Stimmen drangen herauf, an der Wand neben dem Eingang rauchten zwei
Frauen. Ich blickte hoch zu den oberen Etagen, wo
ich die Patientenzimmer vermutete. Dort war alles
noch dunkel.

Eine Turmuhr schlug halb sechs.

Schräg gegenüber zeichneten sich die Konturen eines Schlosses im Dämmerlicht ab.

Dann hörte ich wieder den Schrei, diesmal ganz deutlich, er kam aus einem der oberen Zimmer. Für einen Moment stand ich wie versteinert da. Im Mund hatte ich noch den sauren Nachgeschmack des Weins, aber zum Zähneputzen war keine Zeit. Sie schrie: „Nein! Lass mich!" Es war eindeutig eine Frau. Hastig zog ich die Jeans und ein T-Shirt an, rannte auf den Gang hinaus und orientierte mich an den Schildern im Treppenhaus. Wenige Minuten später stand ich keuchend in der vierten Etage.

Station 4B.

Vor mir lag ein langer Gang im gedimmten Licht. Rechts und links gingen Türen ab, nur ganz hinten fiel ein heller Streifen über den Fußboden. Je näher ich kam, desto deutlicher hörte ich Stimmen, die beruhigend auf jemanden einsprachen.

Die Tür zu Zimmer 401 stand offen.

Ich blieb stehen.

Ein Pfleger kniete neben einer Patientin und drückte sie zu Boden. Davor stand Schwester Helen und sagte: „So beruhigen Sie sich doch, bitte!"

„Nein", schrie die Patientin. „Lass mich los, verdammt!"

Bei der Patientin handelte es sich um Linda. Ausgerechnet. Seit Wochen malte ich mir aus, wie unsere erste Begegnung verlaufen würde. Auf Augenhöhe, hatte ich gehofft, denn nur so, auf der Grundlage eines Vertrauensverhältnisses, würde ich wertvolle Einblicke in ihr Innenleben erhalten. Doch die Frau, die da auf dem Fußboden mit einem Pfleger kämpfte, war halbnackt und gebärdete sich wie eine Furie.

Ich überlegte, ob ich mich einfach wieder davonschleichen sollte.

„Verdammt noch mal, lass mich endlich los!", schrie Linda. „Was soll das?"

„Ruhig", flehte Helen. „So beruhigen Sie sich doch!"

Ich hätte eingreifen müssen, sofort. Wahrscheinlich wäre es sogar meine Pflicht als Arzt gewesen, das zu tun, doch etwas hielt mich zurück. Etwas, das mich gleichermaßen lähmte und faszinierte.

„Du tust mir weh!", schrie Linda. „Tom, bitte!"

Ich glaubte, sie hatte sogar Schaum vor dem Mund.

„Bitte beruhigen Sie sich, Frau Fallersleben", sagte der Pfleger mit ruhiger, tiefer Stimme. Es klang fast zärtlich.

Seine Hand lag auf ihrem Schenkel.

Linda schmiss den Kopf hin und her. Für Sekundenbruchteile erkannte ich ihr Profil, den leicht geöffneten Mund und ihren langen, überstreckten Hals. Vor Jahren hatte ich Linda mal bei einer Vernissage gesehen, sie war von Männern umringt gewesen, schön und strahlend. Niemals hätte ich geglaubt, dass ich sie eines Tages so erleben würde.

„Lass! Mich! Los!", schrie sie den Pfleger an.

„Bitte", flehte der Mann, legte seinen muskulösen Arm um ihren Brustkorb und klang verzweifelt, als er sagte: „Ich darf Sie erst loslassen, wenn Sie nicht mehr um sich schlagen. Zu Ihrer eigenen Sicherheit. Also beruhigen Sie sich, bitte."

„Was ist hier los?", rief ich und preschte in das Zimmer, als könnte ich die verlorene Minute auf diesem Weg wiedergutmachen.

Helen sah mich überrascht an. Denn sagte sie: „Doktor Kraft! Ein Suizidversuch, schnell, jemand muss den Professor holen."

„Das stimmt nicht", keuchte Linda. „Ich wollte mich nicht umbringen, ich wollte nur …"

„So lassen Sie sie doch endlich los", sagte ich zu dem Pfleger.

„Auf Ihre Verantwortung", entgegnete der Mann, erhob sich und grinste dümmlich. Ich sah die Druckstellen an Lindas Handgelenken, die zu Blutergüssen werden würden.

„Linda wollte sich aus dem Fenster stürzen", sagte Helen aufgeregt. Und dann: „Wahrscheinlich ein psychotischer Schub, wer weiß, vielleicht leidet sie wieder unter diesen Wahnvorstellungen."

„Können Sie aufstehen?", fragte ich und reichte Linda meine Hand.

Linda sah zu mir auf. Dann verschränkte sie ihre Arme vor der Brust und fragte: „Wer sind Sie?"

„Ich hole jetzt den Professor", sagte Helen.

„Holen Sie lieber was zum Anziehen", entgegnete ich. Lindas Brustwarzen waren vor Kälte schon ganz dunkel – und aufgerichtet. Ich räusperte mich und fügte hinzu: „Und bringen Sie eine Wärmflasche mit oder eine Heizdecke oder was weiß ich."

„Der Professor will bei so was immer sofort informiert werden", sagte Helen, „ein Suizidversuch ist ja keine Lappalie."

„Wir wissen nicht, ob es ein Suizidversuch war", entgegnete ich. „Es ist noch zu früh, das zu beurteilen."

Dann sah ich zu Linda hinab.

Sie nickte.

Als ich wieder aufsah, stand plötzlich noch eine Frau im Zimmer, sie trug ein pinkfarbenes T-Shirt, dazu Plüschpantoffeln in Form von Enten und knetete ihre Hände, als sie fragte: „Was ist mit Linda? Ist sie tot?"

„Evelin", sagte der Pfleger und eilte zu der Frau. „Geh wieder ins Bett. Alles ist gut." Er legte seinen Arm um die Frau und führte sie aus dem Zimmer hinaus.

„Wer sind Sie?", fragte Linda wieder. Sie war aufgestanden, hielt die Arme weiterhin vor der Brust verschränkt und sah mich aus großen, blauen Augen an, die beinahe schwarz wirkten, wie ein verängstigtes, aber zugleich trotziges, kleines Mädchen.

„Entschuldigung", sagte ich. „Ich habe mich noch gar nicht vorgestellt. Ich bin Doktor Julian Kraft aus Hamburg. Ich werde das Gutachten über Sie schreiben, für das Gericht, für die Hauptverhandlung."

Für einen Moment weiteten sich ihre Pupillen. Dann schlang sie die Arme enger um den Brustkorb und sagte laut: „Ich habe meinen Mann nicht umgebracht!" Etwas leiser fügte sie hinzu: „Und ich wollte mich nicht umbringen!"

Ich starrte sie an.

„Jemand war hier in meinem Zimmer", flüsterte sie. „Riechen Sie das nicht? Er hat geraucht. Riechen Sie das nicht?"

Ich starrte sie einfach nur an.

„Jemand will, dass ich durchdrehe", flüsterte sie und sah mir direkt in die Augen. „Er ruft meinen Namen. Bitte, Herr Doktor, Sie müssen mir helfen."

Ihr Blick war nur schwer auszuhalten. Alles an ihr war nur schwer auszuhalten; ihre Brüste, der sinnliche Mund und die hohen Wangenknochen. Ihre ganze zerbrechliche Schönheit in diesem Klinikzimmer war nur schwer auszuhalten.

Verwirrt fragte ich: „Hören Sie Stimmen? Befehlende oder kommentierende Stimmen?"

„Ich bin nicht schizophren, wenn Sie das meinen", sagte Linda verächtlich.

Ich blickte mich hilfesuchend nach Helen um, die im Schrank nach etwas zum Anziehen suchte. In diesem Augenblick wurde mir klar, wie schwierig dieser Fall werden würde. Lindas Antwort konnte zweierlei bedeuten: Entweder sie war vollkommen in Besitz ihrer geistigen Fähigkeiten – oder sie war vollkommen verrückt.

„Okay", sagte ich und nickte.

Der Pfleger kam zurück. Er nahm den Pullover, den Helen ihm reichte. Sie flüsterte ihm etwas ins Ohr und verließ dann eilig das Zimmer. Der Mann kam zu uns herüber, nickte mir zu und sagte: „Tom. Ich bin übrigens Tom."

„Doktor Kraft", entgegnete ich.

Und dann passierte etwas, mit dem ich nicht gerechnet hatte: Tom half Linda in den Pullover, doch sie zuckte zusammen, als stünde sie unter Strom, und schrie: „Geh weg, Benjamin."

Benjamin?

Plötzlich ging alles sehr schnell, ich konnte nichts machen. Linda taumelte und schlug Tom mitten ins Gesicht. Sofort schoss ihm das Blut aus der Nase. Tom krümmte sich fluchend.

Hatte sie wirklich Benjamin gesagt?

Ich sah, wie Linda gegen die Stehlampe rannte. Es war wie in Zeitlupe: Die Lampe kippte um. Der Lampenschirm war aus Glas. Das Glas splitterte. Es klirrte. Linda stieß noch einen letzten Schrei aus, der wie ein Fluch klang, dann blieb sie reglos liegen.

Ich stürzte zu ihr.

Um sie herum waren Scherben. Eine davon steckte mitten in ihrem Gesicht.

4

Eine Stunde später stand ich auf der Terrasse meines Zimmers und blickte in die Ferne. Die Sonne ging auf, sie war ein goldener Ball über der Alpenkette. Die Gipfel leuchteten rosarot. Darunter schimmerte der Bodensee in einem tiefen Blauton. Für einen Moment war ich überwältigt von der Schönheit der Natur, dann dachte ich wieder an Linda.

Es war 06:20 Uhr.

Linda hatte Glück gehabt. Der Glassplitter schien nicht bis in ihr Auge vorgedrungen zu sein. Zumindest hatte sie mich sehen können, als sie ein paar Minuten später das Bewusstsein wiedererlangt hatte. Vollkommen klar hatte sie mir außerdem erklärt, warum sie derart die Fassung verloren hatte: Es wäre wegen des Pullovers gewesen. Der Pullover gehörte Benjamin, deshalb. Ich fand, das klang eigentlich ganz plausibel. Doch Professor Sombra, der mit Helen hinzugeeilt war, hatte sich äußerst beunruhigt gezeigt über den Vorfall und mich um ein vertrauensvolles

Gespräch unter vier Augen gebeten. Um 12:30 Uhr war ich mit ihm in seinem Büro verabredet.

Draußen stieg die Sonne.

Drinnen, in meinem Kopf, das ganze Blut.

In Gedanken machte ich mir bereits Notizen über das, was an diesem Morgen vorgefallen war: *Patientin träumt, toter Ehemann sitzt am Bett. Danach Schlafwandel? Unklar. Schwester findet Patientin am offenen Fenster. Suizidversuch? Unklar. Patientin ist ansprechbar. Beim Anziehen erneut Panik, der tote Ehemann verfolge sie. Wahnvorstellungen? Unklar.*

Unruhig ging ich hinein, setzte mich an den Schreibtisch und nahm erneut die Polizeiberichte zur Hand. Vielleicht war doch etwas übersehen worden? Selbst Doktor Kraft war nicht unfehlbar. Ich versuchte, mich zu konzentrieren, doch meine Hand zitterte, als ich ein Blatt herausnahm; immer noch geisterten die Stimmen, Bilder und Gerüche von heute Nacht durch die Synapsen meines Gehirns.

Lindas Frage: „Wer sind Sie?"

Ihre nackten Brüste.

Bäume im Scheinwerferlicht und mein Auto, das ins Schleudern geriet.

Schnell drückte ich beide Zeigefinger gegen die Schläfen, um die Bilder herauszupressen. Sie durften sich nicht in meinem Gehirn festsetzen. Ich überflog das Vernehmungsprotokoll vom 10. März:

Linda Fallersleben: „Ich kam gegen halb acht nach Hause. Ich sagte doch schon, dass ich mittwochs immer länger im Atelier bin. An diesem Tag hat mein Mann Privatpatienten zur Analyse im Hause, deshalb essen wir da später.“

Hauptkommissar Lupovik: „Waren Sie mittags allein zu Hause?“

Linda Fallersleben: „Ich sagte doch, ich war im Atelier.“

Hauptkommissar Lupovik: „Jemand hat Sie um halb sechs im Garten Ihres Hauses gesehen.“

Linda Fallersleben: „Das kann nicht sein.“

Hauptkommissar Lupovik: „War sonst noch jemand bei Ihnen zu Hause?“

Linda Fallersleben: „Nur dieser Patient meines Mannes. Er kommt immer mittwochs von sechs bis kurz vor sieben zur Analyse. Ich habe Ihnen doch schon gesagt, dass er es war. Er hat meinen Mann umgebracht! Das sagte ich doch schon. Warum reden Sie nicht mit ihm? Er ist ein gefährlicher Mann, ein Serienmörder.“

Hauptkommissar Lupovik: „Wo war Ihre Tochter?“

Linda Fallersleben: „Delphine studiert Medizin in München. Sie ist abends gleich losgefahren, als ich ihr gesagt habe, was passiert ist. Delphine kam gegen 23 Uhr in Heiligenberg an.“

Mein Nacken schmerzte.

Langsam bewegte ich den Kopf hin und her und blätterte weiter zum Bericht der Rechtsmedizin. Es lagen mehrere Fotos darin, auch vom Tatort. Ich war ja einiges gewohnt, aber die Leiche sah wirklich schlimm aus. Der Täter hatte über dreißig Mal auf Benjamin Fallersleben eingestochen, in die Brust, in den Unterleib, sogar ins Gesicht. Der Mann war Hackfleisch, das war kaum anders zu sagen. Die Ermittler nannten das „Übertöten". Ein Übertöten wies fast immer auf jemanden hin, der jahrelang seine Gefühle unterdrückt hatte, seinen Schmerz, seine Wut, seinen Neid und seinen Hass. Im Übertöten entlud sich all das. Deshalb wies ein Übertöten fast immer auf eine Beziehungstat hin.

Für einen Moment schloss ich die Augen.

Wieder sah ich Lindas Brüste, ihre Schenkel.

Warum sollte diese Nachbarin, die Linda bereits um 17:30 Uhr im Garten der Villa Fallersleben gesehen hatte, lügen? Warum hätte Linda das Messer anfassen sollen, wenn sie damit nicht zugestochen hatte? Alles sprach gegen sie. Zumal der Patient, von dem sie sprach, an diesem Tag keine Analyse gehabt hatte. Das wusste ich bereits. Ich suchte die entsprechende Stelle im Protokoll und las:

Wolfgang Putzer: „Am 8. März war ich nicht bei der Analyse gewesen. Fallersleben hatte mir bereits am Abend zuvor auf den Anrufbeantworter gesprochen, dass die Sitzung leider ausfallen müsse. Sie können das gerne abhören. Es müsste noch auf dem AB sein."

Hauptkommissar Lupovik: „Waren Sie schon lange bei Herrn Fallersleben in Behandlung?"

Wolfgang Putzer: „Nein. Erst seit Dezember. Ich stand noch ganz am Anfang.“

Hauptkommissar Lupovik: „Kennen Sie Frau Fallersleben?“

Wolfgang Putzer: „Nicht gut. Zwei- oder dreimal habe ich mit ihr geredet, wenn sie mir die Tür geöffnet hat.“

Hauptkommissar Lupovik: „Frau Fallersleben hat Ihnen die Tür geöffnet?“

Wolfgang Putzer: „Ja, manchmal. Sie war immer sehr freundlich, das muss ich sagen. Gar nicht arrogant, wie viele sagen, nein, sie war immer sehr nett. Ich kann nichts gegen die Frau sagen.“

Ich starrte auf das rote Ausrufezeichen am Rand. Das bedeutete, dass Linda gelogen hatte. Sie war mittwochs nicht immer bis spät abends im Atelier gewesen. Das mochte eine Kleinigkeit sein, aber es kam nicht gut an, die Ermittler anzulügen, schon gar nicht wegen einer Kleinigkeit. Ich legte den Bericht zurück und nahm ein Foto aus der Mappe. Es zeigte Linda, es war dasselbe Foto, das auch im Ausstellungskatalog des Museum of Modern Art abgedruckt war. Ich sah es lange an. Linda mit ihren langen, braunen Haaren, mit den schräg stehenden Augen, den hohen Wangenknochen und dem sinnlichen Mund. Dass sie schön war, machte die Sache nicht leichter, denn sie war von jener Schönheit, der man alles zutraute. Vor allem, wenn der Ehemann 25 Jahre älter und die Ehefrau Alleinerbin eines riesigen Vermögens war. Das

Erbe wurde auf mehrere Millionen Euro geschätzt, hinzu kamen die Villa und die Anteile an der Klinik.

Ich legte das Foto zurück und nahm ein anderes. Es zeigte Linda als Braut am Arm ihres Gatten, freudestrahlend, unschuldig, ganz in weiße Spitze gehüllt. Es hätte der Vater sein können, der seine Tochter zum Altar führt.

Draußen schlug die Turmuhr sieben Mal.

Fünf Tage nach der Bluttat, am 13. März, war der Haftbefehl gegen Linda erlassen worden. Danach hatte sie gute vier Monate in Untersuchungshaft in Ravensburg verbracht. Am 20. Juli war sie dann nach Marienberg verlegt worden. Ich blätterte weiter. Wer hatte eigentlich den Antrag auf die Verlegung gestellt? Darüber fand sich nichts in den Unterlagen. Hätte Lindas Anwalt der Unterbringung in Marienberg nicht widersprechen können? Widersprechen müssen? Ich blätterte weiter. Die Hauptverhandlung im Mordprozess Fallersleben war für Montag, den 4. September angesetzt. Bis dahin waren es nur noch zwei Wochen, ich hatte nicht viel Zeit.

Unruhig stand ich auf und ging wieder auf die Terrasse hinaus.

Ich blickte in die Ferne. Die Klinik verdankte diesen einzigarten Fernblick einem Bruch in der Landschaft, denn vor tausenden von Jahren war hier die Erde auseinandergebrochen. Marienberg lag deshalb höher, der Bodensee 400 Meter tiefer. Die nächste Stadt war

Heiligenberg, eine Kurstadt mit nur wenigen tausend Einwohnern. Heiligenberg galt als die Aussichtsterrasse des Bodensees, und das traf auch auf das Klinikgelände zu. Großstädte gab es in dieser Gegend keine, aber auch die größeren Städte der Region wie Ravensburg, Lindau oder Kempten waren meilenweit entfernt von der Klinik. Hier gab es vor allem Natur.

Etwas kribbelte auf meinem Arm.

Ich schlug eine Mücke tot.

Dann ließ ich meinen Blick über die Anlage schweifen. Bei Tageslicht sah der Park ganz anders aus, die Gaslaternen wirkten nicht mehr unheimlich, sondern romantisch. Das wäre die ideale Kulisse für Hochzeitsfotos. Unter mir lag ein Rosengarten, weiter hinten erkannte ich ein Amphitheater und einen Pavillon. Zusammen mit dem Golfplatz, der an den Park grenzte und zur Klinik gehörte, erinnerte das Ganze mehr an ein Fünfsternehotel als an ein Krankenhaus.

Ich drehte den Kopf hin und her.

Mein Nacken schmerzte.

In Fachkreisen sah man den Luxus von Marienberg durchaus kritisch. Erst drei Wochen zuvor hatte ich einen Artikel gelesen, in dem gegen Privatkliniken wie Marienberg gehetzt worden war. Diese Entwicklung ziele doch nur auf Profit ab, hieß es. Außerdem sei es fraglich, ob solch ein Wellness-Ambiente nicht eine Verharmlosung von ernsthaften psychiatrischen Erkrankungen darstellte.

Für einen Moment schloss ich die Augen.

Wieder sah ich Lindas nackte Haut, ihre Schenkel, das Blut.

Als ich meine Augen öffnete, kam die Alpenkette auf mich zu. Da wusste ich, dass mir das Ganze mehr zusetzte, als mir lieb war. Ich hörte die Turmuhr schlagen und zählte die Schläge mit; viermal lang und achtmal kurz. Das bedeutete, es war jetzt acht Uhr.

Ich blickte hoch zum vierten Stock.

Lindas Fenster war geschlossen. Mir wurde schwindelig, die Alpen rückten immer näher, ich stützte mich auf das Geländer und sah wieder hinab. Im Rosengarten unter mir saß eine Frau auf einer Bank. Sie blickte zu mir hoch. Die Frau hatte dunkle, lange Haare, die ihr vom Mittelscheitel aus über die Schultern herabfielen. Mein Atem stockte. Das war nicht möglich. Da unten saß Linda, jünger und strahlender als je zuvor.

Ihr Gesicht war heil.

Sie winkte mir zu.

Instinktiv trat ich zwei Schritte zurück. Meine Hände zitterten so stark, dass ich das Glas Wasser nicht greifen konnte, das auf dem Tisch stand.

5

Als ich im Rosengarten ankam, war Linda nicht mehr da. Die Bank, auf der sie gesessen hatte, war leer. Ich setzte mich und versuchte, ruhig zu atmen. Der Duft der Rosen lag in der Luft, süßlich, beinahe faulig. Ein paar Blüten hingen abgeknickt herab, das Gewitter hatte sie zerstört. Die Turmuhr schlug halb neun. Hatte ich mir das wirklich nur eingebildet? Ich suchte Lindas Fenster im vierten Stock, es war verschlossen.

„Hallo, Herr Kraft."

Überrascht drehte ich mich um. Ein kleiner, untersetzter Mann sah mich an, neben ihm stand ein Schäferhund, der seine Schnauze zwischen meine Beine steckte.

„Hilde! Platz!", rief der Mann scharf. Dann sagte er: „Entschuldigung. Sie ist noch jung."

Ich schlug das rechte Bein über das linke und sagte: „Kein Problem."

„Mein Name ist August Hanta", sagte der Mann und gab mir die Hand. „Sie kennen mich wahrscheinlich nicht", fuhr er fort, „aber ich kenne Sie. Ihre Gutachten sind brillant. Sie sind ein exzellenter Fachmann, Herr Kraft. Wünschte, es hätte mehr von Ihrer Sorte gegeben. Können sich gar nicht vorstellen, wie frustrierend es ist, wenn man einen schnappt und der dann für schuldunfähig erklärt wird."

„Sind Sie Kommissar?", fragte ich.

„Das war einmal", sagte er und blickte in die Ferne. „Bin seit fünf Jahren im Ruhestand." Dann fügte er hinzu: „Hab gehört, es gab einen Suizidversuch heute Morgen."

„Wer erzählt denn so etwas?"

„Die Schwestern reden halt."

Ich sah ihn an. Der Mann hatte ein ausgeprägtes Kinn, eine leichte Hakennase und tiefliegende Augen. Er war älter geworden, die Falten tiefer und die Haut fleckiger, aber je länger ich ihn ansah, desto mehr glaubte ich, ihn zu kennen. Richtig. Wir waren uns schon mal im Gerichtssaal begegnet. Wie hatte man damals zu ihm gesagt?

„Sind Sie *der* Hanta?", fragte ich schließlich. „Der Jäger aus dem Donautal?"

„Das war einmal", sagte er nur, klopfte Hilde das Fell und grüßte einen Patienten, der im Jogginganzug an uns vorüberschlurfte, mit den Worten: „Hi Rufus, alles klar?"

Der Angesprochene nickte. Sein Gesicht war aufgequollen, die Haare glänzten fettig und waren nach hinten gekämmt. Ich fixierte eine Rose, sie war weiß und rein.

„War ja ein Mordsunwetter heute Nacht", hörte ich Hanta wieder. „Auf der 2A soll übrigens wieder eine Patientin ausgebüchst sein. Debby. Hinterließ wohl einen Brief, will mit ihrem Lover ein neues Leben anfangen und so, irgendwo in der Südsee."

„In der Südsee?", fragte ich ungläubig. „Wer ist Debby?"

„Debby Koch. Ihr Zimmer liegt nicht weit von Ihrem", sagte Hanta. Der Hund begann laut zu hecheln, als sein Herrchen fragte: „Haben Sie vielleicht was gehört? Verdächtige Geräusche oder so?"

„Sie können es wohl nicht lassen", entgegnete ich. „Sind Sie eigentlich als Patient hier?"

„Nein", erwiderte er. „Nur zum Golfen. Endlich hab ich Zeit dafür."

„Dann wünsche ich noch viel Freude", sagte ich, stand auf und ging in Richtung Klinikeingang davon.

„Und?" Plötzlich war Hanta wieder neben mir, er fragte: „Konnten Sie schon was rausbekommen aus Ihrer Linda? Hat sie ihren Mann nun erstochen oder nicht?"

Er sagte: Ihre Linda.

Ich ging schneller. Das Hecheln des Hundes wurde immer lauter. Hanta meinte: „Ist übrigens 'ne heiße Braut, diese Linda."

Jetzt blieb ich stehen und blickte ihn an.

„Hab sie gestern Nacht oben am Fenster stehen sehen", sagte Hanta, deutete mit beiden Händen riesige Brüste an und grinste. Ich ging weiter, doch wieder hörte ich ihn fragen: „Kennen Sie die Bilder von ihr, wo sie sich auf der Toilette fotografiert hat? Ich meine, muss denn so was sein? Das ist doch nicht schön. Dabei hat die Frau doch allerhand zu bieten."

In diesem Augenblick bereute ich, überhaupt mit ihm gesprochen zu haben. Seine Art, über Frauen zu reden, gefiel mir nicht. Der ganze Typ gefiel mir nicht.

Unter einem Vorwand ließ ich ihn stehen und schleppte mich zurück auf mein Zimmer.

6

Als ich um halb elf immer noch nichts von Linda gehört hatte, hielt ich es nicht mehr aus, ging nach oben in den vierten Stock und klopfte an Lindas Tür. Hatte es vielleicht Komplikationen gegeben? War der Splitter doch tiefer eingedrungen, als wir vermutet hatten?

Eine männliche Stimme sagte: „Herein!"

Es war Tom.

Linda war nicht da.

„Was machen Sie hier?", fragte ich.

Seine Nase und sein rechtes Auge waren geschwollen. Etwas undeutlich in der Artikulation antwortete er: „Ich beziehe das Bett neu."

„Wo ist Linda?"

„Noch beim Nähen."

Tom war auffallend groß, muskulös und tätowiert. Er trug ein grünes Klinikhemd mit kurzen Ärmeln, auf seinem rechten Unterarm erkannte ich eine nackte Frau auf einem Surfbrett. Ich schätzte ihn auf Mitte zwanzig. Die Haare hatte er am Oberkopf zu einer Art Dutt zusammengebunden. Die untere Hälfte war ausrasiert. Sein Äußeres störte mich nicht, ich kannte viele Pfleger, die wie Rockstars herumliefen. Was mich störte, war seine laxe Art, mit Frauen umzugehen. Er hatte Linda angefasst.

„Sie kennen Frau Fallersleben schon länger, nehme ich an. Gab es schon öfter solche Szenen wie heute Morgen?", fragte ich, während er das Kissen aufschüttelte.

„Eigentlich nicht", antwortete er. „Linda ist außergewöhnlich, aber sie ist nicht psychisch krank." Er hielt inne, tastete über seine Nase und fügte hinzu: „Also zumindest glaube ich das."

„Hat Sie Ihnen das eigentlich auch erzählt mit dem Serienmörder?"

Tom schüttelte das Kissen erneut auf. „Das ist eine fixe Idee von ihr", antwortete er dann. „Ich habe schon versucht, ihr das auszureden. Ein Mörder hier auf Marienberg! Das ist doch Quatsch. Wir sind zwar eine Psychiatrie, aber unsere Patienten sind keine Verbrecher. Die meisten haben morgens nicht mal die Kraft, aufzustehen. Wissen Sie, es sind sehr sensible Menschen, die hier sind, sehr dünnhäutig, so wie Evelin zum Beispiel."

„Ich dachte eigentlich auch nicht an einen Patienten", sagte ich. „Sondern eher … "

Es rumpelte. Eine Frau kam mit dem Putzwagen herein. Ich drehte mich zum Fenster, blickte in den Park hinab und hörte, wie sie den Boden zu wischen begann. Was sollte ich jetzt tun? Die Turmuhr schlug Viertel vor elf. Um elf würde eine Veranstaltung im

Amphitheater beginnen, Professor Sombra hatte mich darauf aufmerksam gemacht. Ohne mich bei Tom zu verabschieden, verließ ich das Zimmer.

Als ich im Amphitheater ankam, waren die meisten Plätze schon besetzt. Ich setzte mich in die oberste Sitzreihe neben eine ältere Dame, die mir freundlich zunickte. Unten in der Arena war ein Rednerpult aufgebaut. Daneben stand ein Schild: *Die Klinik stellt sich vor. Sonntag, 11 Uhr.*

Ein großes, weißes Segel spendete Schatten.

Ich checkte noch schnell meine WhatsApp. Jutta hatte geschrieben: *Wann kommst du Mittwoch genau? Soll ich dich am Flughafen abholen? Ich kann mir freinehmen, kein Problem.*

„Ich begrüße Sie herzlich in der Klinik Marienberg", hörte ich eine männliche Stimme. Ich blickte auf. Es war Professor Sombra, der am Rednerpult stand und mir flüchtig zunickte, bevor er fortfuhr: „Mein Name ist Professor Norman Sombra. Ich leite die Klinik. Erst gestern beim Frühstück habe ich erfahren, dass wir es in einer Umfrage der renommierten Fachzeitschrift PQ unter die zehn besten Kliniken der Welt geschafft haben. Das macht uns natürlich stolz. Denn hier in Marienberg beschreiten wir neue Wege in der Psychotherapie und Psychiatrie. Doch Neues ist nicht gut ohne das Alte. So sind wir ebenfalls stolz darauf, nächstes Jahr den hundertsten Geburtstag der Klinik feiern zu dürfen. Ursprünglich war die Klinik

Marienberg in dem historischen Gebäude des Alten Schlosses untergebracht. Erst vor einem Jahr sind wir in den modernen Bau umgezogen. Seitdem wird das Schloss renoviert, die Wiedereröffnung wird im Frühjahr 2018 stattfinden. Pünktlich zum Hundertsten wird das Alte Schloss in neuem Glanz erstrahlen."

Sombra erzählte etwas von neuen Therapieräumen, von einem vergrößerten Angebot und mehr Komfort, sogar ein Restaurant sei geplant.

Ich schloss meine Augen.

Die Frau neben mir trug ein penetrantes Parfüm, es roch nach Rosen.

„Das Alte Schloss wurde Anfang des neunzehnten Jahrhunderts für eine Cousine des Fürsten zu Fürstenberg erbaut", hörte ich die Stimme des Professors wieder. „Die junge Dame hieß Cordula und stammte aus Böhmen. Sie hatte lange nach einem passenden Ort für eine Sommerresidenz gesucht und ihn hier in der Nähe des prachtvollen Heiligenberger Schlosses gefunden. Abseits von Hofzeremoniell und Regierungspflichten diente dieser Ort der Erholung. In den Annalen ist von Lebensfreude und heiteren Festen die Rede. Doch mit dem ersten Weltkrieg erkrankte die junge Gräfin an einer Gemütskrankheit von drückendem Charakter, wie es damals hieß. Mehrere Ärzte versuchten, sie zu heilen, doch erst ein junger Mann namens Jonathan Kranowitch hatte Erfolg. Aus Wien brachte er die neuesten Erkenntnisse der

Psychoanalyse mit. Aus Dankbarkeit für ihre Genesung überließ die Gräfin dem jungen Arzt das Schloss, damit er hier eine Klinik eröffnen konnte."

Ich öffnete die Augen wieder.

Der Professor war braungebrannt. Er trug ein weißes T-Shirt und eine weiße Hose, auch seine Zähne leuchteten weiß. Ich schätzte ihn auf Mitte fünfzig.

„Das Erfolgsrezept von Marienberg bestand schon immer darin, den modernsten Erkenntnissen und den innovativsten Konzepten aus dem Bereich der Medizin und Therapie gegenüber aufgeschlossen zu sein", fuhr er fort. „War das vor hundert Jahren die Psychoanalyse, so setzen wir heute im Bereich der Psychotherapie vermehrt auf lösungsorientierte Therapieformen, die schnell und effektiv zu einer Besserung führen. Daneben finden Sie bei uns das ganze Spektrum an Ergotherapie, Musiktherapie, Genuss- und Achtsamkeitstherapie, aber auch Physio- und Sporttherapie. Die wunderbare Landschaft des Linzgaus bietet dafür alle Möglichkeiten, von Wandern über Segeln und Golfspielen. Wir glauben, dass positive Erlebnisse den Menschen positiv beeinflussen."

Etwas krabbelte meinen Arm hinauf.

Ich schlug die Ameise tot.

„Wir sind auf alle psychiatrischen Erkrankungen eingerichtet", erklärte Sombra, „aber unser Schwerpunkt liegt auf den manisch-depressiven Störungen.

Gerade im Bereich von Burn-Out verzeichnen wir schnelle und nachhaltige Erfolge."

Ich blickte in die Runde.

Ich sah Männer im Anzug, Frauen in Jeans und T-Shirts, Eltern und Kinder. Nicht bei allen erkannte ich sofort, bei wem es sich um den Patienten handelte. Nur bei wenigen war die Sache eindeutig: Es war dieser abwesende, erstarrte Gesichtsausdruck, den ich nur zu gut kannte. Als wären sie nur Kopien ihrer selbst.

„Wir hier auf Marienberg bemühen uns, psychische und psychosomatische Krankheiten vom Stigma des Scheiterns und des Abnormen zu befreien. Leider ist das im 21. Jahrhundert noch immer der Fall", sagte der Professor und trank einen Schluck Wasser aus dem Glas, das auf seinem Pult bereitstand. „Krankheit, Stress oder Schicksalsschläge können jeden von uns treffen. Und gerade sensible Menschen sind anfällig für seelische Schieflagen. Wenn Sie also erkrankt sind, sehen Sie es von der positiven Seite: Sie haben ein feines Sensorium. Und wir helfen Ihnen dabei, es wieder ins Lot zu bringen."

Sombra sah mich wieder an. Im Unterschied zu der von ihm gelobten Sensibilität sah er aus, als könnte ihn nichts und niemand aus dem Konzept bringen.

„Um bei uns aufgenommen zu werden, gibt es nur eine Voraussetzung", sagte er gut gelaunt: „Sie müssen wollen. Denn nur, wenn Sie selbst Ihr Leben zum

Positiven hin verändern wollen, wird es sich verändern."

„Das heißt, Sie nehmen keine Zwangseinweisungen?", fragte eine Dame in der untersten Reihe. Ihre Stimme klang erschöpft.

„Richtig", antwortete Sombra und strahlte die Dame an.

„Wie halten Sie das mit den Medikamenten?", fragte eine andere Frau. „Ich meine Psychopharmaka und so."

„Das kann ich nicht generell beantworten", sagte Sombra. „Wir entscheiden individuell. Grundsätzlich ist unser Motto aber: So viel wie nötig, so wenig wie möglich."

Die Frau nickte. Nachdem sich niemand mehr meldete, sagte Sombra: „Und jetzt, meine Damen und Herren, lade ich Sie herzlich dazu ein, sich auf dem Klinikgelände umzusehen. Falls Sie noch Fragen haben, stehe ich Ihnen gerne zur Verfügung. Meine Assistentin verteilt gerade Flyer, auf denen Sie einen Plan des Klinikgeländes finden."

Ich blickte auf.

In diesem Moment stand sie schon vor mir: jung, schön und ganz. *Delphine Fallersleben,* stand auf ihrem Namensschild. Sie gab mir einen Flyer und sagte: „Hallo, Herr Kraft. Schön, dass Sie hier sind."

Ich starrte sie an.

Delphine reichte mir ihre Hand, eine schmale, kühle Mädchenhand, die erstaunlich kräftig zudrückte, und fügte hinzu: „Ich bin Lindas Tochter. Vielleicht können wir uns später mal unter vier Augen unterhalten?"

7

„Das stimmt", sagte Professor Sombra. „Delphine ist ihrer Mutter wie aus dem Gesicht geschnitten. Aber vom Charakter her ist sie das genaue Gegenteil."

Der Professor saß in einem Ledersessel und rauchte. In der einen Hand hielt er die Zigarre, in der anderen einen Golfball. Ich hatte ihm gegenüber Platz genommen, zwischen uns stand ein Beistelltisch, darauf ein schwerer, kristallener Aschenbecher.

„Delphine ist analytisch begabt", fuhr er fort. „Sie ist intelligent, besonnen und äußerst rational." Wieder zog er an der Zigarre, dann fügte er hinzu: „Was man von Linda ja nicht gerade behaupten kann."

Ich blickte zum Fenster hinaus.

Sombras Büro lag in der dritten Etage in einem ruhigen Seitenarm. Von hier aus sah man bis zum Schloss von Heiligenberg. Beeindruckend erhob es sich aus einem Meer von Bäumen, mächtig, sanft, geradezu unwirklich.

Ich wendete mich Sombra wieder zu und fragte: „Darf ich ehrlich sein?"

Sombra rollte den Golfball in seiner Hand hin und her.

„Es gefällt mir nicht, dass Linda hier ist", sagte ich.

Sombra legte die Zigarre auf dem Aschenbecher ab. Das Mundstück war feucht.

„Marienberg ist der Ort ihres toten Mannes", fuhr ich fort. „Benjamin Fallersleben war doch zusammen mit Ihnen Inhaber der Klinik, oder nicht?"

Sombra nickte.

Neben ihm stieg der Rauchfaden in die Luft, fest, gelblich, wie ein Strick.

„Immerhin steht Linda unter Mordverdacht", sagte ich und wischte mir den Schweiß von der Stirn. „Laut Ihrem Gutachten leidet sie an einer akuten Depression mit paranoiden Wahnvorstellungen, von Ihrem Verdacht auf eine multiple Persönlichkeitsstörung ganz zu schweigen. Da ist es doch nicht gut, wenn sie hier an jeder Ecke an ihren Mann erinnert wird. Und außerdem das Personal – das ist doch befangen. Die Mörderin ihres Chefs! Nein, das ist nicht gut." Ich fixierte den Rauchfaden und fragte: „Sagen Sie, ist es überhaupt rechtens, dass Linda hier ist?"

„Wollen Sie nicht doch eine?", hörte ich plötzlich eine Stimme.

Was?

Ich drehte meinen Kopf nach rechts. Sombra hielt mir eine kleine Holzschachtel hin, darin lagen Zigarren, *Romeo y Juliet.*

„Nein danke", sagte ich und schüttelte den Kopf.

Sombra nahm seine Zigarre wieder auf und sagte: „Marienberg ist keine Forensische Psychiatrie, wenn Sie das meinen." Er leckte das feuchte Endstück ab, bevor er es zurück in den Mund steckte. „Ich habe die Staatsanwältin dazu gebracht, die Verlegung hierher zu beantragen", gab er unumwunden zu. „Ich will auch nicht verschweigen, dass ich gute Beziehungen zum Richter unterhalte."

Sombra stieß Rauch aus.

Ich hustete.

„Aber ich habe gute Argumente für mein Handeln", fuhr er fort, nahm den Golfball wieder in die linke Hand und sagte: „Die Ermittlungen ziehen sich seit Monaten hin, die Hauptverhandlung ist erst für September anberaumt. Linda hätte also fast ein halbes Jahr in der JVA Ravensburg verbringen müssen, wenn ich sie nicht heimgeholt hätte."

Er sagte wirklich: heimgeholt.

„Linda ist suizidgefährdet", fügte er dann hinzu. „Man bemerkt das nicht sofort, aber Sie haben ja heute Morgen gesehen, wie schnell die Situation kippen kann." Er schluckte, rauchte und sagte: „Linda und Delphine haben ein sehr enges Verhältnis, und es ist mir wichtig, die Mutter-Kind-Bindung nicht zu zerstören, gerade jetzt, nach Benjamins Tod."

Wieder musste ich husten.

„Warum ist Delphine eigentlich hier?", fragte ich. „Sie studiert doch an der Uni in München?"

„In den Semesterferien ist sie immer hier", antwortete Sombra und stieß wieder Rauch aus.

Ich wollte etwas sagen, doch als ich Luft holte, musste ich husten.

„Stört es Sie eigentlich, wenn ich rauche?", fragte er.

„Ist schon okay."

„Geht es Ihnen nicht gut?"

„Danke, geht schon."

„Schlecht geschlafen, was?", hörte ich ihn wieder. „Wann sind Sie gestern eigentlich angekommen? Tut mir übrigens leid, dass ich Sie nicht persönlich begrüßen konnte, aber ich hatte einen wichtigen Termin."

„Bin bei dem Regen ins Schleudern gekommen", sagte ich. „Bis die Polizei alles geregelt hatte, das hat gedauert."

Sombra nickte, nahm die Zigarre aus dem Mund und sagte: „Falls Linda Benjamin wirklich erstochen hat, befand sie sich in einer seelischen Ausnahmesituation. Linda mag schwierig sein, aber sie ist keine Mörderin."

„Was meinen Sie mit schwierig, Herr Professor?"

„Professor?" Sombra lachte. „Nenn mich doch einfach Norman. Von mir aus können wir uns duzen."

Ich nahm mein Wasser und trank einen Schluck.

Norman legte die Zigarre zurück auf den Aschenbecher, trank ebenfalls und sagte: „Linda ist psychisch labil, sehr labil." Pause. „Benjamin war ja nicht nur mein Geschäftspartner, er war mein Freund, ein sehr guter sogar. Er hat immer gesagt: ‚Norman, egal, was passiert, versprich mir, dass du dich um Linda kümmerst.' Ich glaube, er hat da schon was geahnt."

„Wie meinen Sie das, geahnt?"

„Du", sagte Norman. „Wir waren beim Du."

Ich nickte.

„Linda leidet an einer multiplen Persönlichkeitsstörung", sagte er. „Wenn du mich fragst, liegt die weniger im depressiven als im schizophrenen Bereich. Ich meine, akut hat sie eine Depression, aber das ist wohl eher eine Anlassdepression." Er sah mich an. „Aber ich will dich nicht beeinflussen, Julian, um Gottes willen. Du machst dir schon selbst ein Bild, du bist der Profi."

Auf seiner Stirn standen kleine Schweißperlen, die an der Schläfe zu einem Bächlein zusammenschmolzen. Ein Tropfen rann über eine blaue, hervorstehende Ader hinweg.

„Und natürlich habe ich mit Delphine über alles gesprochen", sagte Norman, nahm die Zigarre wieder auf und drehte sie zwischen den Fingern hin und her. „Ich habe ihr angeboten, ein anderes Praktikum für sie zu organisieren, in einer anderen Klinik. Aber Delphine will nicht. Sie wolle nicht davonlaufen, hat sie gesagt. Alles was ihr wirklich helfe, meinte sie, sei Normalität."

„Normalität?", fragte ich.

Norman legte seine Zigarre wieder ab, ohne daran gezogen zu haben, und sagte: „Ja, Normalität."

Wieder stieg ein dünner Rauchfaden in die Luft.

Wieder starrte ich darauf.

„Außerdem, was soll ich tun?", fragte Norman. „Das Mädchen rauswerfen? Nun, da Benjamin tot ist, werfe ich seine Tochter aus der Klinik?" Er schüttelte den Kopf, sagte: „Aber natürlich mache ich mir Sorgen, ich meine, das alles ist für Delphine nur schwer auszuhalten, Linda macht es ihr nicht gerade leicht als Mutter. Und damit meine ich nicht nur den Suizidversuch..."

„Wir sollten nicht vorschnell von einem Suizidversuch sprechen", unterbrach ich ihn: „Linda bestreitet das."

„Da hast du recht", erwiderte Norman.

„Aber weißt du, was ich nicht verstehe?", fragte ich.

Norman wischte sich über die Stirn.

„Du hältst Linda für suizidgefährdet", sagte ich. „Trotzdem sind keine Sicherheitsvorkehrungen getroffen worden."

Er beugte sich nach vorne, setzte den Golfball aufs Parkett und gab ihm einen Schubs. Beide sahen wir dem Ball hinterher.

Norman sagte: „Wir sind ein konsequent offen geführtes Haus, Julian. Außerdem hatte ich mit Linda einen Vertrag. Sie hat mir versprochen, sich nicht umzubringen, so lange sie hier ist." Dann blickte er auf seine Uhr und erhob sich abrupt. Er sagte: „Tut mir leid, Julian, ich habe gleich ein Gespräch mit Herrn Koch."

„Koch?"

Norman unterdrückte ein Gähnen, als er sagte: „Der Mann von Debby Koch. Ich weiß nicht, was heute Nacht los war. Haben wir Vollmond? Erst Linda – und dann verschwindet auch noch Debby."

„Was ist denn da genau passiert?", fragte ich.

„Debby kam mit einer akuten Depression zu uns, sie war auf dem Weg der Besserung. Nächste Woche wäre sie entlassen worden. Aber heute Morgen stand ihr Bett leer. Auf dem Schreibtisch lag ein Brief, Gott sei Dank kein Abschiedsbrief. Sie wolle nur mal ihre Ruhe, schreibt sie, man solle nicht nach ihr suchen. Es gehe ihr gut und so weiter." Norman verzog das Gesicht und fügte hinzu: „Ich hoffe, der Ehemann macht keinen Ärger."

Ich trank mein Glas leer.

„Nichts deutet auf ein Gewaltverbrechen hin", sagte Norman. Er schien bereits seine Verteidigungsrede für den Ehemann zu proben: „Die Polizei haben wir natürlich informiert, aber die kann auch nichts machen. Debby ist erwachsen. Sie will nicht in ihr altes Leben zurückkehren, fühlt sich aber noch nicht stark genug, das ihrer Familie zu sagen. Sie braucht erst mal

Zeit für sich. Man sollte das bitte akzeptieren und nicht nach ihr suchen."

„Ein drastischer Schritt", sagte ich. „Aber nicht ungewöhnlich."

„Tja, mein Freund", sagte Norman und blickte zum Heiligenberger Schloss hinüber. „Wir wissen das. In der Therapie wird manch einer Patientin so einiges klar. Der Wunsch, das Leben zu ändern, ist groß. Ebenso wie die Angst, über kurz oder lang wieder in die alten Muster zurückzufallen, sobald sie wieder zu Hause sind."

Wir schwiegen.

Müde blickte er mich an, als er sagte: „Die menschliche Seele ist ein Dickicht, durch das es keinen einfachen Weg gibt. Und schon gar keine Schnellstraße." Er wusch seine Hände, trocknete sie ab und sagte: „Und wenn eine Patientin besonders schlau ist und Spielchen mit einem treibt, dann gibt es gar nichts mehr, an das man sich halten kann."

„Wie meinst du das?", fragte ich und stand ebenfalls auf.

„Linda ist … naja … wie soll ich sagen … sie hat diese amorphe Begabung. Sie wird dir sagen, was du hören willst. Aber das wirst du selbst noch herausfinden. Wann hast du nochmal dein Gespräch mit ihr?" Norman klopfte mir auf die Schulter und fuhr, ohne eine Antwort abzuwarten, gut gelaunt fort: „Ach

Julian, du bist doch ein Golfgenie, Handicap 2, hab ich gehört, Gratulation."

Ich legte meine Finger auf die Halsschlagader. Mein Puls ging immer noch viel zu schnell.

„Nur keine falsche Bescheidenheit", entgegnete Norman. „Morgen um 17 Uhr spielt unsere sogenannte Montagsrunde. Lauter interessante Männer, wäre super, wenn du dabei bist."

8

Eine halbe Stunde später stand ich am Abschlagplatz der Driving Ranch und übte lange Schläge. Das Gras auf dem Golfplatz war so grün, dass ich mich fragte, ob sie es ansprühten. Ich hob meinen Fuß und betrachtete die Sohle.

Keine Farbe.

Nur Dreck, getrocknete Erde.

Obwohl ich dreimal Nein gesagt hatte, hatte Norman mir seine Zweitausrüstung aufgedrängt. Laut und deutlich hatte ich Nein gesagt, ich sei nicht nach Marienberg gekommen, um Golf zu spielen, hatte ich gesagt, doch Norman hatte nicht locker gelassen. Er war nicht der Typ, der locker ließ. Also hatte ich am Ende doch zugesagt, bei dieser Montagsrunde mitzuspielen.

Ich wischte mir den Schweiß von der Stirn.

Missmutig schwang ich den Schläger durch die Luft, holte nach hinten aus, brach den Schlag aber wieder ab. Meine Schulter brannte, im Lendenwirbelbereich spürte ich einen stechenden Schmerz. Ich machte ein paar Lockerungsübungen. Dann versuchte ich es noch einmal. Wenigstens der Abschlag musste morgen klappen.

Die Turmuhr schlug vier Mal die volle Stunde.

Linda sei in der Lichttherapie, hieß es, als ich vorhin nachgefragt hatte. In einer Stunde komme sie zurück. Eine Stunde. Frühestens um fünf konnte ich also erneut bei ihr anklopfen. *Konzentrier dich jetzt*: Ich legte die linke Hand um den Griff, dann die rechte, verschränkte beide Hände und bewegte den Schläger hin und her. Gerade Arme. Leichter Kniestand. Gesäß rausstrecken. Ich holte aus und – brach wieder ab. Denn in diesem Moment spürte ich einen Blick. Schon von Weitem erkannte ich die elegante, weiß gekleidete Gestalt, die lächelnd auf mich zukam.

Delphine.

Im Vorübergehen grüßte sie ein paar Leute, die Leute grüßten zurück, man sagte etwas, lachte, dann ging sie weiter. Meine Hände wurden feucht. Ich tat, als wäre ich ganz auf den Ball konzentriert, holte zu einem Probeschlag aus und blickte erst wieder auf, als sie neben mir stand.

„Hallo", sagte sie und streckte mir ihre Hand entgegen.

„Freut mich", sagte ich, schüttelte ihre Hand, tippte mit dem Zeigefinger an meine Kappe und sagte: „Ich bin Doktor Julian Kraft, der Forensische Gutachter."

„Ich weiß", entgegnete sie.

Delphine trug eine weiße Hose und ein weißes, ärmelloses Top. Ihre Arme waren muskulös, der Bizeps zeichnete sich deutlich ab. Mit einem offenen, strahlenden Lachen stand sie vor mir. Nicht nur ihre Arme, ihr ganzer Körper war gut durchtrainiert. Brüste schien sie keine zu haben.

„Sie üben wohl heimlich für das Spiel morgen?", fragte sie und zwinkerte mir zu, als sie hinzufügte: „Norman hat mir gesagt, dass Sie bei der Montagsrunde mitmachen."

Ich sah sie an. Es war noch keine Stunde vergangen, seit ich Norman verlassen hatte, und schon wusste sie Bescheid.

„Keine Angst", fuhr sie im Plauderton fort, „bei der Altherrenrunde können Sie locker mithalten."

Ich sah sie einfach nur an.

Die Ähnlichkeit zu Linda war irritierend, aber je länger ich sie ansah, desto mehr erkannte ich die Verschiedenheit. Delphines Gesicht wirkte glatt, vom Leben unberührt. Das bezog sich nicht allein auf das Alter, sondern auf etwas, das von innen kam. Lindas Gesicht war immer in Bewegung, eine Bühne für Schmerz und Glück, in Delphines Gesicht bewegte sich eigentlich gar nichts, wenn sie sprach – bis auf das weiße, strahlende Lachen.

„Alles klar bei Ihnen?", fragte sie.

„Entschuldigung", sagte ich und schüttelte den Kopf. „Ich bin in letzter Zeit einfach überarbeitet."

Delphine hatte die langen, braunen Haare zu einem hohen Pferdeschwanz gebunden. Dort, wo das Gummiband am Hinterkopf saß, legte sie nun ihre Hand hin. Sie ließ das Haar durch ihre Finger gleiten und warf den Zopf mit einer gekonnten Bewegung über die Schulter nach hinten. Ob ich den Golfplatz schon gesehen habe, fragte sie dann, und ob sie ihn mir zeigen dürfe.

„Der Platz wird nicht nur von Patienten genutzt, er ist offen für Externe", erklärte sie, während wir am Clubhaus vorbeiliefen. „Unser Golfclub ist klein, genießt aber einen exzellenten Ruf."

Ich hatte mir die Golftasche auf den Rücken geschnallt und ging neben ihr her. Eine Weile redeten wir über den Golfclub, dann blieb sie plötzlich stehen und sah mich an.

Sie sagte: „Mama ist keine Mörderin. Sie hat vielleicht eine extreme Persönlichkeit, aber sie ist keine Mörderin."

Ich nickte.

Delphine hatte große, blaue Augen. Es waren Lindas Augen. Ihr Blick war fest und entschlossen, doch zugleich flackerte etwas Verletzliches darin auf, das ich als Liebe zu ihrer Mutter interpretierte.

„Ich kenne Mama", sagte sie, zupfte ein paar Blätter von einem Busch und fügte hinzu: „Sie hat Papa nicht ermordet. Und wenn doch, dann war es im Affekt."

Delphine schmiss die Blätter auf den Boden.

Wir gingen weiter.

„Als meine Eltern sich kennenlernten, war Paps Dozent an der Uni in Freiburg", erzählte Delphine. „Er war damals schon ein recht berühmter Analytiker, Mama Studentin. Eine von vielen. Sie hat ihn vergöttert."

Der Rucksack wurde immer schwerer.

Ich hatte Mühe, mit Delphine Schritt zu halten.

„Mama hat ihr Psychologiestudium abgebrochen", hörte ich Delphine. „Sie war damals schon viel in der Kunstszene unterwegs, viele Partys, Drogen und so. Als sie zu Paps in die Analyse kam, war sie völlig ausgebrannt. Einmal im Monat kam sie extra von Freiburg nach Marienberg. Sie nahm über zwei Stunden Autofahrt in Kauf, um bei Papa auf der Couch liegen zu dürfen."

Delphine lächelte. Es war das Lächeln eines Menschen, der sich an eine Geschichte erinnerte, die in der Familie oft erzählt worden war. Allerdings blickte sie auf den Boden, als sie hinzufügte: „Statt Mama zu therapieren, hat Paps sie dann geheiratet."

Ihr Lachen klang bitter, glaubte ich.

Bevor ich nachfragen konnte, erklärte sie mir, dass es sich bei dem Golfplatz um eine 18-Loch-Anlage handelte, die von Wäldern, Obstbäumen und Feldern umgeben war, aber an einzelnen Stellen auch mit dem freien Blick über das Linzgau bis zum Bodensee überraschte. „So wie hier", fügte sie hinzu, als wir am Fuße eines Hügels standen und in die Ferne blickten. Die Alpenkette war weiß, der Bodensee blau, und der Himmel wolkenlos.

Sie sagte: „Ist das nicht schön?"

Ich sagte: „Ja."

Wir gingen weiter.

„Norman hat mir gegenüber angedeutet, Linda könnte an einer Erkrankung im schizophrenen Bereich leiden", bemerkte ich.

Delphine deutete zu dem grünen Oval hinüber, in der Mitte war ein Loch mit einer Fahne drin. Sie habe dieses Loch schon einmal mit vier Schlägen erreicht, sagte sie, ein 5-Par-Loch, wohlgemerkt. Gedankenverloren zog sie den Pferdeschwanz durch ihre Hand. Erst als wir weitergingen, sagte sie:

„Norman hat Mamas Lebensstil schon immer verurteilt. Mama hat viel Licht, aber auch viel Schatten. Sie ist ein komplexer Charakter, zudem stark reflektiert, aber sie hat auch etwas Irrationales, das stimmt."

Wir steuerten auf das Waldstück zu.

„Alles oberflächliche Getue langweilt Mama", fuhr Delphine fort. „Darin waren sich meine Eltern übrigens immer ähnlich. Paps verachtete unsere Gesellschaft mit ihrem Streben nach Profit, nach Spaß und Ablenkung. Er war der Meinung, Psychoanalyse wäre nicht dafür da, um die Leute glücklich zu machen."

„Sondern?", fragte ich und schulterte den Rucksack neu.

„Paps und seine ganze Analyse, das ist doch alles hoffnungslos antiquiert", fuhr sie immer noch gutgelaunt fort. „Wissen Sie, Paps hatte mal eine Patientin, die extreme Angst vor Katzen hatte. Jahrelang war sie bei ihm in der Analyse und immer, wenn sie eine Katze sah, bekam sie eine regelrechte Panikattacke. Nach sechs Jahren hat Norman ihr dann heimlich eine Verhaltenstherapie verordnet, er ging mit ihr zu einer Katze, fütterte sie, streichelte sie, all das. Nach zwei Wochen war die Katzenphobie vorbei."

„Waren Sie diese Patientin?", fragte ich.

Delphine sah mich überrascht an.

Ihr Gesicht verriet nichts, nur ihr Lachen war verschwunden, als sie sagte: „Verstehen Sie mich nicht falsch. Ich habe meinen Vater geliebt. Aber ich bin weder sentimental noch dumm. Paps Religion war die Psychoanalyse, das ist okay, er wuchs halt in den 60er Jahren auf. Aber das Verlogene daran hat er nie erkannt. Er kritisierte mein Profitdenken, nahm aber selbst 700 Euro für eine Sitzung."

Ich sah sie an.

Der Wald rückte näher.

Delphine hielt meinem Blick stand, als sie fortfuhr: „Ich selbst halte die Psychoanalyse für überholt. Ich meine, Penisneid, wie absurd ist das denn? Oder das ganze Ödipus-Gequatsche?" Sie lachte laut auf, sehr laut. „Schon Freud hat seinen Jüngern gesagt, sie dürften niemals Familie und enge Freunde analysieren. Doch was tat er? Quälte seine jüngste Tochter Anna seit sie vierzehn war mit sechs Sitzungen pro Woche."

„Hat Ihr Vater Sie etwa auch analysiert?"

Delphine schmiss ihren Pferdeschwanz nach hinten und meinte: „Mir hat das nicht geschadet, aber es hat mir auch nichts gebracht. Norman und ich setzen längst auf lösungsorientiere Therapieformen, die lange Zeit in Deutschland und Europa nur belächelt worden sind, aber in den USA schon seit Jahrzehnten große Erfolge verbuchen können, effektiv und vor allem kontrollierbar."

Wir hatten den Wald erreicht. Vor uns öffnete sich ein schattiges, grünliches Loch. Es sei nur ein kurzes Stück, meinte Delphine.

Als wir hineingingen, fragte ich:

„Und dieser Mörder? Was halten Sie eigentlich von Lindas Theorie, ein Patient könnte Ihren Vater umgebracht haben?"

Delphine tippte sich gegen die Stirn und sagte: „Und dann noch gleich ein Serienmörder! Hier auf Marienberg!" Sie lachte, schleuderte den Zopf zurück und fügte wieder ernst hinzu: „Den hat Mama erfunden. Serienkiller sind das Sinnbild des Bösen, deshalb. Und Mama wollte halt jemandem wirklich Bösen die Schuld daran geben. Das ist alles."

„Die Schuld an was?"

Plötzlich war Delphine zwei Meter vor mir. Im Schatten der Bäume wirkte sie sehr dünn. Ihr Hals war so dünn, dass ich ihn mit einer Hand hätte umfassen können.

Ich erschrak. Etwas knackte unter meinen Füßen, doch es war nur ein Ast.

„Ist Ihnen nicht gut?", fragte Delphine, blieb stehen und wartete, bis ich zu ihr aufgeschlossen hatte. Dann sagte sie: „Ehrlich gesagt, haben wir ein ganz anderes Problem auf Marienberg. Das hat aber nichts mit einem Serienkiller zu tun, sondern mit einer falschen Personalpolitik."

„Personalpolitik?", fragte ich keuchend.

„Tom", sagte sie.

„Der Pfleger?"

„Ja."

Delphine nahm mir die Golftasche ab. Ich wollte nicht, dass eine Frau meine Tasche trug, fühlte mich aber zu schwach, um zu protestieren.

66

„Marienberg ist ein konsequent offen geführtes Haus", sagte Delphine. „Aber selbstverständlich sichern auch wir unsere Fenster. Sie wissen natürlich, der Sturz in die Tiefe gehört zu den häufigsten Suizidmethoden in psychiatrischen Einrichtungen. Deshalb gibt es auch bei uns Querstangen in der Fensterlaibung. Normalerweise lässt sich ein Fenster nur zwölf Zentimeter weit öffnen – außer man hat einen Schlüssel."

Ich sah sie an. Unsere Schritte waren im Gleichklang.

„Ich verstehe nicht", sagte ich, als wir wieder ins Freie hinaustraten. Die Sonne blendete.

Delphine hielt schützend ihre Hand über die Augen, als sie mir erklärte: „Tom ist einfach nicht geeignet für diesen Job. Er mag es schwer in seinem Leben gehabt haben, aber wir sind keine Sozialeinrichtung."

„Ich verstehe nicht", wiederholte ich und blickte auf meine Schuhe.

„Tom kapiert einfach nicht, dass Regeln lebensnotwendig sind. Er hat Linda den Schlüssel gegeben, damit sie ab und zu mal eine rauchen kann. Linda hat mir das gesagt."

Ich wischte mir den Schweiß von der Stirn.

Über uns kreiste ein Rotmilan.

„Seit Tom hier ist, gibt es nichts als Ärger", fuhr sie fort. „Er kam Mitte Januar. Schon damals steckte er dauernd mit Siegrid zusammen. Er war es. Er hat ihr diese Flausen von Freiheit und Selbstbestimmung in den Kopf gesetzt."

„Siegrid?"

„Siegrid Höchst", sagte Delphine. „Eine Tochter der Höchst-Werke, kam wegen akuten Depressionen nach Marienberg. Anfang Februar verschwand sie über Nacht aus der Klinik. Sie hinterließ einen Brief, dass sie ein neues Leben beginnen wolle, ähnlich wie bei Debby."

„Wo ist sie hin?", fragte ich und beobachtete den Rotmilan. Er stieg immer höher in den Himmel hinauf.

„Keine Ahnung", sagte Delphine. Auch sie blickte forschend nach oben, als sie hinzufügte: „Bis heute fehlt jede Spur von ihr."

9

„Linda?", fragte ich. „Können Sie mich hören?"

Linda schlief. Ihr Brustkorb hob und senkte sich in regelmäßigen Abständen. Das rechte Auge war geschwollen, es sah aus wie eine pralle Mohnknospe mit Schlitz.

Trotzdem war sie atemberaubend schön.

Ich betrachtete sie lange. Ihre Wimpern glänzten seiden, sie waren von einem hauchdünnen Sekret aus Tränen und Blut überzogen. Vorsichtig nahm ich mir einen Stuhl und setzte mich neben sie ans Bett. Linda hatte einiges durchmachen müssen in letzter Zeit, ich konnte das an ihrem Gesicht ablesen, doch sie war immer noch – atemberaubend schön, vielleicht sogar schöner als je zuvor.

Plötzlich schlug sie die Augen auf.

Mein Atem stockte.

Linda sah mich an. Das heißt, nur das linke Auge stand offen, das rechte blieb ein Schlitz. Ich räusperte mich und sagte: „Frau Fallersleben, Sie brauchen keine Angst zu haben. Ich bin Doktor Kraft, Julian Kraft. Wissen Sie, was heute Morgen passiert ist?"

Sie tastete nach der Wunde, versuchte, sich aufzurichten, und fragte: „Julian Kraft?"

„Ja, ich schreibe das Gutachten", erinnerte ich sie und half weiter nach: „Für das Gericht. Der Prozess. Wegen der Anklage."

Für einen Moment sah sie mich verständnislos an, dann sagte sie: „Ach, stimmt ja. Sie wollen wissen, ob ich meinen Mann ermordet habe."

Sie lächelte, aber ihre Lippen zitterten.

Vorsichtig lächelte ich zurück.

„Im Moment will ich nur wissen, wie es Ihnen geht", entgegnete ich.

„Ich", sagte sie und tastete wieder über das geschwollene Auge: „Ich kann Sie nicht richtig sehen."

„Das kommt von der Betäubung", erklärte ich. „Man hat Ihnen doch gesagt, dass Sie genäht worden sind?"

„Geklebt", korrigierte sie mich. „Ich bin geklebt worden."

Noch einmal lächelte ich, doch sie sah mich ernst an, als sie erklärte: „Natürlich weiß ich, wer Sie sind. Ich bin ja nicht verrückt. Das heißt, vielleicht bin ich verrückt, aber ich bin nicht krank, zumindest nicht im Kopf." Sie ließ sich zurück in das Kissen sinken und flüsterte: „Ich bin nur müde, verdammt müde. Das kommt von diesen Tabletten." Ihre Lippen waren trocken, sie schluckte, sagte: „Aber ein scheußlicher Schlaf ist besser als gar keiner."

„Das stimmt", pflichtete ich ihr bei.

Linda schloss ihre Augen, als sie fragte: „Schickt Norman Sie?"

„Nein", antwortete ich viel zu schnell. Meine Worte klangen wie die eines eifrigen Schülers, als ich ihr versicherte: „Ich kenne Norman nicht. Das heißt, ich habe natürlich mit ihm gesprochen, hier in der Klinik, aber sonst kennen wir uns nicht. Ich bin ein unabhängiger Gutachter."

So plötzlich, als hätte ein Cutter einen Schnitt gelegt, stand ihr linkes Auge wieder offen. Sie sah mich an.

Einundzwanzig, zweiundzwanzig, dreiundzwanzig.

„Lügen Sie mich nicht an", sagte Linda scharf. Und dann, wieder sanfter: „Was hat Norman über mich erzählt?"

Noch bevor ich antworten konnte, fuhr sie fort: „Norman behauptet, ich hätte eine schwere Persönlichkeitsstörung, geben Sie es ruhig zu. Das erzählt er doch überall herum, das schreibt er in seinen Gutachten. Am liebsten will er mir eine multiple Persönlichkeit andichten, die Frau mit den zwei Gesichtern, mein Gott, was für ein Schwachkopf! Was für ein Spießer! Benutzt seine kleinlichen Diagnosen wie Waffen, um andere Leute fertigzumachen. Aber dass er behauptet, Benjamin habe das auch schon gesagt! Also das ist so … das macht mich so … wütend!" Linda richtete sich wieder auf: „Norman lügt! Er lügt!"

„Ich weiß, was Sie meinen, aber bitte, beruhigen Sie sich, es …"

„Norman weiß genau, dass ich nicht krank bin", erregte sie sich weiter. „Auch wenn er am liebsten jede avantgardistische Kunst für krank erklären würde, dieser Bauer. Aber auch ohne Kunst komme ich sehr gut zurecht in dieser Welt! Ich verdiene mein eigenes Geld, ich gehe achtsam mit mir um und liebe, was ich tue, ich habe einen tollen Freundeskreis … und … und eine tolle Tochter … ich", sie schluckte und sagte: „Norman ist ein Narzisst, es hat ihn damals schwer getroffen, als ich mich für Benjamin entschieden habe – und nicht für ihn."

„Nicht für ihn? Soll das heißen, Norman ...?"

Linda nickte, fuhr mit der Zunge über ihre Lippen, und sagte: „Ja, Norman und ich hatten mal eine Affäre, ist aber schon ewig her, über zwanzig Jahre, damals war ich etwas, nun ja, wie soll ich sagen, desorientiert, sonst hätte ich mich erst gar nicht mit Norman eingelassen, ich wollte ihn nämlich nie wirklich, ich wollte schon immer Benjamin. Natürlich hat ihn das damals tief gekränkt, als Benjamins Assistent war er immer nur zweite Geige, aber *das* hätte ich ihm trotzdem nicht zugetraut!"

Linda saß jetzt auf der Bettkante. Ihr Schlitzauge sah mich an, als sie fortfuhr, nun flüsternd: „Norman will mir meinen Teil an der Klinik nur nicht auszahlen, dieser Entenklemmer, aber wissen Sie was? Geld interessiert mich null, ich habe andere Prioritäten. Norman denkt in Zahlen, das ist schlimm, verdammt, was für eine Welt, wir waren mal Freunde!"

Plötzlich sackte sie in sich zusammen. Mit hängenden Schultern fügte sie hinzu: „Aber wissen Sie, was das Schlimmste ist?"

„Was?", flüsterte ich.

„Wenn ich nicht aufpasse, glaube ich selbst noch, dass ich verrückt bin. So weit hat er mich schon."

Linda legte beide Hände vor ihr Gesicht. Ihre Haare fielen nach vorne wie ein Vorhang, ihre glatten, braunen Haare, die sie immer im Mittelscheitel trug.

„Ich bin ein unabhängiger Gutachter", sagte ich wieder, fühlte mich aber ganz hilflos. „Deshalb hat das Gericht mich auch bestellt. Ich bin extra aus Hamburg angereist, mit dem Flugzeug. Sie kennen ja wahrscheinlich den Flughafen in Friedrichshafen?"

Sie nickte kaum merklich.

Weinte sie? Andere Frauen hätte ich jetzt getröstet, den Arm um sie gelegt, doch zu Linda hielt ich Distanz. Als Gutachter durfte ich nicht annähernd in Verdacht kommen, sie attraktiv zu finden, sonst konnte ich nichts mehr für sie tun.

„Gestern Mittag bin ich in Friedrichshafen gelandet", redete ich weiter, um das Schweigen zu füllen. „Um fünf war ich schon dort, aber dann gab es Probleme, das war ja ein ganz schlimmes Gewitter gestern, so etwas habe ich lange nicht mehr erlebt. Eine richtige Odyssee habe ich hinter mir, musste irgendwo bei so einem Bauernhof halten und nach dem Weg fragen, doch die Leute sprechen ja alle so einen seltsamen Dialekt hier, habe sie kaum verstanden."

Linda reagierte nicht. Vorsichtig legte ich doch meine Hand auf ihren Unterarm.

Draußen schlug die Turmuhr, drinnen mein Herz.

„Gegen elf kam ich dann endlich in Marienberg an", redete ich einfach weiter. „Schwester Helen war sehr freundlich und hat mir mein Zimmer gezeigt. Ein tolles Zimmer, übrigens, der neue Klinikkomplex ist ja ein richtiges Luxushotel."

Linda zog ihren Arm weg und sagte: „Schwester Helen ist eine dumme Pute. Herr Professor hier, Herr Professor da! Wenn ich das schon höre. Seit über zwanzig Jahren hofft sie, dass Norman sie eines Tages heiratet. Mein Gott, diese Frauen! Ist das nicht frustrierend?"

Sie sah mich an. Ihr verletztes Auge tränte.

„Ich verspreche Ihnen, dass ich mir ein unabhängiges Bild machen werde", sagte ich abermals. „Was Professor Sombra über Sie erzählt, spielt dabei keine Rolle."

„Professor Sombra!" Linda lachte bitter. Dann stand sie plötzlich auf. In einem schwarzen Seidenpyjama mit roten Blumen stand sie vor mir, blickte mit ihrem Schlitzauge prüfend auf mich herab und fragte: „Ich kann Ihnen also wirklich vertrauen?"

Ich nickte.

„Es geschehen seltsame Dinge auf Marienberg", sagte sie, ging zum Fenster und sah hinaus. Ihr Gang war erstaunlich geschmeidig. Das Parkett glänzte, ich konnte kein Blut mehr erkennen, nicht einmal einen rötlichen Schleier, jemand hatte gute Arbeit geleistet, sogar mit Politur war das Holz bearbeitet worden.

„Heute Nacht war jemand hier", sagte sie mit fester Stimme und blickte suchend in den Park hinab. „Hier bei mir im Zimmer. Er hat mich berührt."

„Berührt?"

„Ja", sagte sie. „Böse berührt."

„Böse berührt?", fragte ich und fasste mir an den Hals.

„Sie wissen schon."

Linda nickte, ohne sich nach mir umzudrehen. Es war nur ihr Rücken, den ich sah, ihr schmaler Mädchenrücken im Gegenlicht. Ich hörte ihre Stimme, die etwas rauchig klang: „Ich weiß, dass es nicht mein Mann gewesen sein kann. Benjamin ist tot. Mein Mann wurde ermordet. Natürlich weiß ich das, ich habe ihn ja selbst gefunden. Er hat nicht gut ausgesehen." Pause. „Aber *jemand* dringt nachts in mein Zimmer ein", fuhr sie dann fort, „er trägt Benjamins Pullover und raucht dieselbe Zigarrenmarke, *Romeo y Juliet*. Er benützt sogar sein Aftershave."

Ich starrte auf ihren Nacken.

Plötzlich drehte sie sich zu mir um und sagte: „Jemand versucht, mich um den Verstand zu bringen."

„Um den Verstand?"

„Mein Mann wurde ermordet!", rief sie, fuhr sich mit den Händen durch die Haare, während sie sprach: „Das muss man sich nur mal vorstellen! Benjamin! Wurde! Erstochen! Auf seiner gottverdammten Couch! Wenn es nicht so traurig wäre, wäre es ja schon wieder komisch. Und dann die Anklage. *Ich* soll es gewesen sein! Na klar, eine selbstbestimmte Frau wie ich ist seit jeher verdächtig, aber dass die nun so weit gehen! Früher hat man solche Frauen als Hexen verbrannt, heute steinigt man sie, das ist mir schon klar, aber trotzdem, *das* hätte ich nie gedacht! Stellen Sie sich das bloß mal vor: Ich! Das ist doch verrückt. Seitdem kann ich nicht mehr schlafen, ich habe keinen Appetit mehr, ich habe abgenommen, natürlich habe ich abgenommen!"

Ich beobachtete, wie Linda zu zittern begann.

„Und ja, ich höre Benjamins Stimme!", sagte sie. Noch immer blickte sie mich an, nun beinahe trotzig, als sie hinzufügte: „Immer wenn die Tür aufgeht, denke ich, gleich streckt er seinen Kopf herein und sagt: ‚Hallo Linda!'"

Ich nickte.

Lindas Augen glänzten, als sie fragte: „Aber ist das denn krank? Ist das nicht ganz normal? Natürlich ist das normal. Und dann die ganzen Medikamente und die Sorge um Delphine, das bringt mich noch um. Wissen Sie, was das Schlimmste ist? Der Blick in das Gesicht meiner Tochter. Delphine hat Angst, dass ich wirklich verrückt sein könnte! Das ist so, das ist so verdammt … Hölle! Dass Norman mir *das* antun konnte!"

Sie zitterte.

Tränen liefen ihr über die Wangen, als sie fragte: „Herr Kraft, welcher Mensch würde das alles einfach so wegstecken? Welcher?"

Dann drehte sie sich wieder um. Damit ich ihr Gesicht nicht sehen konnte, glaubte ich.

„Natürlich geht es mir schlecht", hörte ich sie schluchzen. „Aber ich bin nicht psychiatrisch erkrankt, das müssen Sie mir glauben. Irgendjemand nutzt meine Situation aus. Und nachts, wenn die Angst kommt, da weiß ich nicht mehr, was Traum ist und was Realität. Und dann kommt Benjamin, mein toter Mann, und besucht mich."

Linda legte ihre Stirn gegen die Scheibe.

Beinahe konnte ich das kühle Glas fühlen.

„Ihre Reaktion ist vollkommen normal", sagte ich und berührte sanft ihre Schulter. Schon eine ganze Weile stand ich hinter ihr. Ich sagte: „Psychisch krank wären Sie, wenn Sie das alles kalt ließe."

„Und dann noch Debby", fügte sie mit erstickter Stimme hinzu. „Debby ist doch heute Nacht auch verschwunden? Haben Sie was Genaueres gehört? Mit mir redet ja niemand. Aber ich meine, sie kann doch nicht einfach so verschwinden. Da stimmt doch etwas nicht!"

Sie drehte sich zu mir um und wich einen Schritt zurück.

„Ich muss aufpassen", sagte sie. „Ich weiß, dass ich aufpassen muss. Er hat es geschafft, hier in die Klinik zu kommen, und das zeigt, wie gefährlich er ist."

„Wer?", fragte ich.

„Patient 211", sagte sie.

„Patient 211?"

„Ein gefährlicher Serienmörder", sagte sie. „Benjamin hat sich ja immer mehr auf seine Privatpatienten konzentriert, hier in der Klinik gab es ja nur noch Therapie-To-Go, aber einen kleinen Kreis an Jüngern hatte er noch, die kamen zur Analyse zu uns nach Hause, manche schon seit Jahren, einige schon seit über zehn Jahren."

Draußen schlug die Turmuhr halb sechs.

Linda lauschte, dann fuhr sie fort: „Da sind viele Prominente darunter, Führungskräfte, Politiker, auch namhafte Schauspieler." Linda sah sich im Zimmer um, als suchte sie etwas, und flüsterte: „Patient 211. Mein Mann hat ihm diesen Namen verpasst. Keine Ahnung, wie er wirklich heißt, aber er ist gefährlich. Da laufen Gewalttäter frei herum, aber nein, der Staat konzentriert sich auf mich, auf die Ehefrau, ich meine, ist das nicht unglaublich?"

„Sie glauben also …"

„Pst!", sagte Linda, legte mir ihren Finger auf die Lippen und fügte hinzu: „Vielleicht werden wir überwacht."

„Sie glauben also", fragte ich leiser, „dass Ihr Mann wirklich von einem Serienmörder ermordet wurde?"

„Richtig", flüsterte sie. „Was glauben Sie denn?"

Linda ging zurück zum Bett, legte sich hinein und zog die Decke bis zum Kinn hoch. Ihr Auge sah mich komplizenhaft an, als sie leise sagte: „Es war ein Fehler, dass mein Mann diesen Patient 211 überhaupt zur Analyse angenommen hat."

„Patient 211?", fragte ich wieder.

„Details hat Benjamin mir nicht genannt", antwortete sie, „er nahm seine therapeutische Schweigepflicht sehr ernst." Wieder sah sie sich im Zimmer um, als sie sagte: „Aber wenn ein Mörder dich zum Mülleimer für seine Probleme macht, dann musst du aufpassen. Am Ende wirst du nämlich selbst entsorgt. So machen das alle Typen von der Mafia."

„Mafia?"

Sie zuckte mit den Achseln. „Mafia, IS, Geheimdienst, was weiß ich."

„Sehr abenteuerlich", sagte ich, setzte mich ans untere Bettende und fragte: „Haben Sie das etwa auch den Ermittlern erzählt?"

„Ja", gab sie kleinlaut zu. „Heute weiß ich, das war ein Fehler. Ich bin nicht paranoid!"

„Darf ich ehrlich sein?", fragte ich. „Für mich klingt das nicht nach einem paranoiden Wahn. Aber Sie suchen nach einer Erklärung für das Unfassbare, das Ihnen geschehen ist. Das ist vollkommen normal.

Deshalb klammern Sie sich an jeden Strohhalm. Sie wissen ja wahrscheinlich, dass Serienmörder sehr selten sind, mehr eine Erfindung der Filmindustrie. Die wenigsten Morde gehen auf das Konto von dem großen, unbekannten Serienkiller. Beziehungstaten innerhalb der Familie sind und bleiben die Nummer eins."

„Ich habe Beweise", entgegnete sie.

Ich stutzte.

„Die Patientenakte", sagte sie. „Benjamins Büro war durchwühlt, als ich es betrat. Die haben dann gesagt, ich hätte das gemacht, um einen Raubmord vorzutäuschen. Aber ich täusche doch keinen Raubmord vor! Und schon gar nicht so dilettantisch! So blöd bin ich nicht." Sie blickte mich triumphierend an, als sie hinzufügte: „Patient 211 hat nach seiner Akte gesucht. Aber nur ich wusste, wo Benjamin sie aufbewahrt."

Ungläubig schüttelte ich den Kopf: „Haben Sie mit Norman darüber gesprochen?"

„Dieser phantasielose Buchhalter!", fauchte sie. „Als ob ein Serienmörder derart abwegig wäre. Lesen Sie doch mal die Fachliteratur, allein in Amerika sind derzeit 500 unerkannte Serienmörder unterwegs, davor hat der *Spiegel* schon vor Jahren gewarnt, und die Dunkelziffer ist riesig."

In diesem Moment klopfte es.

Beide blickten wir zur Tür hinüber, die sich langsam öffnete. Es war die kleine, blonde Frau von heute Morgen, die uns groß anblickte.

„Komm ruhig rein, Evelin", sagte Linda.

Die Angesprochene trat ein, schloss die Tür hinter sich und kam zu uns. Am Bettende blieb sie stehen und legte ihre Hand auf den Hügel in der Decke, unter dem sich Lindas Fuß befinden musste.

„Das ist alles so schrecklich", sagte Evelin und streichelte die Decke. „Hast du wirklich versucht, dich aus dem Fenster zu stürzen, Linda?"

„Hör auf damit", sagte Linda.

„Es ist so schrecklich alles", sagte Evelin und streichelte schneller.

„Hör auf!", sagte Linda. „Wir können dem Mann vertrauen. Das ist Doktor Kraft aus Hamburg. Er schreibt das Gutachten, du weißt schon, für das Gericht."

Evelin blickte mich panisch an.

„Ich wollte ihm gerade erzählen, was du heute Nacht gehört hast", sagte Linda. Und dann: „Aber jetzt bist du ja da. Sag du es ihm selbst, bitte."

Evelins Blick wanderte zwischen Linda und mir hin und her.

„Also, Evelin hat gesehen", erklärte Linda, „sie hat gesehen, dass heute Nacht ein Mann bei Debby im Zimmer war. Wahrscheinlich war es derselbe, der auch bei mir gewesen war."

Evelin stand wie versteinert da.

„Aber das ist nicht alles", fügte Linda hinzu und sagte: „Der Mann hat Debby vergewaltigt. Das stimmt doch, Evelin?"

Evelin hielt sich am Bett fest. Ihre Fingerknöchel traten weiß hervor.

„Das ist ein massiver Vorwurf", sagte ich, während ich spürte, wie sich mein Puls beschleunigte: „Sie haben also gesehen, wie eine Patientin sexuell missbraucht wurde?"

Evelins Unterlippe bebte, sie stammelte: „Ich … also ich bin mir nicht mehr … sicher."

„Was?" Linda sah sie entsetzt an.

„Ich", stammelte Evelin, beinahe weinte sie, als sie sagte: „Ich weiß nicht … vielleicht habe ich mich …. auch getäuscht."

„Aber …!"

Mehr brachte Linda nicht hervor. Sie setzte sich auf in den Schneidersitz, legte die Hände vors Gesicht und wippte hin und her.

„Ich werde mit Professor Sombra darüber sprechen", sagte ich entschieden.

„Tun Sie das nicht", sagte Linda und hielt mich plötzlich am Arm fest. „Ich habe das schon versucht. Normans Reaktion lässt nur einen Schluss zu."

Evelin hustete.

„Norman hängt da mit drin", sagte Linda. „Ich weiß nicht wie, aber er hängt da mit drin!"

Wieder klopfte es.

Diesmal war es Tom. Er trug ein anderes T-Shirt, es war enger als das grüne Hemd, darunter zeichnete sich ein gut trainierter Oberkörper ab.

Ich starrte zum Fenster hinaus.

„Evelin, wenn du jetzt bitte in dein Zimmer rübergehst", hörte ich seine dunkle, weiche Stimme. Als ich mich umdrehte, sah ich gerade noch, wie Tom ihr mit der Hand über den Rücken streichelte. Er streifte dabei auch ihren Po.

„Und Sie?", fragte Tom, nachdem Evelin draußen war.

„Ich bin Arzt", erwiderte ich kühl.

Für den Bruchteil einer Sekunde glaubte ich, Verachtung in Toms Blick zu erkennen, dann lächelte er und sagte: „Wenn es Frau Fallersleben nicht stört."

Linda zuckte mit den Achseln. „Ich hab wirklich andere Probleme", sagte sie, kroch aus dem Bett und verschwand im Bad. Tom und ich blickten ihr hinterher. Dann begann er, das Bett neu zu machen. Er nahm den Schutzstreifen vom Leintuch und warf ihn in eine Ecke.

Ich fragte: „Haben Sie das Bett nicht schon mal gemacht heute?"

Er antwortete nicht.

Ich fragte: „Wissen Sie etwas über diese Patientin, Debby, die heute Nacht verschwunden ist?"

Tom ging zum Schrank, nahm ein frisches Tuch heraus und sagte: „Debby Koch, ja. Sie wollte nicht zurück in ihr altes Leben. Kann ich ehrlich gesagt auch verstehen. Ist zwar radikal, so ein Schritt, einfach über Nacht abzuhauen, aber sie wusste wohl, dass es nicht anders geht."

„Was geht nicht anders?"

„Veränderung."

Er breitete das Schutzlaken quer über das Bett und strich es glatt. Dann stopfte er die Enden unter die Matratze.

Linda pinkelte. Das Geräusch war deutlich zu hören.

„Debby saß in der Falle", sagte Tom. „Der Klassiker halt. Sie ist Hausfrau und Mutter, aber die Kinder sind erwachsen, studieren irgendwo in England, und der Mann ist kaum zu Hause. Debby hat keine Aufgabe mehr, rutscht aber immer tiefer in die Depression, war ja nicht das erste Mal, dass sie in Marienberg war. Sie hätte schon früher raus müssen aus den alten Mustern. Verdammt, es ist ihr Leben! Da hätte ich auch die Kohle genommen und wäre abgehauen. Hier wird doch niemand gesund, sondern nur wieder funktionsfähig gemacht."

Tom schüttelte das Kissen und platzierte es auf dem Bett.

Die Klospülung ging. Der Wasserhahn wurde aufgedreht.

„Was wollen Sie damit sagen?", fragte ich.

„Ich?", fragte Tom. „Ich will gar nichts sagen. Ich bin nur der Pfleger."

Linda kam aus dem Bad zurück. Sie hatte sich mit Parfüm eingesprüht, ich konnte es riechen, als sie neben mir stand und sagte: „Das glaube ich nicht, Tom, dass Debby freiwillig abgehauen ist. Ich kenne sie schon ewig, sie hat mir mal Modell gestanden für *TittiPussyBoy*. Debby liebte ihre Kinder, sie wäre nie freiwillig gegangen."

Tom zuckte mit den Achseln, ging wieder zum Schrank und kam mit der aufgefüllten Tablettenbox zurück.

„Ich will das nicht!", sagte Linda, setzte sich wieder im Schneidersitz auf das frisch bezogene Bett und umfasste ihre Fußknöchel.

„Das haben wir doch schon oft besprochen", sagte er. „Darüber müssen Sie mit dem Herrn Professor diskutieren. Ich darf das nicht entscheiden. Wenn ich die Medikamentation ändere, bin ich meinen Job los."

Tom streichelte ihren Rücken.

„Was ist das genau?", fragte ich. „Kann ich mal sehen?"

Tom reichte mir die Box und sagte: „Citalopram. Schlägt gut bei ihr an, bis auf die Mundtrockenheit und Schwindelgefühle. Aber besser als das Mirtazapin, das hat bei Linda gar nicht gewirkt. Das

Antidepressivum können wir nicht einfach absetzen, das wäre kontra."

Ich nickte.

„Aber ich will das nicht", sagte Linda.

„Beim Antidepressivum können wir jetzt nichts machen", gab ich Tom recht. „Aber die Schlaftabletten? Die Dosis kommt mir relativ hoch vor. Was ist das genau?"

„Melperon", gab Tom zur Antwort.

Es waren drei kleine, weiße Tabletten à 100 mg.

„300 Milligramm", sagte ich nachdenklich. „Damit können Sie einen Ochsen einschläfern."

„Ich bin nur der Pfleger", sagte Tom.

„Aber ich bin Arzt", entgegnete ich, nahm eine Tablette heraus und sagte: „Das genügt. Dann sind Sie morgen auch nicht so müde, wenn wir unser Gespräch haben."

Linda nickte. Sie lächelte.

„Aber ich weiß von nichts", sagte Tom. „Das ist allein Ihre Verantwortung."

„Ich trage die Verantwortung", entgegnete ich, räusperte mich und fügte hinzu: „Ich bin Arzt."

10

Nachdenklich kehrte ich in mein Zimmer zurück. Linda hatte mir zum Abschied die Patientenakte gegeben, von der sie erzählt hatte, und dabei in mein Ohr geflüstert: „Bitte lies das."

In meinem Zimmer war es stickig. Ich hatte vergessen, die Jalousie herunterzulassen. Die Sonne hatte den ganzen Nachmittag hereingeknallt, ich ging zur Balkontür, öffnete sie und trat auf die Terrasse hinaus. Draußen war es immer noch warm. Unten im Pavillon versammelten sich Leute, ihre Stimmen drangen gedämpft zu mir herauf. Das Licht war milder geworden, mein erster Abend auf Marienberg brach an.

Die Turmuhr schlug sieben Mal.

Ich ging wieder hinein, nahm eine Flasche Wasser und setzte mich in den alten Ledersessel. Norman hatte denselben Sessel in seinem Büro. Wahrscheinlich hatten alle Ärzte solch einen Sessel in ihren Zimmern und wahrscheinlich war er auch nicht alt.

Patient 211, stand auf der Akte.

Eigentlich wollte ich das nicht lesen. Alles in mir sträubte sich dagegen. Für einen Moment schloss ich die Augen. Dass Linda wirklich glaubte, ihr Mann wäre von einem Serienmörder erstochen worden, beunruhigte mich.

Vom Park her drang leise Musik herauf.

Um als Serienmörder zu gelten, musste man mindestens drei Menschen getötet haben, und zwar in einem zeitlichen Abstand zueinander, der einen Bezug erkennen ließ. Ich hatte mich lange genug mit der Materie beschäftigt. Ein Amokläufer zum Beispiel war kein Serienmörder, weil er viele Menschen auf einmal tötete.

Patient 211.

Ich starrte auf die Akte. Sie hatte einen verblichenen, leicht rötlichen Pappdeckel, auf dem nur stand: *Patient 211.* Sonst nichts. Sollte ich das wirklich lesen? Ich ging zur Minibar, öffnete sie und bemerkte, dass jemand den Wein nachgefüllt hatte. Ich nahm mir die gleiche Flasche wie am Vortag.

Wenn man die Kriminalstatistik ansah, verlor der Serienmörder an Schrecken. Im Zeitraum von 1945 bis 1995 wurden in Deutschland 54 Männer und sieben Frauen als Serienmörder bzw. Mörderinnen verurteilt. Zusammen hatten sie 453 Menschen getötet. Das war ganz ordentlich, aber so viele waren es auch wieder nicht.

Doch das waren nur die verurteilten Serienmörder, hörte ich Lindas imaginäre Stimme einwenden. Wie viele liefen da draußen frei herum?

Die Patientenakte enthielt 18 maschinenbeschriebene und nummerierte DIN-A4-Blätter. Dazwischen steckten Zeitungsartikel. Ich nahm einen Schluck Rotwein und las:

Protokoll der ersten Sitzung *(Mittwoch, 7. Dez. 2016)*

Frage: *„Warum Sind Sie gekommen? Was führt Sie zu mir?"*

Patient 211: „Es ist mir klar, dass es so nicht weitergehen kann. Ich muss etwas dagegen tun. Ich war schon bei zig Ärzten, aber die Schmerzen kommen wieder. Jetzt hatte ich fast sechs Jahre Ruhe. Der Internist, bei dem ich war, der meinte, das wäre psychosomatisch bedingt, also psychisch. Er hat mich dann ein paar Sachen über meine Kindheit und so gefragt. Und ob ich schon mal eine Psychotherapie gemacht habe, wollte er wissen. Früher habe ich das nicht in Betracht gezogen, das ganze Gerede bringt doch nichts. Aber hey, du versuchst das jetzt mal, habe ich mir gesagt.“

Frage: „Was sind das für Schmerzen?“

Patient 211: „Das ist ganz schwer zu beschreiben. Es fängt immer mit so einem Ziehen in der Herzgegend an, wie Seitenstechen, dann wandert es. Manchmal fühlt es sich auch an wie eine Lähmung, die von innen nach außen geht. Am Ende bekomme ich dann kaum noch Luft, obwohl ich atmen kann. Das Ganze steigert sich dann über Monate. Diagnostiziert ist schon viel worden, Gelenkrheuma, Grippe, Allergien, Verdacht auf MS und Gehirntumor. Aber organische Ursachen wurden bisher nicht gefunden.“

Patient schweigt.

„Früher hatte ich das öfter. Aber jetzt war fast sechs Jahre Ruhe.“

Frage: „Und wie hat es aufgehört? Was haben Sie dagegen getan?“

Patient 211: „Das hörte von alleine auf.“

Schweigt.

„*Es ist wie ein Befreiungsschlag, wenn es aufhört. Fast wie eine Erlösung, danach fühle ich mich immer, wie sagt man, wie neu geboren.*“

Frage: „*Wann traten die Schmerzen zum ersten Mal auf?*“

Patient 211: „*Zum ersten Mal, da war ich so zwölf oder dreizehn, also in der Pubertät. Ich habe sogar ein Jahr in der Schule wiederholen müssen deshalb.*“

Schweigt.

„*Dann kam es wieder so kurz nach meinem 18. Geburtstag. Damals wusste ich dann schon, was mir Linderung verschafft. Ich lernte halt, damit umzugehen. Eine Zeitlang dachte ich dann, es wäre ganz verschwunden, aber so mit Mitte zwanzig kam es wieder. Am Schlimmsten ist es immer im Sommer, wenn es draußen warm ist. Im Winter kann ich das besser kontrollieren. Deshalb dachte ich, ich tue jetzt etwas dagegen.*“

Frage: „*Gibt es bestimmte Auslöser, warum es ausgerechnet jetzt wiederkehrt?*“

Patient 211: „*Da ist mir nichts Besonderes aufgefallen. Ich meine, Stress hat ja jeder, aber ob der jetzt davor besonders schlimm war, weiß ich nicht. Glaub nicht.*“

Frage: „*Warum kommen Sie ausgerechnet zu mir?*“

Patient 211: „*Meine Freundin macht gerade eine Umschulung zur Therapeutin. Und sie meinte, Sie sind der Beste. Also das ist toll, dass das so schnell geklappt hat mit dem Termin, das hätte ich ja nie gedacht.*“

Frage: „Ich kann Ihnen nichts versprechen. Nach dem Vorgespräch sehen wir weiter. Warum meinte Ihre Freundin, Sie sollten eine Psychoanalyse machen?"

Patient 211: „Wegen meiner Kindheit. Sie meint, das wäre die Ursache meiner Probleme, auch wegen dem Sex und so."

Frage: „Haben Sie Probleme mit der Sexualität?"

Patient 211: „Ich weiß nicht. Aber Mirjam, also meine Freundin, die glaubt, dass meine Schmerzen und meine Sexprobleme mit meiner Mutter zu tun haben. Aber ich weiß nicht. Mit meiner Mutter hatte ich immer ein sehr gutes Verhältnis. Jetzt ist sie im Heim, ich besuche sie dort täglich. Aber vielleicht hat Mirjam ja doch recht."

Frage: „Warum denken Sie das?"

Patient 211: „Es fällt mir schwer, darüber zu sprechen." Schweigt.

„Bisher habe ich noch nie darüber gesprochen. Auch mit Mirjam nicht, obwohl wir sonst über alles sprechen."

Schweigt.

„Es ist mir schon klar, dass das Teil des Problems ist, also dass ich nicht darüber sprechen kann. Ich will eigentlich nicht einmal daran denken."

Schweigt.

„Meine Eltern sind einfache Leute, sehr religiös, sehr bodenständig. Bei uns wurde nicht viel über Sex gesprochen. Bei uns wurde eigentlich gar nicht viel gesprochen, über Probleme schon gar nicht."

Schweigt.

„Aber wie ist das eigentlich? Wenn ich Ihnen etwas erzähle, bleibt das dann auch wirklich unter uns? Sie haben doch eine Schweigepflicht wie ein Pfarrer, oder?"

Antwort: *„Ja. Psychotherapeuten sind zur Verschwiegenheit verpflichtet, das regelt die Musterberufsordnung der Bundespsychotherapeutenkammer."*

Patient 211: *„Was steht da drin?"*

Antwort: *„Jedes Geheimnis, das Sie mir anvertrauen, egal ob es Ihre sexuelle Veranlagung betrifft, ihre berufliche Tätigkeit oder Informationen über Dritte, steht unter Schweigepflicht. Gemäß Paragraph 203 unseres Strafgesetzbuches würde ich mich strafbar machen, wenn ich gegen die Schweigepflicht verstoße. Das kann eine Geldstrafe oder sogar eine Freiheitsstrafe bis zu einem Jahr nach sich ziehen. Unsere Zeit ist jetzt allerdings zu Ende. Wir sehen uns nächste Woche wieder."*

Notiz: *Patient wirkt höflich, gebildet, unauffällig. Aufgrund der bestehenden, enormen Verdrängungsleistung erscheint eine Psychoanalyse hier erfolgsversprechend. Deshalb legen wir zum Abschluss die Termine für die nächsten zehn Stunden fest, immer mittwochs um 18 Uhr.*

Ich blickte auf.

Draußen schlug die Turmuhr halb acht.

Wieder hörte ich Musik, es waren beruhigende Klänge mit einfachen Melodien. Ich nahm einen großen Schluck Wein, schloss meine Augen und lauschte. Dann las ich weiter:

Protokoll der zweiten Sitzung *(14. Dez. 2016)*

Frage: „*Wie geht es Ihnen heute?*"

Patient 211: „*Okay.*"

Schweigt.

„*Ich möchte noch mal nachfragen. Sie haben letztes Mal gesagt, dass hier alles vertraulich ist. Zeichnen Sie die Gespräche eigentlich auf?*"

Antwort: „*Nein. Ich mache mir nur Notizen aus dem Gedächtnis. Allein für therapeutische Zwecke, versteht sich.*"

Patient 211: „*Okay.*"

Schweigt.

„*Ich habe nachgedacht über das, was wir letztes Mal besprochen haben. Ich glaube nicht, dass meine Mutter das Problem ist.*"

Schweigt.

„*Ich liebe eine andere Frau. Das ist mein Problem.*"

Frage: „*Was für eine andere Frau? Meinen Sie Ihre Freundin Mirjam?*"

Patient 211: „*Okay. Es bringt ja nichts. Ich muss darüber reden.*"

Schweigt.

„*Nein, es geht nicht um Mirjam.*"

Schweigt.

„*Also ich liebe diese Frau, seit ich sie zum ersten Mal gesehen habe. Das ist ganz schwer zu beschreiben, aber das habe ich sofort gespürt, dass sie mein Ziel ist.*"

Frage: „*Ihr Ziel?*"

Patient 211: „Ich weiß nicht genau, wie man dazu sagt. Aber es ist, als ob immer alles zu ihr führt am Ende.“

Schweigt.

„Jeden Abend denke ich an sie. Eigentlich denke ich auch jeden Morgen an sie. Wenn ich ehrlich bin, denke ich immer an sie. Ich stelle mir dann vor, was wir alles zusammen machen, wie wir abends zusammen auf der Terrasse sitzen, zusammen kochen, uns unterhalten und so. Oder ich erinnere mich daran, welches Kleid sie getragen hat und was sie gesagt hat.“

Frage: „Was hindert Sie daran, mit dieser Frau zusammenzukommen?“

Patient 211: „Nun ja, das ist nicht ganz einfach. Sie ist eine höhere Tochter, und ihre Eltern möchten unsere Verbindung nicht. Darunter leidet sie sehr.“

Schweigt.

„Außerdem ist sie verheiratet.“

Schweigt.

„Wir sind auch noch nicht so weit.“

Frage: „Wie lange geht das schon?“

Patient 211: „Sie meinen, als ich sie zum ersten Mal gesehen habe?“

Schweigt.

„Das war vor sieben Jahren. Damals trug sie ein rotes Kleid. Ich habe mich sofort in sie verliebt, beim ersten Blick. Ihr ging es ähnlich.“

Frage: „Sie haben also seit sieben Jahren ein Verhältnis mit einer verheirateten Frau, ist es das, was Sie bedrückt?“

Patient 211: „*Aber wir haben keinen Sex, falls Sie das meinen.*"

Schweigt.

„*Ehrlich gesagt, haben wir uns noch nie getroffen.*"

Schweigt.

„*Wir haben auch noch nie miteinander gesprochen.*"

Frage: „*Sie lieben eine Frau und glauben, dass sie Sie auch liebt, obwohl Sie noch nie ein Wort mit ihr gewechselt haben? Sehe ich das richtig?*"

Patient 211: „*Ich weiß, das klingt verrückt, und wenn ich das so höre, finde ich auch, dass es verrückt ist. Aber immer wenn ich sie im Fernsehen sehe, weiß ich, dass wir füreinander bestimmt sind.*"

Frage: „*Sie haben sich also in eine Schauspielerin verliebt?*"

Patient 211: „*Sie ist keine richtige Schauspielerin, eher so eine Society Lady oder wie man dazu sagt.*"

Frage: „*Aber woher wissen Sie, dass diese Frau Sie auch liebt?*"

Patient 211: „*Sie sagt es mir. Sie sendet mir kleine Botschaften, in der Zeitung oder in Bildern oder Gedichten oder so.*"

Frage: „*Haben Sie auch negative Phantasien diese Frau betreffend?*"

Patient 211: „*Negative Phantasien?*"

Antwort: „*Wollen Sie ihr etwas antun? Würden Sie ihr etwas antun, wenn sie Sie nicht liebt?*"

Patient 211: „Um Gottes willen, nein. Ich würde ihr niemals etwas antun, nie! Ich liebe sie. Das habe ich doch gesagt."

Schweigt.

„Warum sagen Sie jetzt nichts mehr?"

Pause.

„Herr Fallersleben?"

Antwort: „Haben Sie schon mal was von Liebeswahn gehört? Das ist ein Krankheitsbild. Man sagt auch Erotomanie dazu. Die griechische Bezeichnung finde ich aber nicht gelungen, weil es bei den Betroffenen nicht primär um die sexuelle Befriedigung geht, sondern mehr um das Schwelgen in den Bildern einer romantisch und idealistisch gefärbten Liebe."

Patient 211: „Und Sie meinen, ich habe so einen Wahn?"

Antwort: „Es ist jetzt noch zu früh, das zu beurteilen, aber alles weist in diese Richtung. Sie glauben, diese Frau zu lieben und von ihr ebenfalls geliebt zu werden, obwohl Sie noch nie ein Wort mit ihr gewechselt haben. Bei manchen Patienten geht das bis zur Planung der Hochzeit. Haben Sie auch solche Phantasien?"

Patient 211: „Ich stelle mir oft vor, wie sie in einem Brautkleid aussieht."

Antwort: „Sehen Sie."

Patient 211: „Ich weiß nicht. Selbst wenn. Was ist schlecht daran?"

Antwort: „Die Frage ist berechtigt. Tatsächlich ist der Liebeswahn nicht mit Stalking zu verwechseln, bei dem die Frau belästigt, terrorisiert oder am Ende gar getötet wird. Nein. Beim Liebeswahn schädigt sich der Betroffene vor allem

selbst. Die massiven emotionalen Investitionen führen irgend-
wann zum Bankrott des Herzens, wenn Sie so wollen. Und
Sie verhindern damit natürlich auch, dass Sie eine wirklich er-
füllende Beziehung eingehen. Sie sind ja auch mit Mirjam liiert,
obwohl Sie diese andere Frau zu lieben meinen. Denken Sie
bis zum nächsten Mal bitte darüber nach. Für heute ist unsere
Zeit abgelaufen.“

Notiz: *Patient 211 leidet offensichtlich unter einer Wahn-*
entwicklung, aber selbst Professor Kraeplin, eine Koryphäe auf
diesem Gebiet, stufte den Liebeswahn als eine „besonnene Ver-
rücktheit“ ein, die nicht den Kern der Persönlichkeit zerrüttet.
Patient 211 leitet eine Firma, hat ein gutes Einkommen, eine
Freundin und ein Haus.

Die Turmuhr schlug Viertel vor acht.

Ich blickte zum Fenster. Ein sanfter Wind kam auf,
Klänge eines Xylophons drangen zu mir herein. Es
roch nach Gras, in der Ferne fuhr ein Mähdrescher.
Ich bekam Lust auf eine Zigarette, beschloss jedoch,
die nächsten beiden Seiten noch zu lesen, bevor ich
nach unten eine rauchen ging:

Protokoll der dritten Sitzung *(21. Dez. 2016)*
Frage: *„Wie geht es Ihnen heute?“*
Patient 211: *„Nicht so gut. Ich habe kaum geschlafen,*
und das Ziehen in der Brustgegend ist wieder schlimmer gewor-
den.“

Frage: „Das ist ein positives Zeichen. Sie haben jahrelang in einer Scheinwelt gelebt, die Ihnen aber auch Halt und Geborgenheit vermittelt hat. Wenn Sie nun Schritt für Schritt aus dieser Scheinwelt heraustreten, sorgt das für Irritation. Wie gesagt, das ist ganz normal. Und wir haben noch einen langen Weg vor uns."

Patient 211: „Scheinwelt, ich weiß nicht. Ich verstehe schon, was Sie meinen, aber …"

Schweigt.

„Diese Frau, also vielleicht sollte ich sagen, meine Gefühle zu dieser Frau, die geben mir positive Gefühle. Meine Schmerzen haben damit nichts zu tun."

Frage: „Wo kommen Ihre Schmerzen her? Was glauben Sie?"

Patient 211: „Es sind diese Bilder, die in letzter Zeit wieder hochkommen."

Frage: „Was für Bilder?"

Patient 211: „Schreckliche Bilder."

Schweigt.

„Bilder von toten Frauen. Immer wieder sehe ich dieses Mädchen. Also in der Gegend, wo ich aufgewachsen bin, da ist vor langer Zeit ein Mädchen ermordet worden. Sie ist damals Opfer eines Sexualverbrechens geworden. Fast zwanzig Jahre ist das jetzt her, aber es beschäftigt mich immer noch."

Frage: „Haben Sie damals in der Zeitung Bilder gesehen, die Sie schockiert haben?"

Patient 211: „Ja genau."

Schweigt.

„Aber nicht nur. Es war der Sommer 1998, kurz nach meinem 18. Geburtstag. Ich kam gerade von der Arbeit. Es war ein warmer Sommerabend, alle waren gut drauf, nur ich hatte Schmerzen im Brustkorb. Ich fuhr mit dem Auto nach Hause, und da habe ich sie auf dem Fahrrad gesehen. Ihre langen Haare flatterten so im Wind. Da machte es irgendwie Klick. Ich hielt am nächsten Parkplatz und habe sie angesprochen. Sie war Schülerin, sagte sie, erst 14 Jahre, aber sie wirkte viel reifer. Melanie hieß sie. Sie erzählte mir von einem Film, den sie gesehen hatte, wir kamen ins Gespräch, ich fand sie wirklich nett."

Schweigt.

„Ich habe sie dann gefragt, ob ich sie nach Hause fahren soll. Weil es ist ja nicht ganz ungefährlich für Mädchen, wenn es dunkel wird. Aber sie wollte nicht."

Schweigt.

„Zwei Tage später las ich dann in der Zeitung, dass dieses Mädchen ermordet worden war. Das zu lesen, also das war schrecklich. Ich fühlte mich schuldig."

Schweigt.

„Diese Bilder liegen auf meiner Seele, verstehen Sie? Als ob sie mich ersticken wollen. Das war schrecklich, wirklich, aber das Komische daran war, dass meine Schmerzen danach weg waren. Vielleicht hat das mit dem Schock zu tun. Es war wie ein Befreiungsschlag, endlich war dieser Druck weg, die Lähmung."

Frage: „Ich weiß nicht, ob ich Sie richtig verstehe. Sie haben also mit einem Mädchen Kontakt geknüpft, das kurz danach Opfer eines Verbrechens wurde. Die Bilder von dem Verbrechen empfanden Sie als belastend und zugleich als befreiend. Deshalb haben Sie Schuldgefühle. Habe ich Sie da richtig verstanden?"

Patient 211: „Ja genau."

Schweigt.

„Ich muss diese Bilder loswerden. Ich will auch alles tun, was Sie sagen. Ich bin kein schlechter Mensch, das müssen Sie mir glauben."

Frage: „Natürlich sind Sie kein schlechter Mensch. Wer sagt so was?"

Patient 211: „Mein Bruder."

Schweigt.

„Er ist sechs Jahre älter als ich. Ich meine, ich weiß, dass das Quatsch ist, aber es wirkt halt immer noch. Früher war er wichtig für mich, als Kind, meine ich."

Antwort: „Unsere Zeit ist abgelaufen. Darüber reden wir nächste Stunde weiter."

Notiz: *Hat es im Sommer '98 einen Mord an einem Mädchen im Allgäu gegeben? Oder liegt bei Patient 211 auch hier eine Wahnbildung vor? Recherchieren.*

Das Handy vibrierte. Ich stand auf, ging zum Schreibtisch und blickte auf das Display.

Es war 19:51 Uhr.

Zwei verpasste Anrufe. Außerdem hatte Jutta fünf WhatsApp geschickt. Ich überflog sie nur: *Alles klar bei dir? Hier … Wie ist es in Marienberg? Habe gehört …*

Und die Patientin? Ein schwerer Fall? … Hier nichts Neues. Lolo hat sich überfressen … Sie hat die ganze Nacht gejault, aber …

Lolo war der Hund. Ein Pudel, weiß und klein. Jutta hatte im Verlauf des Tages das Paar-Profilbild gegen ein Bild vom Hund ausgetauscht.

Mein Verlangen nach einer Zigarette wuchs. Ich steckte die Blätter zurück in die Mappe, da fiel ein Zettel heraus. Es war ein Zeitungsartikel, der Ausdruck eines Online-Artikels aus dem Jahr 2013. Meine Hand zitterte, als ich ihn las:

Mord an Schülerin vor 15 Jahren nie aufgeklärt

Wangen im Allgäu. *Melanie Huber aus Opfenbach wurde vor 15 Jahren ermordet. Bis heute ist der Fall nicht geklärt. Ihre Eltern und Geschwister hoffen noch immer, dass der Täter gefasst wird.*

Am 8. September 1998 verschwand die damals 13-jährige Melanie Huber aus Opfenbach und wurde kurz darauf ermordet. Das schreckliche Gewaltverbrechen schockierte das ganze Dorf. Auch überregional nahm man großen Anteil am Schicksal des Mädchens.

Die Schülerin hatte am Abend des Verbrechens das Kino Filmbühne in Wangen besucht. Gegen 21 Uhr machte sie sich auf den Heimweg zum Hof der Eltern in Opfenbach. Für die

Strecke brauchte sie normalerweise dreißig Minuten mit dem Fahrrad. Doch am Abend des 8. September kam sie nicht zu Hause an.

Die Lindauer Kripo, die in dem Mordfall ermittelte, rekonstruierte, dass die Schülerin den Fahrradweg entlang der B32 nahm. Auf einem Parkplatz nur wenige Kilometer hinter Wangen wurde sie von einem Zeugen um 21:20 Uhr noch lebend gesehen.

Andere Zeugen beobachteten einen hellblauen Kleintransporter der Marke Citroën, der zu dieser Zeit auf dem Parkplatz geparkt haben soll. Später fand die Polizei im Gebüsch hinter dem Parkplatz das Fahrrad, Blut und die Jacke der Schülerin. Vermutlich hat sich Melanie Huber gegen ihre Entführung gewehrt. Einen Tag später, am 9. September, fiel der hellblaue Kleintransporter auf dem Gelände einer Tankstelle kurz vor Lindau auf. Der Zeuge erkannte auf dem Beifahrersitz ein blondes Mädchen. Die Beschreibung deckt sich mit der von Melanie Huber.

Über ein Jahr fehlte jede Spur von Melanie Huber. Im Sommer 1999 fanden Golfspieler ein Skelett im Unterholz des Golfparks Bregenzerwald in Österreich. Aufgrund der Zähne und einer Kette konnte die Leiche eindeutig als Melanie Huber identifiziert werden. Kleidung konnte keine gefunden werden, was die Kripo als Indiz für ein Sexualdelikt wertete.

Die gerichtsmedizinische Untersuchung ergab als Todesursache ein Erwürgen mit bloßen Händen. Hieraus folgt die Rekonstruktion der Polizei, dass die Schülerin auf dem Parkplatz überwältigt und am nächsten Tag erdrosselt worden war.

Auch noch heute – 15 Jahre nach der schrecklichen Bluttat – ist das Verbrechen an Melanie Huber ungeklärt. Erste Verdächtigungen im Bekanntenkreis des Mädchens erwiesen sich als haltlos. Doch Mord verjährt nicht. Der Fall wurde mehrmals wieder aufgerollt, zuletzt vor vier Jahren.

2009 hat die Bodensee Zeitung im Rahmen einer Serie über ungeklärte Morde über das Schicksal von Melanie Huber berichtet. Danach gab es viele neue Hinweise, welche die Ermittlungen allerdings nicht weitergebracht haben. Auch wurde die Vermutung aufgestellt, dass es sich bei dem unbekannten Mörder um einen Serientäter handeln könnte, denn im Zeitraum von 2001 bis 2006 verschwanden noch zwei Mädchen im Raum Allgäu/Bodensee, die ebenfalls erdrosselt aufgefunden worden waren. Für Walter Reinleitner, Chef der Kriminalpolizei Lindau, reichen diese Übereinstimmungen aber nicht aus, um auf dieselbe Täterhandschrift zu schließen.

Die Hoffnung bleibe bestehen, so Reinleitner, dass neue Spuren im Mordfall Melanie Huber auftauchen, die mit neuen Untersuchungstechniken verfolgt werden können.

„Ungeklärte Mordfälle werden von uns regelmäßig auf neue Ansätze überprüft", sagt der Kriminaloberkommissar. „Der oder die Täter können sich nicht in Sicherheit wiegen. Auch 15 Jahre nach der Tat besteht noch immer die Chance, den Täter zu fassen."

11

„Evelin?"

„Ja?"

„Kann ich Sie kurz sprechen?"

Evelin sah mich erschrocken an. Sie öffnete ihren Blick nur einen Spalt weit, wie eine Tür, die mit einem Kettenschloss gesichert war, und blickte mich misstrauisch an.

Es war 20:08 Uhr.

Evelin war nicht allein, sie wurde von zwei Frauen begleitet. Die Damen kamen von der Musiktherapie, die draußen im Pavillon stattgefunden hatte.

„Ich konnte mich heute Mittag gar nicht richtig vorstellen", sagte ich und lächelte. „Ich bin Doktor Kraft, also Julian Kraft, der Gutachter aus Hamburg."

„Ich weiß", sagte Evelin und nickte.

Die beiden anderen gingen weiter, ohne sich noch einmal nach uns umzusehen. Die Abendsonne tauchte den Park in ein warmes Licht. Evelin war Ende zwanzig, schätzte ich, sie trug einen knielangen Rock und eine weiße Bluse mit gehäkelten Schultern, dazu Ledersandalen und ein gemustertes Tuch um den Hals. In der Hand hielt sie eine blaue Trinkflasche mit dem Aufdruck: *Heute ist mein Lieblingstag.* Evelins Haare leuchteten wie Honig, es sah schön aus.

Ein Vogel zwitscherte.

„Begleiten Sie mich ein Stück?", fragte ich.

Sie nestelte an ihrem Halstuch herum und sagte: „Ich weiß nicht."

„Wo kann man hier spazieren gehen?", fragte ich.

„Der Weg nach Heiligenberg ist eigentlich ganz schön", antwortete sie.

Ob ich den Weg nach Heiligenberg noch nicht kenne, fragte Evelin, es sei ein Fußmarsch von etwa vierzig Minuten, sehr idyllisch an einem Bach gelegen und mit atemberaubenden Ausblicken.

„Wirklich schön", sagte ich, als wir zehn Minuten später an einer Aussichtsplattform standen. In der Ferne leuchtete die Alpenkette bläulich, der Bodensee reflektierte die untergehende Sonne rötlich und die Landschaft unter uns versank träumerisch in der Dämmerung.

„Nicht wahr?" Evelin starrte in die Ferne. Ein schmerzhafter Zug lag um ihre Lippen, als sie leise sagte: „Hier ist Charlen damals abgestürzt."

„Charlen?"

„Sie lag auf 404, das Zimmer neben meinem", antwortete Evelin, nahm einen Schluck aus ihrer Wasserflasche und fügte hinzu: „Ich mochte sie."

„Ein Unfall?", fragte ich, als wir weitergingen.

Evelin blickte starr auf den Weg und sagte: „Ich möchte jetzt eigentlich nicht darüber reden."

„Fließt das Bächle eigentlich in den Bodensee?",
fragte ich und deutete auf den Bach neben uns.

„Bächle", sagte Evelin und lächelte. Zum ersten Mal
sah ich ein Lächeln auf ihren Lippen, als sie meinte:
„So sagen das die Leute hier aus der Gegend auch. Ich
mag den Dialekt."

„Kannten Sie eigentlich noch Herrn Fallersleben?"

„Kaum", gab sie zur Antwort. „Er war ja nicht oft
da. Für mich kommt eine Psychoanalyse ohnehin
nicht infrage."

„Warum nicht?"

„Professor Sombra meinte, das wäre nichts für
mich."

Wir gingen weiter. Zwischen unseren Sätzen klaff-
ten lange Pausen. Unter unseren Füßen knirschte der
Kies. Grillen zirpten.

„Noch mal wegen Debby", sagte ich.

„Bitte", sagte Evelin und verlangsamte ihren Schritt.
„Ich möchte nicht darüber sprechen."

Ich sagte: „Okay."

„Verstehen Sie das bitte nicht falsch", fügte sie entschuldigend hinzu. „Aber ich habe genug eigene
Probleme. Ich bin noch nicht so stabil, wie es scheint.
Mir fehlt einfach die Kraft, um mich um andere zu
kümmern, ich muss mich erst einmal um mich selber
kümmern."

Evelin nahm das Tuch ab. Ich sah zwei blasse
Striemen an ihrem Hals.

Die Grillen zirpten lauter.

„Das tut mir leid", sagte ich. Am liebsten hätte ich meine Hand auf ihren Hals gelegt. Stattdessen berührte ich meine eigene Kehle, als ich fragte: „Was ist genau passiert?"

„Depressionen", sagte sie. „Das Übliche eben."

Ich blieb stehen. Sie ließ ihren Blick über mein Gesicht gleiten. Für den Bruchteil einer Sekunde flackerte etwas darin auf, dann erlosch es wieder.

„Das Übliche gibt es nicht", sagte ich. „Jeder Mensch ist einzigartig. Jedes Leben ist etwas Besonderes. Diagnosen sagen nichts über einen Menschen aus. Krankheit macht nicht alle gleich."

Sie lächelte. Wieder flackerte etwas in ihrem Blick auf, etwas Lebendiges, das den Panzer sprengen wollte, in dem sie gefangen schien. Schweigend gingen wir weiter. Die Sonne versank langsam hinter den Alpen. Die Bäume wurden dunkler. Obwohl es Sonntagabend war, war uns noch niemand begegnet.

Nach der nächsten Biegung sagte Evelin: „Da, wie schön. Das ist das Heiligenberger Schloss."

Für einen Moment blieben wir stehen und bewunderten das Schloss, das in der Abendstimmung märchenhafter wirkte denn je. Dann gingen wir weiter. Am Wegesrand taumelte ein Schmetterling. Beide sahen wir ihm zu, dabei streifte Evelins Blick den meinen, nur für den Moment eines Flügelschlags, und sie senkte ihn wieder.

Die nächste Straße war meilenweit entfernt.

Ein Vogel flog aus dem Dickicht auf.

„Wissen Sie, ich bin eigentlich ganz normal", sagte Evelin. „Das können Sie mir glauben. Ich war ein ganz normales Kind, mein Elternhaus ist intakt, meine Mutter hat immer gut für uns gesorgt. Nach der Realschule habe ich eine Ausbildung zur Bankkauffrau gemacht."

„Sie müssen sich nicht rechtfertigen", sagte ich.

Der Weg verengte sich zu einem Feldweg. Rechts und links waren Kieselsteine, in der Mitte ein Streifen Grün.

„Mein erster Freund, das war vielleicht ein Spinner!", sagte Evelin plötzlich. „Ein bisschen habe ich den auch genommen, weil alle meinten, der wäre doch nichts für mich." Sie blickte mich an und strich sich eine Haarsträhne aus dem Gesicht, das mir schöner vorkam als noch vor einer halben Stunde.

„Naja, und dann kam Markus", fuhr sie fort. „Markus hat in Tübingen studiert, Ingenieur. Vor drei Jahren haben wir geheiratet. Da war ich achtundzwanzig. Meine Hochzeit, also das war wirklich der schönste Tag in meinem Leben."

Ich nickte.

Evelin suchte jetzt meinen Blick und hielt ihn länger als zuvor. Einundzwanzig. Zweiundzwanzig …

„Markus ist ein toller Mann, ich hatte wirklich Glück", sagte Evelin und starrte wieder auf den

Boden. „Ich will Familie, zwei Kinder, am liebsten ein Junge und ein Mädchen, das wäre schön, aber natürlich ist das Geschlecht nicht so wichtig, Hauptsache, sie sind gesund."

Ich nickte.

„Und ein eigenes Haus mit Garten wäre schön, ich meine, nicht wegen mir, aber für die Kinder, damit die mal rauskönnen, nur den ganzen Tag in der Wohnung hocken ist doch nichts, und am liebsten hätte ich eine offene Wohnküche und für jedes Kind ein eigenes Kinderzimmer, das wäre schon schön."

Ich nickte wieder.

„Vielleicht kann ich dann auch wieder halbtags arbeiten, wenn die Kinder in der Schule sind, denn nur zu Hause bleiben will ich auch nicht. Aber solange sie noch klein sind, da brauchen sie die Mutter doch, da sollte man nicht arbeiten, finde ich, eine Mutter sollte zu Hause bleiben, damit jemand da ist, der ihnen zuhört, wenn sie von ihren Sorgen erzählen. Es ist halt schwierig, wenn beide berufstätig sind, finde ich."

„Sie werden sicher eine gute Mutter", sagte ich.

Evelin fasste sich an den Hals und sagte mit veränderter Stimme: „Es fing damals an, als mein Mann zum Abteilungsleiter befördert worden war. Mein Mann arbeitet in einem Maschinenbauunternehmen bei Stuttgart. Das war ein wichtiger Schritt für ihn, also für seine Karriere, die Beförderung, auch finanziell."

Wieder raschelte etwas im Gebüsch.

„Damals kam er nach Hause und sagte, dass ich jetzt endlich aufhören könnte zu arbeiten. Dass wir einen Kredit für das Haus aufnehmen könnten."

Ich nickte.

„An dem Abend haben wir Sekt getrunken", fuhr sie fort. „Am nächsten Morgen hatte ich das dann zum ersten Mal. Ich fühlte mich schwer. Ich konnte nicht aufstehen. Ich dachte, das wäre eine Grippe."

Ich sah sie fragend an.

„Wissen Sie, ich bin eigentlich kein schwieriger Mensch, total unkompliziert und eigentlich immer fröhlich, das mochte mein Mann auch immer an mir. Doch plötzlich sah ich überall Probleme. Was, wenn ich nicht schwanger werden würde? Was, wenn mein Mann mich verlassen würde? Was sagen dann die Leute? Selbst ein Sonntagsausflug wurde zum Problem. Was, wenn es regnen würde?"

Ich nickte.

Zwischen den Bäumen tat sich wieder ein grandioser Ausblick auf. Die Sonne war jetzt nur noch zu einem Drittel zu sehen. Wie spät mochte es sein?

Ich fragte: „Hat Ihr Mann nichts gemerkt?"

„Das war meine Schuld", antwortete Evelin. „Ich habe halt allen etwas vorgemacht, also Markus, meinen Eltern und vor allem mir selbst. Es war fast ein Zwang, alles zu verklären, so als ob ich mich verteidigen müsste."

Sie machte eine Pause und schien nachzudenken.

„Meine Freundin Caro meinte, das wäre nichts für sie, nur so zu Hause rumhocken und Kinderkriegen. Das hat mich damals verletzt. Ich fühlte mich total angegriffen. Danach habe ich mich nie mehr mit ihr getroffen. Eigentlich ist das heute noch so. Ich finde das ganz schwer auszuhalten und fühle mich dann immer irgendwie minderwertig."

Ich nickte.

„Seitdem treffe ich mich nur noch mit Frauen, die gleich leben wie wir. Ich weiß, das ist falsch, aber ich bin noch nicht stark genug. Erst mit Linda jetzt ist das anders, sie tut mir richtig gut."

Linda. Ob sie schon schlief?

„Als ich dann endlich schwanger wurde, das war schon toll, das war ja immer mein Traum gewesen, ich richtete das Kinderzimmer ein, kaufte die Babysachen, kaufte den Kinderwagen, kaufte ein neues Auto, kaufte Schwangerschaftsklamotten, machte Schwangerschaftsyoga und Geburtsvorbereitungskurse. Trotzdem stimmte was nicht. Also das sage ich heute, meine ich, damals habe ich mir das nicht eingestanden. Damals habe ich halt getan, was alle tun, die Geburt, das Baby, der Haushalt."

„Bis Sie nicht mehr konnten?", fragte ich.

Diese Geschichte hatte ich so oder so ähnlich schon oft gehört. Trotzdem war es jedes Mal wieder erschütternd.

Evelin nickte. „Das war echt gespenstisch. Eines Morgens bin ich aufgewacht und fühlte mich wie tot. Das war das Unheimlichste, was mir je passiert ist."

Ich sagte nichts, weil ich wusste, dass ich einfach nur zuhören musste.

„Meine Mutter kennt Professor Sombra, nur deshalb bekam ich sofort einen Termin", sagte Evelin. „Die ersten Tage in der Klinik habe ich nur mit Tabletten überlebt."

„Aber Sie haben überlebt", sagte ich.

„Stimmt", sagte sie. „Es hat lange gedauert, bis es mir besser ging. Erst seit einem Monat kann ich überhaupt den Therapiegesprächen wirklich folgen. Ich lerne jetzt viel über mich, über Prägungen und Muster und so. Das sind alles Dinge, die waren mir vorher überhaupt nicht bewusst."

„Das ist gut", sagte ich und blickte mich um.

Bisher waren wir nur an vereinzelten Bäumen vorbeigekommen, doch fünfzig Meter weiter begann der Wald. Schwarz lag er vor uns.

„Am Wochenende darf ich das erste Mal wieder nach Hause", hörte ich Evelin hinter mir.

Ich drehte mich um und sagte: „Kommen Sie. Wir müssen zurück in die Klinik. Es ist schon spät."

Auf dem Rückweg nahmen die Schatten weiter zu. Meine Gedanken waren bei Linda und Patient 211. Warum hatte Herr Fallersleben ihn eigentlich so genannt? Ich konnte Evelins Geschichte immer weniger folgen. Sie erzählte etwas aus ihrer Ehe und von ihren Eltern, aber ich war einfach nicht mehr fähig, mich zu konzentrieren.

Irgendwann zog ich das Handy aus der Hosentasche und blickte darauf.

Es war 21:13 Uhr.

Evelin erzählte gerade, dass sie ihren Mann sehr liebe und sicher auch die Hormonumstellung nach der Geburt für ihre Depressionen verantwortlich sei, da platzte es einfach so aus mir heraus:

„Hat Linda mit Ihnen eigentlich über diesen Serienmörder gesprochen?"

Evelin stutzte. Verwirrt sah sie mich an.

„Linda hat das fast jedem erzählt", sagte sie dann. „Und ich könnte mich ohrfeigen, dass ich ihr das von Debby erzählt habe. Das gibt ihrer Phantasie doch nur neue Nahrung. Dabei will ich ihr nicht noch mehr Angst machen. Ich meine, Serienmörder gibt es doch nur in Amerika oder Russland."

Wieder nickte ich. Natürlich wusste ich es besser, aber ich wollte diese Frau nicht beunruhigen. Wir hatten die Aussichtsplattform erreicht, doch diesmal gingen wir einfach vorbei. Am Himmel waren die ersten Sterne zu erkennen, die Grillen zirpten.

„Heute Nacht habe ich so ein Wimmern aus Debbys Zimmer gehört", sagte Evelin plötzlich. „Auch so ein Stöhnen. Da war ein Mann bei ihr. Deshalb dachte ich, naja, ich dachte, oh Gott, da passiert etwas Unrechtes."

„Etwas Unrechtes?"

„Ja."

„Okay", sagte ich.

„Ich habe mit dem Professor darüber gesprochen", sagte sie und atmete schneller. „Linda meinte zwar, ich darf nicht mit ihm sprechen, aber ich war ganz durcheinander."

„Und?"

Sie sah mich ängstlich an.

Hinter der Biegung tauchte die Klinik auf.

„Professor Sombra meint", sagte sie und nestelte wieder an ihrem Tuch herum, „dass ich überhaupt solche Überlegungen anstellte, also dass Debby dazu gezwungen worden sein könnte, also zum Sex, meine ich, also allein das würde zeigen, dass ich noch einen weiten Weg vor mir hätte, weil ich damit auch meine eigene Verantwortung für mein Leben abgeben wollen würde an irgendwelche dämonischen Kräfte, die für das Böse verantwortlich wären."

Meine Hände kribbelten und ich rieb sie an meinen Oberschenkeln.

„Es gibt keine bösen Monster, die unser Leben kaputt machen", sagte Evelin und fügte entschieden hinzu: „Wir sind es, die uns selbst kaputt machen."

Ich nickte.

„Mein Monster ist in mir", sagte Evelin. „Meine Angst ist ein Monster, das mich auffrisst."

Ich sagte nichts dazu. Kurz vor zehn erreichten wir das Klinikgelände. Diesmal kamen wir von der anderen Seite rein, direkt an der Baustelle vom Alten Schloss vorbei. *Betreten auf eigene Gefahr*, stand auf einem Schild.

„Mein Problem ist eben, dass ich immer getan habe, was andere von mir erwarten", sagte Evelin.

Ich blickte zwischen zwei Bauzäunen in den Garten des Alten Schlosses hinein und erkannte ein riesiges Erdloch.

Auch Evelin war stehen geblieben. Sie sagte: „Das war noch viel tiefer. Sie schütten es schon wieder zu."

Die Turmuhr schlug zehn.

Die Gaslaternen brannten.

„Ich möchte noch eine rauchen", sagte Evelin plötzlich, als wir an einer Parkbank vorüberkamen. Die Bank stand unter einer Ulme, die ihre Äste bis zum Boden herabhängen ließ. Das Ganze sah aus wie eine Laube, als wollte der Baum den Menschen beschützen, der auf der Bank Platz nahm.

„Ich leiste Ihnen Gesellschaft, wenn ich darf", sagte ich.

„Verstehen Sie das jetzt bitte nicht falsch", entgegnete Evelin. „Aber ich möchte gerne allein sein."

12

In dieser Nacht schlief ich schlecht. Es war meine zweite Nacht auf Marienberg, ich wälzte mich hin und her, schwitzte, öffnete die Balkontür, fröstelte, schloss die Tür wieder und starrte in die Dunkelheit. Das gelbliche Licht der Gaslaternen floss wie Milch in meine Gedanken und löste sie auf. Als ich fast eingeschlafen war, hörte ich ein Summen. Ich stand wieder auf, schloss die Balkontür, machte Licht, jagte die Mücke und schlug sie tot. Sie hinterließ einen roten Fleck auf der weiß getünchten Wand. Dann löschte ich das Licht wieder, legte mich hin und versuchte, nicht an den nächsten Tag zu denken. Wenn ich auch in dieser Nacht keinen Schlaf fand, würde ich den nächsten Tag nicht durchstehen.

Mein Gespräch mit Linda.

Was würde ich zu ihr sagen?

Morgens um drei nahm ich eine Tablette, nur eine halbe, ich wollte nichts riskieren. Danach fiel ich in unruhige Träume. Ich träumte, Linda sei bei mir. Sie beugte sich über mich und legte ihre Lippen auf meine, nur ganz sacht. Ihre Hand wanderte über meinen Körper. Mit klopfendem Herzen und einer seltsamen Erregung wachte ich auf.

Ich schnupperte.

Es war jemand in meinem Zimmer.

„Wer ist da?", fragte ich.

Keine Antwort.

In meinem Zimmer war es dämmrig. Nur vage erkannte ich eine dunkle Gestalt – jemand saß in dem Sessel.

„Linda?", fragte ich. Es war mehr ein Stöhnen, das aus meinem Mund gekommen war. Ich räusperte mich und versuchte es noch einmal: „Linda?"

Sie saß ganz still.

Der Sessel stand am Fußende meines Bettes, dort, wo ich ihn hingeschoben hatte. Dort, wo auch meine Mutter früher manchmal gesessen hatte, wenn ich krank gewesen war. Verwirrt tastete ich nach dem Schalter der Nachttischlampe und knipste ihn an, doch nichts passierte.

Klick. Klick. Klick.

Die Gestalt blieb ganz ruhig sitzen. Sie schien mich zu beobachten.

Das Kabel klemmte, ich zog daran und – es klirrte. Vorsichtig beugte ich mich hinab und tastete mit der Hand über den Boden. Das Blut begann in meinen Ohren zu pulsieren. Als ich wieder hochkam, rauschte es. Noch einmal tastete ich mit der Hand nach den Scherben.

„Lassen Sie das liegen", sagte sie und erhob sich. „Wir brauchen kein Licht."

„Linda?", fragte ich. „Was machst du hier?" Mein Atem ging schnell, Adrenalin schoss durch meinen Körper.

Sie kam auf mich zu und blieb neben dem Bett stehen. Waren da nicht Scherben? Erstarrt lag ich da, ich konnte mich nicht bewegen, nicht einmal den Finger konnte ich heben. Ich war wie gelähmt, auch dann, als sie ihre Hand auf meinen Bauch legte.

„Linda", sagte ich. „Lass das, das ist nicht gut, wir dürfen nicht … "

Ihre Hand wanderte tiefer, umfasste mein Glied und bewegte sich vor und zurück. Ich konnte nichts dagegen tun. Sie beugte sich zu mir herunter, berührte mein Ohr und flüsterte: „Du willst es doch auch."

Ich weiß nicht mehr, was dann geschah, aber einen Satz habe ich im Gedächtnis behalten. Sie sagte: „Wenn du mich hier rausholst, fahren wir die Dosis langsam hoch."

Danach drückte sie mir etwas aufs Gesicht, das süßlich roch, ich glaubte, es sei Chloroform. Ich schrie.

„Doktor Kraft?"

Nur langsam kam ich wieder zu mir.

„Doktor Kraft? Ist alles in Ordnung."

Jemand rüttelte mich und fragte wieder: „Alles in Ordnung?"

Plötzlich saß ich kerzengrade im Bett.

Helen blickte mich besorgt an, sie trug ihren weißen Kittel und hatte den Piepser um den Bauch geschnallt. Das Deckenlicht war an. Die Tür stand offen.

Helen sagte: „Die Tür stand offen. Ich habe Schreie gehört. Ist alles in Ordnung?"

Ich starrte sie an. Dann blickte ich zur Nachttischlampe. Sie war heil, keine Scherben, keine Linda. Drei Sekunden brauchte ich, um zu begreifen, dass es ein Traum gewesen sein musste.

„Ich …", stammelte ich.

Jeder Traum sei ein Wunschtraum, hatte Sigmund Freud einmal gesagt, und dafür hasste ich ihn.

„Sie können doch nicht so einfach in mein Zimmer eindringen!", sagte ich und schluckte. Meine Kehle war trocken.

„Entschuldigung", entgegnete Helen und hob ihre Hände abwehrend nach oben. „Aber wie gesagt: Die Tür stand offen. Und ich habe Bereitschaftsdienst. Als ich die Schreie gehört habe, da …"

„Die Tür stand offen?", wiederholte ich ungläubig.

„Sie stand offen", antwortete Helen, nickte und sagte beinahe beleidigt: „Natürlich stand sie offen, sonst wäre ich doch nicht hereingekommen! Aber Entschuldigung, das hätte ich dann wohl nicht tun dürfen, Sie sind ja kein Patient."

Der Gürtel saß straff um ihre Hüften. Als sie zur Tür zurückging, zeichnete sich ihr Po unter dem weißen Kittel ab. Trug sie keinen Slip?

„Warten Sie", sagte ich und fuhr mir durch die kurzen Haare. „Tut mir leid, wenn ich Sie angefahren habe."

„Ist schon okay", entgegnete sie.

„Warten Sie", wiederholte ich und blickte auf das Handy.

Es war 05:52 Uhr.

Immerhin hatte ich drei Stunden geschlafen. „Die Nacht ist ohnehin gelaufen", fuhr ich fort. „Ist es sehr unhöflich, wenn ich Sie bitte, mir ein bisschen Gesellschaft zu leisten?"

Helen warf einen Blick auf ihren Piepser. Dann zuckte sie mit den Schultern und meinte: „Warum nicht. Meine Schicht ist eh bald zu Ende. Warten kann ich auch bei Ihnen."

Fünf Minuten später, nachdem ich mich etwas frisch gemacht hatte, fragte ich: „Tee oder Kaffee?"

„Kaffee", antwortete sie.

Helen saß in meinem Sessel und gähnte. Ich füllte Wasser in den Wasserkessel, schaltete ihn an und öffnete die Balkontür. Es kam angenehm frische Luft herein. Als ich mich umdrehte, schlug Helen ihre Beine übereinander und sah mich an.

„Wie lange sind Sie eigentlich schon auf Marienberg?", fragte ich.

„Ewig", antwortete sie.

Sie trug keine Socken. Barfuß steckten ihre Füße in Birkenstock. Aus dem linken Schuh war sie halb herausgeschlüpft und ließ ihn am großen Zeh baumeln. Ihre Zehennägel waren orange lackiert.

„Kannten Sie Benjamin Fallersleben gut?", fragte ich.

„Schon", sagte sie. „Er war nicht immer einfach. Ich hätte den nicht als Mann haben wollen."

„Was meinen Sie damit?", fragte ich.

„Ich will ja nichts gesagt haben", entgegnete sie. „Aber der war schon sehr gefühlskalt. Man hört so einiges. Also Drogen und Frauen und so. Aber von mir wissen Sie nichts."

Ich blickte sie an.

Der Wasserkessel klackte.

Während ich den Pulverkaffee aufgoss, erzählte Helen: „Linda tat mir schon immer leid. In einer gewissen Weise würde ich verstehen, wenn sie ihn umgebracht hätte. Ob sie nun eine ernsthafte psychiatrische Störung hat oder nicht, also das wird sich zeigen. Ich meine, normal war die noch nie."

„Wie meinen Sie das?", fragte ich, reichte ihr eine Tasse und sagte: „Milch?"

„Danke", sagte sie und nahm die Tasse zwischen beide Hände. „Linda war schon immer irgendwie überkandidelt. Sie hat nie wirklich hierher gepasst. Vielleicht nach Paris, aber nicht nach Heiligenberg. Ich meine, allein diese Namen, *TittiPussy* und so, also ich weiß nicht. Ist das wirklich Kunst? Also ich weiß nicht. Aber ich will mal nix gesagt haben, Künstler sind ja alle ein wenig, naja, Sie wissen schon."

Sie nahm einen Schluck Kaffee.

„Ich glaube nicht, dass Linda psychiatrisch erkrankt ist", sagte ich, setzte mich auf die Bettkante und nahm ebenfalls einen Schluck Kaffee. „Sie befindet sich in einer extremen Belastungssituation, sie hat ihren Mann verloren und dann die Sache mit der Anklage. Außerdem verstehe ich nicht, warum sich die Ermittlungen allein auf Linda konzentrieren."

„Sie meinen jetzt aber nicht die Story von dem Massenmörder?", fragte Helen und leckte sich über die Lippen – üppige, hellrosa, sinnliche Lippen.

Ich sah sie nur an.

„Das erzählt Linda ja überall rum, dass Benjamin von einem Serienkiller ermordet wurde", fuhr Helen fort und bewegte ihre Hand vor der Stirn hin und her. „Das ist schon heftig. Ihnen hat sie die Geschichte ja offensichtlich auch erzählt."

Ich starrte in meinen Becher. Dann stellte ich ihn auf dem Nachttisch ab, stand auf und ging auf die Terrasse hinaus. Unten zog der Morgennebel durch den Park, die gelblichen Gaslichter wirkten gespenstisch.

„Aber, wie gesagt, Linda tut mir leid", hörte ich Helen.

Ich ging wieder hinein, setzte mich auf das Bett und nahm noch einen Schluck Kaffee. Helen öffnete den obersten Knopf an ihrem Kittel, als sie sagte: „Ihr Selbstmordversuch gestern Morgen war schlimm. Aber Suizid gehört nun mal zur Psychiatrie wie die Metastase zum Krebs."

Ich sah sie an. Sie lächelte.

„Trotzdem ist es natürlich immer wieder ein Schock, wenn es passiert", fuhr sie fort und knöpfte den zweiten Knopf auf. „In der konkreten Situation geht es eigentlich, aber später dann, beim Einschlafen oder ganz plötzlich, da kommen die Bilder in mir wieder hoch. Ich meine, ich bin nicht gerade zart besaitet, aber trotzdem, seit ich mal eine Patientin tot in der Dusche gefunden habe, seitdem bin ich immer in Panik, wenn eine mal nicht im Bett liegt. Dann denke ich immer, oh Gott, bitte nicht schon wieder!"

Helens Brüste wirkten riesig unter dem engen Kittel. Ich schwitzte und nahm noch einen Schluck Kaffee.

„Das ist sicher auch nicht leicht für Sie", bemerkte ich und starrte in den Becher.

„Leider gewöhnt man sich an alles", entgegnete sie. „Anfangs habe ich noch versucht, Verbesserungsvorschläge anzubringen. Zum Beispiel statt der Duschschläuche eben Magnete, mit denen die Brause an der Wand befestigt wird. Aber Herr Fallersleben hat das immer abgeschmettert. Er meinte, die Sicherheitsmaßnahmen wären ausreichend, man könnte den Tod nicht ausschließen."

„Sie sagten eben", fragte ich nach, „dass es bei suizidalen Patienten klare Regeln gebe."

Sie nickte.

„Und Linda war doch als suizidal eingestuft, oder?", fragte ich.

„Das stimmt schon", sagte Helen. „Aber Tom hat ihr den Schlüssel nicht gegeben. Den hat sie ihm geklaut."

„Entschuldigung", sagte ich und rieb mir die Augen. Es war mir nicht gelungen, ein Gähnen zu unterdrücken. „Dann halten Sie Tom also für kompetent?"

„Hat Delphine wieder Gift gesprüht?", fragte sie bissig zurück. „Das ist typisch. Die angehende Frau Doktor ist eifersüchtig, das war sie schon immer. Alle mögen Tom, obwohl er kein Arzt ist. Das stört sie, die kalte Lady. Aber man muss nicht studiert haben, um die Herzen zu erreichen."

Wieder nickte ich nur.

Helen lächelte mich an.

„Und falls Sie fragen", fuhr sie fort, „nein, Debby ist nicht vergewaltigt worden." Sie beugte sich nach vorne, sodass ich in ihren Ausschnitt sehen konnte, als sie meinte: „Wissen Sie, alle sagen, dass wir keine Tabus mehr hätten in unserer Gesellschaft, dass Frauen und Männer gleichberechtigt wären und so. Aber soll ich Ihnen mal etwas sagen?"

Helens Brüste waren jetzt ganz nah.

„Das stimmt nicht", sagte sie. „Die meisten Patientinnen haben ein Problem damit."

„Womit?", fragte ich heiser.

„Mit ihrer Sexualität", entgegnete sie und presste ihr Knie gegen mein Knie. „Unsere Gesellschaft ist längst nicht so weit wie alle tun. Sex ist nach wie vor für Männer reserviert." Helen nahm meine Hand und legte sie auf ihre Brust, als sie sagte: „Evelin glaubt schon an eine Vergewaltigung, wenn man sie aus Versehen berührt."

Helens Gesicht kam näher. Ihre Lippen glänzten. Ihr Atem roch nach frischem Kaffee, als sie sagte: „Komm."

„Aber nein, ich …", stammelte ich und drückte sie weg.

Helen knöpfte ihren Kittel auf und sagte: „Das muss doch niemand mitbekommen. Das bleibt zwischen uns."

Mit diesen Worten drückte sie mich aufs Bett hinab und setzte sich rittlings auf meinen Schoß.

„Bitte", sagte ich, während sie ihr Becken vor und zurück bewegte. „Bitte gehen Sie."

Doch Helen machte einfach weiter.

Irgendwann piepste es laut. Helen griff nach dem Piepser, der auf dem Stuhl lag, und sagte: „Ich höre."

Dann ging sie runter von mir und sagte immer wieder: „Scheiße. Das darf nicht wahr sein."

„Was ist?", fragte ich.

„Evelin", keuchte sie. „Sie ist nicht im Bett. Auf dem Schreibtisch liegt ein Abschiedsbrief."

„Was?", rief ich.

Helen zog sich den Kittel wieder an und fluchte: „Verdammt. Geht das jetzt jede Nacht so weiter?"

13

Die Matratze stank nach Urin, außerdem nach Schimmel, und sie war feucht. Evelin lag bäuchlings auf dem Bett, das Gesicht zur Seite gedreht, die rechte Hand an das Bettgestell gefesselt. Langsam atmete sie durch die Nase ein. Sie hätte lieber durch den Mund geatmet, aber da steckte ein Knebel drin. Unter ihrem Schenkel waren rostbraune Flecken, getrocknetes Blut, vielleicht auch Kot.

Einatmen, ausatmen.

Die Turmuhr schlug zwei Mal.

Gewöhnte man sich nicht an Gestank? Mit jedem Atemzug kämpfte Evelin gegen den Ekel an. Seit sieben Stunden lag sie hier. Oder waren es acht? Draußen begann es bereits wieder zu dämmern, ein Vogel zwitscherte. Die ganze Nacht hatte sie hier gelegen. *Du musst die Schläge zählen*, befahl sie sich und atmete wieder durch die Nase ein – und langsam aus.

Du musst ruhig bleiben.

Der Knebel war eine Socke, die er ihr in den Mund gestopft hatte, eine alte, stinkende Männersocke. Sie durfte nicht daran denken. Sobald sie in Panik geriet, war es vorbei, das war ihr klar. Sobald sie zu würgen anfing, zu husten oder zu erbrechen – dann hatte sie verloren. Kläglich würde sie ersticken.

128

Ich will nicht sterben.

Einatmen. Ausatmen.

Er hatte ihre rechte Hand mit einer Handschelle ans Bett gefesselt, da hatte sie keine Chance, die bekam sie nicht los. Die Socke hatte er mit einem Paketklebeband festgemacht, einmal hatte er es rund um ihren Kopf gewickelt.

Ratsch, ratsch.

Sie hörte das Geräusch noch immer.

Nein, sie hatte sich nicht gewehrt, als er sie gefesselt hatte. Und ja, sie hatte sich freiwillig auf den Bauch gelegt, damit er sie leichter fesseln konnte. Und noch mal ja, sie hatte ihr Gesicht freiwillig in die feuchte, stinkende Matratze gedrückt, als er sie vergewaltigt hatte.

Sie schloss die Augen.

Er hatte ihren Arm gepackt und gesagt, wenn sie nicht folgsam sei, werde er zu anderen Mitteln greifen. Nur deshalb hatte sie kooperiert, damit er sie nicht unnötig verletzte. Aus demselben Grund war sie auch ruhig geblieben, als er sie ein zweites Mal vergewaltigt hatte. Sie hatte nicht gesagt: „Lass das, du Arsch!"

Draußen zwitscherten mehrere Vögel.

Möglichst beruhigend hatte sie auf ihn eingesprochen: „Ich habe doch niemandem etwas getan. Ich will das nicht, bitte, das tut mir weh. Lass mich gehen. Das bleibt auch unser Geheimnis, wenn ich gehen kann, bitte, ich verspreche es, niemand wird davon erfahren."

Unser Geheimnis.

Einatmen, ausatmen.

Ihre Folgsamkeit war nicht belohnt worden. Wieder einmal nicht. Je passiver sich Evelin verhalten hatte, desto aggressiver war er geworden.

„Halt's Maul, Fotze", hatte er gesagt. Und dann hatte er ihr die Socke in den Mund gerammt, so brutal, dass sie oben wieder rausgekommen war, als Tränen aus ihren Augen.

Halt's Maul, Fotze.

Sie drehte den Kopf zur Seite.

Evelin spürte etwas Kribbeliges, es wanderte über ihre rechte Wange. Vorsichtig hob sie den Kopf und versuchte, die Schulter zu bewegen. Wieder der stechende Schmerz, wieder das Pochen, als steckte ein Messer in ihrem Rücken. Als er ihr die Arme verdrehte und sein Knie zwischen ihre Schulterblätter gestemmt hatte, war da ein reißendes Knacken gewesen.

Krk, hatte es gemacht.

Sie stemmte sich hoch. Stück für Stück. Ihre linke Hand war frei. Vielleicht konnte sie damit versuchen, das Klebeband abzuziehen? Wieder sank sie auf die Matratze hinab, sie hatte nicht genug Kraft. Draußen war jetzt ein ganzes Vogelorchester zu hören. Evelin blickte schräg nach oben zum Kellerfenster.

Dann schloss sie wieder die Augen.

Wann sie das letzte Mal richtig glücklich gewesen sei, hatte Professor Sombra sie in der ersten Sitzung gefragt. Das sei wichtig, hatte er gemeint, denn sie sollte sich dieses Gefühl so oft wie möglich in Erinnerung rufen, mit möglichst vielen Details. Damit ihr Gehirn sich an das Glück erinnere.

Wann sie das letzte Mal wirklich glücklich gewesen war?

Einatmen. Ausatmen.

Da war ihr diese Nacht mit Kai eingefallen. Die Nacht, in der sie sich zum ersten Mal geküsst hatten, in der Kapelle war das gewesen, damals in dem Dorf, in dem sie aufgewachsen waren. Danach hatten sie vor lauter Übermut die Glocke läuten lassen. Eine Riesenaufregung war das gewesen, wer das wohl gewesen sein könnte, fragten sich die Leute, und dass man die Ruhestörung nicht so einfach hinnehmen wollte. Auf Evelin war niemand gekommen. Niemand hatte ihr das zugetraut, nicht einmal sie sich selbst.

Ein Gefühl wie Sprudelsekt war das gewesen.

Ein Gefühl, als ob sie platzen könnte vor Glück.

Wie lange war das jetzt her? Fünfzehn Jahre? Und wann war ihr das alles abhandengekommen?

Evelin unterdrückte ihre Tränen.

Einatmen. Ausatmen. Überleben.

Ihr Nacken schmerzte. Vorsichtig drehte sie den Kopf nach rechts und nach links. Ihre Schulter schmerzte, ihr rechter Arm war so gut wie betäubt. Sie bewegte vorsichtig ein Bein, es schmerzte, dann das andere, es schmerzte. Alles schmerzte.

Die Turmuhr schlug drei Mal.

Dreimal was?

Wieder versuchte sie, sich nach oben zu stemmen. Sie musste es einfach schaffen. Ihr Arm zitterte, bleib ganz ruhig, sagte sie sich, einatmen.

Ausatmen.

Ich will nicht sterben!

Tränen liefen ihr über die Wangen herab. Du bist doch eine dumme Kuh, sagte sie zu sich selbst. Seit zwei Jahren schlägst du dich jeden Tag mit Suizidgedanken herum, und jetzt, da du sterben sollst, willst du leben. Kein Wunder, dass niemand dich ernst nehmen kann. Warum tust du Markus nicht endlich den Gefallen und stirbst? Dann ist er dich los. Du hast doch die Anstrengung in seinem Gesicht gesehen, egal, was er sagt, es ist doch klar, dass er lieber was Schönes machen würde anstatt bei seiner depressiven Frau zu hocken.

Hör auf zu heulen, dumme Kuh!

Evelin wusste, dass sie nicht „dumme Kuh" zu sich sagen durfte. In der Therapie hatte man ihr gesagt, sie müsse mehr Selbstliebe entwickeln. Sie müsse endlich anfangen, sich selbst zu lieben! Weniger an andere denken, weniger daran, was die anderen sagen, sondern endlich ihre eigene innere Leere füllen. Mit etwas Positivem. Mit Liebe.

Nicht heulen!

Diesmal würde sie an ihrem Selbstmitleid ersticken, so viel war klar. Die Tränen, der Speichel und der Rotz würden ihre Nase verschließen und einen Schluckreflex auslösen. Sie würde in Panik geraten. Mit dem Knebel im Mund würde sie kläglich ersticken.

Evelin hörte auf zu heulen.

Schräg über ihr fiel etwas Licht ein. Es kam von draußen. Der Raum hatte ein Fenster. Souterrain. Von draußen hörte sie jetzt Schritte, Kies knirschte. Sie horchte auf. Die Schritte kamen näher und entfernten sich wieder.

Ganz ruhig. Einfach weiteratmen.

Sie war im Alten Schloss, natürlich wusste sie das. Um sie herum standen seltsame Apparate, an der Wand waren große Regale mit Einweckgläsern und Instrumente, die aussahen wie aus einem Horrorfilm: Eine Art Helm mit Kabeln stand dort hinten. Da waren Messer. Zangen. Nadeln. In einem der Gläser erkannte sie ein menschliches Gehirn.

Konzentriere dich, Evelin.

Warum passierte das? Hatte er sie wirklich hier in den Keller gelockt, gefesselt und geknebelt, um sie zu vergewaltigen? Zu quälen? War es das? War er ein Sadist, der hier unten das tat, was oben verboten war?

Evelin hatte es geschafft. Sie keuchte, ihr war schwindelig, aber sie saß jetzt auf der Matratze. Ihre Beine schmerzten, als sie sie langsam über die Bettkante nach unten hängen ließ. Die Stelle, wo die Handschelle auflag, war blutig. Auf dem Tisch neben ihr stand ihre Trinkflasche. Evelin hatte Durst.

Heute ist dein Lieblingstag.

Vorsichtig tastete sie das Paketband um ihren Kopf ab.

Sie machte sich keine Illusionen. Wenn er zurückkam, würde er sie töten. Sie hatte das in seinen Augen gesehen. Sie hatte es gespürt. Doch aus welchem Grund? Sie hatte doch niemandem etwas getan!

Die Turmuhr schlug vier Mal. Vier helle Schläge.

Dann fünf dunkle.

Fünf Uhr morgens. Vielleicht hatte sie doch noch eine Chance, die Bauarbeiter müssten bald kommen, irgendjemand musste sie finden. Verzweifelt tastete sie nach dem Anfang des Bandes, doch sie konnte nichts fühlen. Ihre Fingerkuppen waren taub.

Sie ließ die Hand sinken.

Mutlos starrte sie vor sich hin.

Er hatte Handschuhe getragen, dünne Plastikhandschuhe, wie man sie oben in der Klinik trug. Während er sich die Handschuhe übergestülpt hatte, akribisch, ohne Eile, da hatte er ihr den Rücken zugedreht. Da hätte sie ihn angreifen können. Sie hätte ihm etwas über den Kopf schlagen können, zumindest hätte sie es versuchen müssen. Oder sie hätte ihm ein Skalpell zwischen die Rippen stoßen können. Doch sie hatte sich schon viel zu lange in ihrer Passivität eingelebt, um tätlich zu werden. Ob er sie töten wolle, hatte sie nur gefragt. Ob sie sterben müsse.

„Ich? Dich töten?" Er hatte nur gelacht.

Evelin lief es kalt den Rücken runter.

„Nein", hatte er sie verhöhnt. „Ich will dich nicht töten. Du willst doch sterben. Ich bin nur der Weihnachtsmann. Ich erfülle Wünsche."

Und dann hatte er sich umgedreht, seine Hand zwischen ihre Schenkel geschoben und … Als er fertig gewesen war, hatte er ihr sogar eine Packung Feuchttücher hingehalten und gesagt: „Mach dich sauber. Zieh dich an."

Evelin riss so fest an dem Band, wie sie konnte, einmal, zweimal, dreimal, Tränen schossen ihr in die Augen, aber sie zog weiter.

„Oh Gott", brachte sie hervor. Ihre Zunge war gefühllos, die Kehle trocken, aber sie hielt das Paketband mit der Socke in der Hand und schnappte nach Luft. Erlösung. Sie weinte. Sie wollte schreien, aber nur ein Krächzen kam aus ihrer Kehle.

Mit zitternder Hand griff sie nach der Trinkfalsche, nahm einen Schluck und hustete. Das Wasser lief ihr über das Kinn und den Hals hinunter, sie keuchte und röchelte. Du musst langsamer trinken, befahl sie sich, doch sie trank gierig weiter, ohne zu wissen, ob sie Wasser oder Fanta trank.

Wie kam sie jetzt auf Fanta?

Ihre Geschmacksknospen waren noch betäubt, aber sie glaubte, etwas Süßes zu schmecken. Dann hörte sie wieder Schritte, diesmal kamen sie von oben. Jemand durchquerte die Eingangshalle. Evelins Herz raste. Die Schritte näherten sich der Treppe. Er kam zurück.

Evelin legte sich wieder hin.

Ängstlich lauschte sie auf die Schritte, sie waren jetzt auf der Treppe, es klackte, die Schritte waren im Gang, etwas rasselte. Das Zimmer um sie herum begann sich zu drehen. Die Flasche fiel ihr aus der Hand.

Evelin blinzelte.

Verzeiht mir, hatte sie geschrieben, *euch trifft keine Schuld. Nur ich habe versagt. Ich schaffe das alles nicht mehr.*

Sie war müde.

Todmüde.

„Du warst toll", hatte er zu ihr gesagt, so zärtlich, als wären sie ein Liebespaar.

Evelin hörte, wie er die Tür öffnete und zu ihr kam, doch sie spürte keinen Schmerz mehr. Das Letzte, was sie fühlte, war eine Hand, die ihren Puls maß.

14

„Scheiße!", fluchte ich.

Voller Wucht schlug ich gegen den Holzrahmen der Balkontür. Sofort durchzuckte mich ein Schmerz bis hoch zur Schulter, meine Hand zitterte. Ich senkte den Kopf, atmete tief ein und blickte wieder auf. Am Horizont leuchtete die Alpenkette; so wie jeden gottverdammten Morgen.

Es war 09:04 Uhr.

Norman hatte mich kurz vorher angerufen. Evelin sei tot, hatte er gesagt. Sie habe sich in einem Kellerraum im Alten Schloss das Leben genommen. Mit Tabletten. Die Polizei sei gerade bei ihr.

Tränen stiegen mir in die Augen, Wut, Hilflosigkeit.

Etwas stimmte nicht in Marienberg. Das Böse war hier, aber es hatte sich so gut getarnt, dass es lange von niemandem bemerkt worden war. Außer von Linda, aber ihrer Wahrnehmung traute ohnehin kein Mensch, nicht einmal sie selbst.

Ich verband mir provisorisch die Hand und eilte in den Park hinaus. Mein Puls beschleunigte sich, als ich auf dem Weg zum Alten Schloss Kommissar Hanta bemerkte. Er stand mit diesem Patienten herum, der dieselbe Jogginghose wie am Vortag trug. Die beiden unterhielten sich angeregt. Wir grüßten uns von

Weitem. Die restliche Strecke rannte ich. Schwer atmend erreichte ich das Schloss, drückte die Klinke hinab und trat ein. Vor mir lag eine imposante Eingangshalle. Ich sah zum Kronleuchter hinauf, dann auf den Marmorboden hinab. Der Boden war dreckig, die Schlammspuren zogen sich quer durch die Halle.

Klack, klack.

Es war dunkel und kalt. Meine Schuhe hallten auf dem Steinboden. Während ich die Halle durchquerte, kam mir mein Gespräch mit Evelin wieder in den Sinn, einzelne Sätze, ihr zaghaftes Lächeln.

Ich habe mir immer ein Haus gewünscht. Zwei Kinder. Eine offene Wohnküche.

Erst jetzt erkannte ich den Polizisten, der hinten an der Treppe stand. Lang und dünn ragte der Mann in den Raum hinein. Er blickte zu mir herüber. Ich fragte ihn: „Wo ist sie? Stimmt das wirklich?"

„Sie dürfen da nicht runter", gab er zur Antwort.

Im selben Moment erschien Norman am unteren Treppenabsatz.

„Julian", sagte er. „Tut mir leid, aber du kannst hier wirklich nicht runter. Wir reden später, ja?"

„Ich muss sie sehen", sagte ich. „Was ist mit Evelin?"

Norman sah mich an. Dann runzelte er die Stirn und sagte zu dem Polizisten: „Ist schon okay. Lassen Sie ihn durch."

Und da lag sie.

Zusammengerollt wie ein Säugling lag Evelin auf einer alten, dreckigen Matratze. Ihr Rücken war gekrümmt. Das T-Shirt war nach oben gerutscht, ihre Brüste waren zu erkennen, der BH, der Rock. Ich schluckte. Es stank nach Urin. Das Bettgestell war aus Eisen. Auf dem Boden lag Evelins blaue Trinkflasche. *Heute ist dein Lieblingstag.* Ungläubig schüttelte ich den Kopf. Neben der Flasche lag eine Tablettenschachtel, Melperon, ein Streifen war herausgezogen, acht Tabletten fehlten.

Es gibt keine Monster, hatte Evelin gesagt. *Meine Angst frisst mich auf.*

„War das ihr erster Selbstmordversuch?", fragte jemand.

Ich drehte meinen Kopf nach rechts. Da stand eine Frau in Wanderklamotten. Sie sah aus, als wollte sie gleich den Mount Everest besteigen. Ich schätzte sie auf Mitte dreißig.

„Das ist Kommissarin Drechsler", sagte Norman. Und dann, an die Frau gewandt: „Das ist Doktor Kraft, der Gutachter aus Hamburg."

Wir gaben uns die Hand.

„Josephine Drechsler", stellte sie sich vor. „Polizeiposten Salem. Freut mich, Sie kennenzulernen, Herr Kraft. Habe schon viel von Ihnen gehört." Während sie sich über die Leiche beugte, fuhr sie ungezwungen fort: „Sie können gerne Josy zu mir sagen, ich bin Engländerin, wir sind da lockerer als die Deutschen.

Auch mir wurde mal eine große Karriere bei Scotland Yard vorhergesagt, bis ich mich in den Bäckerssohn von Heiligenberg verliebte." Sie streichelte Evelin eine Haarsträhne zurück und sagte: „Tja, und heute ist er mein Mann."

Ich starrte Josy an.

Sie fragte: „Die Narben am Hals sind älterer Natur. Hat sie schon mal versucht, sich das Leben zu nehmen?"

„Leider ja", antwortete Norman. „Evelin kam bereits wegen eines Selbstmordversuchs nach Marienberg. Das war im März. Depressionen. Das Übliche eben."

Josy nickte.

„Im April dann der zweite Tiefschlag", fuhr Norman fort. „Strangulationsversuch. Zum Glück haben wir sie vorher gefunden. Nach zwei Monaten schlugen die Medikamente aber an. Evelin machte gute Fortschritte, sie war so gut wie über den Berg."

Norman sah mich an, tiefe Ringe unter den Augen, blass. Auch ihn schien das Ganze ziemlich mitzunehmen.

„Familie?", fragte Josy.

„Verheiratet, ein Kind", sagte Norman und blickte zum Fenster hoch.

Alle schwiegen.

Draußen schien die Sonne.

„Halte also fest", sagte Josy. „Suizidgefährdet. Depressionen." Sie nickte, zog Evelins Rock über ihre Scham und sagte: „Aber weißt du, Norman, was ich nicht verstehe?"

Josy kratzte ihre Hände, als sie sagte: „Kann einfach nicht verstehen, was so ein Mädle überhaupt alleine rumläuft in der Nacht."

Norman kniff die Augen zusammen.

„Frau Reiter war kein Mädle", sagte er. „Sie war 32 Jahre alt und erwachsen. Außerdem: Sicherheit ist wichtig, Josy, da hast du vollkommen recht. Aber alles in Maßen. Ich möchte aus meiner Klinik keinen Hochsicherheitstrakt machen, das weißt du. Ich möchte Menschen hier willkommen heißen, keine Tiere oder Verbrecher einsperren."

„Offene Konzepte setzen sich ja zum Glück immer mehr durch", sagte ich.

Norman nickte mir zu.

Draußen waren Männerstimmen zu hören.

„Wer hat sie eigentlich gefunden?", fragte Josy.

„Tom", antwortete Norman. „Das ist ein Pfleger."

„Ich kenne Tom", sagte Josy und kratzte sich wieder die Hände. Sie waren rot und trocken.

„Hier, das lag auf Evelins Schreibtisch", sagte Norman und reichte mir einen Brief, der in einer Klarsichthülle steckte.

Lieber Markus, liebe Mama, lieber Papa!, las ich.

Seit Monaten quäle ich mich durch den Tag. Ich kann nicht mehr schlafen. Ich habe keine Träume mehr und keine Hoffnung, sondern nur noch diesen einen Wunsch: dass es endlich aufhört!

Bitte macht euch keine Vorwürfe, es ist allein meine Schuld. Das hat nichts mit euch zu tun, wirklich nicht.

Ein schönes Leben wünsche ich Euch noch, und seid bitte nicht böse auf mich.

Eure Evi.

„So eine arme Frau", sagte Josy und ging wieder um die Leiche herum, beinahe sah es aus, als tanzte sie.

Die Männerstimmen kamen aus dem Schlossgarten, ab und zu war eine Maschine zu hören, ein Betonmischer, Hammerschläge. Norman blickte auf seine Armbanduhr und sagte: „Robert vom Bestattungsinstitut müsste auch bald hier sein."

„Sieht zwar aus wie Selbstmord", sagte Josy, „aber ich verstehe nicht, warum sie am Handgelenk solch eine Wunde hat. Als wäre die Frau gefesselt gewesen."

Normans Gesicht versteinerte.

„Außerdem", sagte Josy und schnupperte. „Hier drinnen riecht es irgendwie, also nach … Sperma?"

Norman kratzte sich jetzt auch die Hände.

„Ich weiß", sagte Josy mitfühlend. „Der Tod ist nicht gerade eine Werbung für deine Klinik, Norman. Das tut mir auch leid, aber sollten wir nicht doch besser eine Obduktion durchführen lassen?"

Noch immer umkreiste sie die Leiche.

„Ich weiß nicht, ob du dich so gut auskennst mit psychiatrischen Erkrankungen", sagte Norman und blickte der Frau in die Augen. „Das Schlimme an einer Depression ist eben, dass sie nur ein Ziel kennt: den Tod. Das ist die innere Logik dieser Krankheit, eine Stoffwechselkrankheit übrigens. Auch depressive Tiere pflanzen sich nicht mehr fort, sie essen nichts mehr und suchen den Tod. Manche Tiere stürzen sich sogar von einer Klippe." Norman kratzte sich wieder, als er fortfuhr: „Jede Patientin, die wir vor dem Tod retten können, ist im Grunde genommen ein Wunder. Und wir vollbringen viele solcher Wunder, mittlerweile überleben 80 bis 90 Prozent aller Betroffenen eine klinische Depression. Das gelingt uns nur dank moderner Medikation. Über eine Frau, die dank der modernen Medizin zurück ins Leben gefunden hat, wird kaum berichtet. Aber wenn sich eine Patientin umbringt, dann zeigen alle mit dem Finger auf uns."

Josy schien etwas erwidern zu wollen, doch sie biss sich auf die Lippen.

„In ein paar Stunden wird der Mann von Evelin hier eintreffen", fuhr Norman fort. „Auch die Mutter ist auf dem Weg, übrigens eine gute Bekannte von mir." Er seufzte. „Ich stehe nun vor folgender Entscheidung: Erzähle ich der Familie von den Problemen, die Evelin mir in der Therapie anvertraut hat? Zum Beispiel, dass sie die wiederkehrende Phantasie hatte, beim Sex gefesselt und stranguliert zu werden? Dass sie das nun heimlich ausprobiert hat? Zumindest sieht es für mich so aus. Und dass sie danach ziemlich enttäuscht war? Weil es sich nicht so angefühlt hat wie in einem Liebesroman, sondern einfach nur schal?"

„Sie stand auf Fesselspiele?", fragte Josy und betrachtete die Leiche noch genauer.

„Möglich", sagte Norman und fügte nachdenklich hinzu, auch ein wenig melancholisch: „Ein Suizid ist nie leicht. Es dauert Jahre, bis man sich an solche Situationen gewöhnt. Vielleicht ist Gewöhnung auch das falsche Wort. Denn daran gewöhnt man sich nie. Es ist jedes Mal ein Schock, wenn Patientinnen sich das Leben nehmen. Ich bin seit dreißig Jahren hier. Und noch immer bin ich jedes Mal erschüttert."

Oben durchquerten mehrere Personen die Eingangshalle. Ihre Schuhe schlugen laut auf dem Steinboden auf.

„Aber vielleicht hast du recht", sagte Norman plötzlich. „Ich werde mit Jeremias sprechen, ob er noch Kapazität hat."

„Jeremias?", fragte ich.

„Der Gerichtsmediziner", antwortete Josy.

„Für mich sieht zwar alles so aus", sagte Norman, „als hätte sich Evelin hier unten mit jemandem getroffen, vielleicht hatte sie noch einmal Hoffnung geschöpft auf eine neue Liebe, doch als diese dann enttäuscht wurde ..." Er seufzte und meinte: „Wer weiß das schon. Aber zumindest kann Jeremias herausfinden, ob der Geschlechtsverkehr einvernehmlich stattgefunden hat."

„Du meinst, sie hatte einen Liebhaber?", fragte Josy, kratzte sich wieder und fügte erstaunt hinzu: „Hier in der Klinik?"

„Wenn das so war, dann wird das Konsequenzen haben", sagte Norman.

Alle blickten wir zur Tür.

Ein Mann im schwarzen Anzug trat ein, zwei Gehilfen folgten ihm, sie hatten eine graue, schalenförmige Trage dabei.

„Tut mir leid, Robert", sagte Norman. „Die Leiche geht in die Gerichtsmedizin." Dann blickte er auf die Uhr und sagte: „Josy, ich muss los. Aus Respekt vor der Toten und vor den Angehörigen möchte ich dich aber bitten, die Sache diskret zu behandeln."

„Selbstverständlich", erwiderte Josy. „Wie immer."

15

Den Weg vom Alten Schloss bis zur Klinik rannte ich, das Herz hämmerte in meiner Brust. Der stechende Geruch von Schweiß und Urin verfolgte mich bis auf mein Zimmer. Plötzlich ekelte mich das Ganze an. Ich desinfizierte meine Hände, bevor ich duschte.

Es war 10:20 Uhr.

Die begehbare Dusche war technologisch auf dem neuesten Stand. Ein gleichmäßiger Regen ging von oben auf mich herab, von der Seite trafen mich drei feste Strahle und von vorne kam ein kühler Nebel. Ich duschte mir den ganzen Dreck vom Körper, diese furchtbare Nacht und Evelins traurigen Blick, der noch immer an mir klebte.

Ich weiß ja selber nicht, was mit mir los ist.

Je älter ich werde, desto weniger verstehe ich das alles.

Ich stellte mir vor, wie das Wasser mein Gehirn durchspülte. Ein Fluss brauste durch die Windungen meines Hirns und schwemmte die Bilder fort, bevor sie sich ablagern konnten: Evelins Brüste, groß, fleischig und zur Seite geklappt, ihr BH, der in das helle Fleisch schnitt, die wuchtigen Schenkel und dazwischen krause Haare, buschig, dunkel.

Ich streckte mein Gesicht nach oben, öffnete den Mund und trank.

Der Gerichtsmediziner würde verschiedene Abstriche entnehmen, er würde ihre Scheide und ihren Gebärmutterhals auf Verletzungen untersuchen, aber er würde nichts finden, was mit Norman nicht abgesprochen war. So war es doch, oder?

Ich drehte den Hahn höher.

Der Druck nahm zu.

Ich drehte mich so, dass der unterste Wasserstrahl meine Lenden traf. Du bist widerlich, beschimpfte ich mich, ein perverses Schwein. Nur widerwillig griff ich nach meinem Schwanz und holte mir einen runter, dabei dachte ich an die arme Frau und daran, wie schäbig das war, was ich tat. Ich wollte das nicht, doch ich konnte nichts dagegen tun.

Eine halbe Stunde später stand ich im weißen Hemd und Anzug vor Lindas Tür. Unser Gespräch war erst am Nachmittag, aber ich musste kurz sehen, wie es ihr ging.

„Herein", hörte ich ihre rauchige, dunkle Stimme.

Linda lehnte an der Wand neben dem Fenster und blickte hinaus. Sie trug einen Bademantel, ihre Haare fielen auf den weißen Frotteestoff herab. Sie drehte sich nicht um, als ich eintrat, aber sie wusste trotzdem, wer ich war. Leise sprach sie in Richtung Park: „Stimmt es, dass sie Tabletten genommen hat?"

Ich sagte: „Ja."

Wir schwiegen.

Die Turmuhr schlug elf.

„Evelin hat sich drüben im Alten Schloss mit jemandem getroffen", sagte ich, nachdem ich die Tür hinter mir geschlossen hatte und abwartend im Raum stand. „Wie es aussieht, hatte sie eine Affäre. Vielleicht wollte er sich trennen, keine Ahnung. Gegen Morgen nahm sie dann die Tabletten."

„Was sagst du da?"

Linda drehte sich langsam zu mir um.

Ich sah, dass sie geweint hatte.

„Norman meint, sie hat es freiwillig getan", sagte ich. „Anscheinend stand sie auf Fesselspiele und so."

Erst später fiel mir auf, dass Linda in diesem Moment wie selbstverständlich zum Du gewechselt war. Es war gut, dass sie Vertrauen in mich gefasst hatte, aber offiziell mussten wir uns weiterhin Siezen, ging mir durch den Kopf, während ich Linda ansah. Ihr rechtes Auge war noch immer geschwollen.

„Ich meine, wir haben diesen Film zusammen gesehen", sagte Linda, taumelte und setzte sich an den Schreibtisch, „Shades of Grey, aber den hat ja jeder gesehen, und … ich meine, einmal hat sie schon gesagt, dass … sie … sich vorstellen kann … oh Gott!"

Linda starrte vor sich hin.

„Mit wem könnte sie sich getroffen haben?", fragte ich.

„Ich weiß es nicht", sagte Linda. „Ich weiß gerade gar nichts mehr."

Dann öffnete sie die Schreibtischschublade, nahm eine Schachtel Zigaretten und ein Feuerzeug heraus und trat damit ans Fenster. Als sie ihre Hand auf den Fenstergriff legte, sagte ich: „Nicht." Für einen Moment lagen unsere Hände auf dem Fenstergriff übereinander.

„Hast du die Patientenakte gelesen?", fragte sie.

„Noch nicht ganz."

„Er war es", flüsterte sie. „Patient 211. Er hat Evelin geholt."

„Du brauchst keine Angst zu haben", entgegnete ich.

Es klopfte. Beide drehten wir uns um. Ich zog meine Hand weg und fühlte mich fast ein wenig ertappt, als Tom sein Gesicht durch die Tür streckte und sagte:

„Oh. Wollte nicht stören. Wollte nur schnell Goodbye sagen."

„Goodbye?", fragte Linda.

Tom kam herein, sagte: „Hallo, Doc" und blieb vor Linda stehen.

„War grad beim Professor", sagte er. „Hat mir die Kündigung nahegelegt. Und was soll ich sagen, auf Stress hab ich wirklich keinen Bock."

Linda schüttelte ungläubig den Kopf, setzte sich wieder an den Schreibtisch und starrte auf die Schachtel Zigaretten. *Rauchen tötet*, stand darauf. Auf dem Foto war ein Lungenkarzinom abgebildet.

„Der Mensch ist kein Baum", sagte Tom. „Wenn es dir nicht mehr gefällt, wo du bist, dann hau ab."

Linda legte die Zigaretten weg, zog ihren Bademantel enger und fragte: „Es ist wegen Evelin, habe ich recht?"

Tom zuckte mit den Schultern.

„Aber Tom", sagte Linda und sah ihn an. „Das lässt du dir doch nicht gefallen?"

„Frau Fallersleben." Tom ging vor ihr in die Hocke, legte seine Hand auf ihre und sagte: „Linda. Ich wünsche Ihnen alles Gute. Machen Sie, dass Sie hier rauskommen, das macht Sie nur kaputt."

Linda schüttelte den Kopf und sagte leise: „Bitte bleib hier."

„Ich bin gefeuert", entgegnete er, richtete sich wieder auf und fluchte: „Scheiße Mann, das ganze Gelaber von Mündigkeit und Selbstbestimmung ist doch alles leeres Gerede, Mann." Er sah mich an, als er hinzufügte: „Evelin wollte das auch, ich schwör's! Ich bin doch kein Vergewaltiger!"

„Sie war eine Patientin", sagte ich scharf und verschränkte die Arme vor der Brust. Ich war nicht bereit, diesem Typen die Absolution zu erteilen. Nur weil er ein breites Kreuz und ein paar Muskeln hatte, brauchte er sich nicht einzubilden, die Welt beglücken zu können. Ich mochte solche Typen nicht, hatte sie noch nie gemocht.

Linda starrte vor sich hin.

„Evelin war eine erwachsene Frau", sagte Tom mit deutlich kühlerer Stimme.

Ich sah ihn bloß an.

„Hören Sie doch endlich auf, Frauen wie Kinder zu behandeln", fuhr er fort. „Niemand muss eine erwachsene Frau vor ihrer Sexualität beschützen, schon gar keine Wissenschaftler wie Sie. Im Gegenteil. Warum haben wir hier denn so viele lebensmüde Patientinnen? Weil Männer wie Sie ihnen seit Jahrhunderten einreden, Sexualität sei etwas Schlechtes. Nee, ich bin wirklich froh, dass ich hier weg kann. Das ist doch immer noch dieselbe Doppelscheiße wie eh und je!"

„Darum geht es doch gar nicht", erwiderte ich und trat einen Schritt zurück. Ich wollte nicht, dass der Typ mich anfasste. „Evelin ist tot, weil Sie Ihre Spielchen mit ihr gespielt haben. Außerdem frage ich mich schon, warum Sie überhaupt hier arbeiten. Sie haben doch gar keine richtige Ausbildung im Pflegebereich!" Ich kniff die Augen zusammen, als ich sagte: „Wenn herauskommt, dass Evelin vergewaltigt wurde, dann gnade Ihnen Gott."

Tom sah mich an. Seine Augen waren kalt.

„Schauen Sie, dass Sie hier wegkommen", sagte er zu Linda. Dann verließ er den Raum, ohne sich noch einmal umzudrehen.

16

Unruhig schlich ich in der Klinik herum. Norman war nicht in seinem Büro. Delphine kam mir unten im Physiobereich entgegen, sie war bestürzt über Evelins Tod, außerdem war sie auf dem Weg zu Linda. Ich begleitete sie nach oben und hörte mir Details über Evelins Krankengeschichte an. Ob es stimme, dass Tom entlassen worden sei, fragte ich im Treppenhaus. Delphine nickte.

Auf halbem Weg kam uns der Mann im Jogginganzug entgegen, er murmelte etwas, das wie ein Gebet klang. Delphine nahm ihn beim Arm und führte ihn zurück in den vierten Stock. Dort sagte sie zu dem Mann: „Bleiben Sie auf Ihrem Zimmer, Rufus, ich gebe Helen Bescheid, damit sie Ihnen was bringt." Und zu mir: „Also bis dann."

Mir blieb nichts anderes übrig, als wieder hinab zu gehen. In der Cafeteria besorgte ich mir ein belegtes Brötchen, ließ es einpacken und ging auf mein Zimmer. Dort holte ich den Laptop heraus, öffnete den Browser und die Suchmaschine und gab den Namen *Tom Ruptur* ein. Doch es kam kein Treffer. Der Mann schien keine Spuren hinterlassen zu haben. Nicht einmal einen Eintrag im Telefonbuch gab es.

Als ob er nicht existierte.

Ich ließ die Jalousie herunter, setzte mich in den Sessel und biss in das Brötchen. Die Sonne fiel fächerförmig durch die Ritzen der Jalousie. Staub glitzerte. Nachdenklich nahm ich die Patientenakte zur Hand und las weiter:

Protokoll der vierten Sitzung *(12. Jan. 2017)*
Frage: *„Wie geht es Ihnen heute?"*
Patient 211: *„Nicht gut. Aber Sie sagten ja, das wäre normal. Dass der Weg ins Glück durch den Dreck führt."*

Antwort: „*Sozusagen, ja. Ich möchte mit Ihnen aber noch mal über das ermordete Mädchen sprechen. Melanie Huber hieß sie, sagten Sie.*"

Patient 211: „*Ja genau. Aber ist das denn wichtig für meine Therapie?*"

Erläuterung: „*Das ist wichtig. Sie sagten, dass die Bilder des toten Mädchens Sie noch heute beschäftigen. Hierzu habe ich eine Frage: Sind es Bilder, die Ihrer Phantasie entspringen? Oder haben Sie diese Bilder in der Zeitung gesehen oder im Fernsehen?*"

Patient 211: „*Fotos, ja. Im Fernsehen haben sie das damals auch gebracht. Vielleicht haben sich die Bilder mit den Jahren in meinem Kopf verselbstständigt, das kann auch sein.*"

Frage: „*Können Sie die Bilder genauer beschreiben?*"

Patient 211: „*Ich finde das sehr schwierig mit Worten auszudrücken. Ich sehe halt den Körper, eher Stücke vom Körper, zum Beispiel einen Schenkel oder die Brust oder so. Aber auch ihr Gesicht, also eher den Gesichtsausdruck, meine ich, ihre Angst, das Sterben.*"

Nachfrage: „*Aber das können Sie doch nicht aus der Zeitung haben. So etwas wird doch nicht in den Medien veröffentlicht. Das müssen Sie sich vorgestellt haben.*"

Patient 211: „*Ja.*"

Schweigt.

Nachfrage: „*Haben Sie sich nachträglich ausgemalt, wie das Mädchen gestorben sein könnte?*"

Patient 211: „*Ja.*"

Schweigt.

Appell: „*Ich weiß, dass es schwierig ist, das Erlebte in Worte zu fassen. Aber versuchen Sie es bitte. Sonst kommen wir nicht weiter. Wenn Sie es nicht versuchen, vergeuden wir hier unsere Zeit.*"

Patient 211: „*Okay, ich versuche es.*"

Schweigt.

Frage: „*Ich frage Sie jetzt noch einmal. Ich möchte darauf eine ehrliche Antwort. Sie wissen, dass ich als Ihr Therapeut unter Schweigepflicht stehe. Also: Haben Sie die Schülerin Melanie Huber ermordet?*"

Patient 211: „*Nein.*"

Schweigt.

„*Ich kann darüber nicht sprechen.*"

Schweigt. Starke emotionale Reaktion. Patient schwitzt. Dann wieder langes Schweigen.

„*Okay, ich war es nicht, aber manchmal denke ich, dass ich es war.*"

Frage: „*Welches Auto fuhren Sie damals? Welche Farbe hatte es?*"

Patient 211: „*Meinen Sie diesen Kleintransporter? Es war ein hellblauer Citroën, ich erinnere mich genau.*"

Frage: „*War das Ihr Auto?*"

Patient 211: „*Nein, um Gottes willen, nein. Später hat man das Auto in einem See gefunden, da oben beim Furkajoch, da gibt es so einen Bergsee, hinter der Klippe, da hat er es versenkt.*"

Schweigt.

Frage: „*Wie haben Sie sie ermordet?*"

154

Patient 211: „Ich habe sie nicht ermordet!"

Schweigt.

„Aber ich glaube, er hatte hinten drin im Kofferraum einen Werkzeugkasten. Er hat ihr einen Schraubenschlüssel über den Kopf gezogen. Ich glaube, er wollte sie eigentlich nicht umbringen. Er hat einfach nicht gewusst, was er mit ihr tun soll."

Schweigt.

„Es ist so schrecklich. Aber es ist, als ob das Mädchen meine Schmerzen genommen hätte."

Frage: „Haben Sie das Mädchen sexuell missbraucht?"

Patient 211: „Nein, ich habe niemand sexuell missbraucht!"

Schweigt.

Frage: „Ich bin nicht die Staatsanwaltschaft und auch kein Richter. Aber Ihnen ist hoffentlich klar, dass damals ein schweres Verbrechen begangen worden ist. Nach Paragraph 211 unseres Strafgesetzbuches ist das Mord."

Patient 211: „Das ist mir klar, natürlich. Oh Gott. Jetzt fühle ich mich echt schlecht. Ich weiß nicht mehr, was ich tun soll."

Antwort: „Für heute ist unsere Zeit abgelaufen. Darüber reden wir nächste Sitzung weiter."

Notiz: *Aufgrund des Insiderwissens scheint es sich bei Patient 211 um den Mörder von Melanie H. zu handeln. Der Patient leugnet die Tat zwar, aber das scheint mir das Resultat einer enormen Verdrängungsleistung zu sein.*

Ich horchte auf.

Auf dem Gang waren Stimmen, Geschirr klapperte, Schritte. Es roch nach Mittagessen, Blumenkohl, vielleicht auch Rosenkohl. Das Brötchen lag neben mir auf dem Tisch, der Appetit war mir vergangen. Meine Kehle war trocken. Als ich aufstand, um mir ein Glas Wasser zu holen, wurde mir schwindelig.

Als ob ich krank werden würde.

Draußen schlug die Turmuhr ein Mal.

Die Problematik der therapeutischen Schweigepflicht war mir bewusst. Das Gesetz verpflichtet einen Therapeuten zum Schweigen, selbst wenn ein Mord gestanden wird. Nur wenn der Patient über einen zukünftigen Mord spricht, dann sollte der Therapeut das Opfer warnen, etwa zum Telefon greifen und die Mutter oder den Ehemann warnen.

Ich nahm noch einen Schluck Wasser und las weiter:

Protokoll der fünften Sitzung *(25. Jan. 2017)*

Frage: *„Wie geht es Ihnen heute?"*

Patient 211: *„Es geht mir schlecht."*

Frage: *„In der letzten Sitzung haben wir über den Mord an der Schülerin Melanie Huber gesprochen. Erinnern Sie sich?"*

Patient 211: *„Natürlich."*

Frage: *„Sind Sie damals von der Polizei vernommen worden?"*

Patient 211: *„Ja."*

Schweigt.

„Ich war ja Zeuge. Die haben mich dann aber wieder gehen lassen."

Antwort: „Andere können Sie belügen. Aber sich selbst nicht. Nur wenn Sie die Wahrheit sagen, werden Sie Ihre Schmerzen loswerden, gerade Lähmungserscheinungen ohne organische Ursache sind psychosomatisch auf Schuldgefühle zurückzuführen."

Patient 211: „Sie denken, es liegt an Schuldgefühlen?"

Antwort: „Davon bin ich überzeugt. So wie ich das einschätze, müssen Sie auch nicht ins Gefängnis. Sie sind psychisch krank und damit nicht schuldfähig."

Patient 211: „Wie meinen Sie das?"

Antwort: „Für eine Diagnose ist es noch zu früh. Aber ich glaube nicht, dass der Liebeswahn die Ursache Ihrer Krankheit ist, sondern auch nur ein Symptom. Man spricht dann von sekundärem Liebeswahn beziehungsweise von einer sekundären Erotomanie."

Patient 211: „Was bedeutet das?"

Antwort: „Ein Liebeswahn an und für sich ist harmlos, darüber haben wir ja schon gesprochen. Der Betroffene schadet damit nur sich selbst. Wenn sonst alles in Ordnung ist, spricht man von primärer Erotomanie. Bei Ihnen scheint mir der Fall aber anders zu sein. Sie haben eine tieferliegende seelische Störung. Der Liebeswahn ist da nur eine Begleiterscheinung sozusagen, deshalb sagt man auch sekundäre Erotomanie."

Patient 211: „Wie meinen Sie das mit der tiefliegenden Störung?"

Antwort: „Da kann ich noch nichts zu sagen. So etwas braucht Zeit, sowohl in der Diagnose als auch in der Therapie. Haben Sie schon mal abklären lassen, ob organische Erkrankungen vorliegen? Zum Beispiel eine Hirnblutung?"

Patient 211: „Eine Hirnblutung? Denken Sie, das wäre möglich?"

Antwort: „Es müsste zumindest abgeklärt werden. Manchmal ist schon bei der Geburt etwas schiefgelaufen im Gehirn. Zuwenig Sauerstoff oder so."

Patient 211: „Ich war eine Hausgeburt."

Schweigt.

„Denken Sie?"

Schweigt.

Frage: „Haben Sie noch andere Frauen missbraucht oder getötet?"

Patient 211: „Nein. Ich habe keine Frauen missbraucht!"

Schweigt.

„Also als ich 23 war, da habe ich meine Stelle in einem Supermarkt gekündigt. Ich wollte mehr aus meinem Leben machen. Deshalb bin ich nach Sigmaringen gezogen, weil mein Bruder dort gelebt hat, und weil ich eine Stelle bekommen habe, wo ich arbeiten und nebenher die Fachhochschulreife nachmachen konnte."

Schweigt.

„Genau erinnere ich mich nicht mehr. Ich weiß nur noch, dass damals auch Frauen getötet worden sind in der Gegend. Aber ich war das nicht. Ich hatte damals zwar viele Frauen, *aber das war einfach so, just for fun, ältere, jüngere, ich weiß auch nicht mehr genau, hab nicht mitgezählt."*

Schweigt.

„Das war eine schwierige Zeit für mich. Manchmal war ich wie weggetreten, da hat dann der Autopilot übernommen."

Frage: *„Hatten Sie damals eine Freundin?"*

Patient 211: *„Keine feste. Die Meisten gefielen mir nicht. Nur eine, in die war ich verliebt, aber das wurde dann nichts."*

Schweigt.

„Sie hieß Diana, ich habe sie ein paar Mal in Tübingen besucht, wo sie studiert hat, aber dann nicht mehr. Diana war schon eine tolle Frau gewesen, sehr selbstbewusst, sehr hübsch, klug."

Schweigt lange.

Schlussbemerkung: *„So, jetzt ist unsere Zeit abgelaufen. An dieser Stelle machen wir in der nächsten Sitzung weiter."*

Notiz: *Verdacht auf weitere Tötungsdelikte.*

Es klopfte an meiner Tür.

Ich zuckte zusammen und sagte: „Ja?"

Helen streckte ihren Kopf zur Tür herein. „Raum 4 ist dann nachher frei. Unten im ersten Stock, das ist ganz hinten im Therapiebereich." Sie lächelte und fügte blinzelnd hinzu: „Da seid ihr ungestört."

„Okay, danke", sagte ich. Als sie nicht verschwand, blickte ich auf mein Handy und sagte: „Oh Gott, schon so spät."

„Ich soll dich von Norman auch an das Golfspiel erinnern", sagte Helen. „Um fünf unten beim Clubhaus."

„Okay, danke", sagte ich wieder.

Endlich ging sie.

Ich nahm einen Zeitungsbericht aus der Mappe, er stammte aus dem Jahr 2014, es war wieder ein Online-Ausdruck aus einem Archiv. Während ich die Zeilen überflog, schüttelte ich immer wieder den Kopf:

Chef des K1 in Sigmaringen schildert ungeklärte Kriminalfälle in Oberschwaben.

Verbrechen *August Hanta geht nach 40 Jahren Dienst in Ruhestand. Über 20 Jahre war er der Chef des Kriminalkommissariats in Sigmaringen.*

„Die meisten Totschlagdelikte werden nach kurzer Zeit aufgeklärt", sagt Hauptkommissar Hanta, ein Mann mit einem scharfen Profil und stechendem Blick. „Denn je länger ein Fall zurückliegt, desto geringer stehen die Chancen, ihn aufzuklären. Und dennoch: Bei schweren Verbrechen sind wir extrem motiviert. Auch jetzt, wenn ich in Ruhestand gehe, beschäftigt mich immer noch eine Serie von Frauenmorden aus den frühen 2000er Jahren." Zwischen 2003 und 2005 wurden fünf Frauen im Landkreis Sigmaringen ermordet.

Ein Überblick

Donaumord, Sigmaringen: *Die Fahnder der Ermittlungsgruppe „Donau" arbeiteten mit Hochdruck, nachdem am 28. August 2003 eine 61-jährige Frau tot am Ufer der*

Donau am Ortsausgang Sigmaringen aufgefunden wurde. Die Frau war Opfer eines Gewaltverbrechens geworden, die Leiche wies zahlreiche Stichverletzungen auf. Bei der anschließenden gerichtsmedizinischen Untersuchung wurden Hinweise auf ein Sexualdelikt gefunden.

Nachbarn haben die alleinstehende Frau zum letzten Mal am 23. August gesehen. Gegen einen Verdächtigen erging Haftbefehl, doch nach kurzer Zeit in Untersuchungshaft ließ der Haftrichter den Mann wieder frei. Die Kripo hat den Fall nicht zu den Akten gelegt und ermittelt weiter. Immer noch werden Spuren ausgewertet.

Der Handtuch-Mord, **Sigmaringendorf:** Eine 38 Jahre alte Frau wird in der Nähe von Sigmaringendorf am Abend des 6. September 2003 auf dem Nachhauseweg überfallen. Sie war mit dem Fahrrad in Richtung Hallenbad unterwegs. Laut gerichtsmedizinischer Untersuchung wurde sie Opfer eines Sexualdelikts. Danach erdrosselte der Täter sie mit ihrem eigenen Handtuch. Ihre Leiche wurde am Morgen des 7. September gefunden. Vermutet wurde ein Beziehungsdrama, da sich die Frau wenige Wochen zuvor von ihrem Freund getrennt hatte. Die Beweise reichten aber nicht aus, um ein Verfahren gegen den Ex-Freund der Ermordeten einzuleiten.

Der Fall Diana Gruber: Die 24-jährige Frau studierte Jura in Tübingen und war im Sommer 2004 zu Besuch bei ihren Eltern in Mengen. Am 21. Juli 2004 traf sie sich abends mit Freunden auf dem Bächtlefest in Bad Saulgau. Gegen 23 Uhr verabschiedete sie sich, um mit dem Auto nach Mengen zu fahren. Zeugen sahen die lebenslustige Frau mit einem

Unbekannten in ihr Auto steigen. Zwei Tage später wurde das Fahrzeug der Studentin, ein silberner VW Golf, in einem Waldstück bei Neidlingen im Donautal gefunden. Blutspuren wiesen auf ein Gewaltverbrechen hin. Erst im Oktober wurde die Leiche von Diana Gruber in einer zehn Kilometer entfernten Schlucht gefunden. Der Fall ist bis heute nicht geklärt, stand aber wiederholt im Mittelpunkt der Polizeiarbeit. Fahndungen nach dem jungen Mann, mit dem die Studentin zuletzt gesehen worden war, blieben erfolglos.

Zerstückelungs-Mord, Pfullendorf: *Im August 2005 erschütterte ein besonders brutales Gewaltverbrechen die Region. In einem Baggersee bei Pfullendorf wurde der Rumpf der 28 Jahre alten Svenja K. gefunden. Die übrigen Leichenteile fanden sich im Umkreis von zehn Kilometern verteilt. Zeugen hatten beobachtet, wie die Frau am 8. August 2005 in Richtung Wald zu einem Spaziergang aufgebrochen war. Nachdem sie auch am nächsten Tag nicht zurückgekehrt war, informierte ihr Freund die Polizei. Die Obduktion ergab, dass die Frau verblutet war. Ein Sexualdelikt kann nicht ausgeschlossen werden. Obwohl die Polizei unter Hochdruck ermittelte, konnte die Bluttat bis heute nicht aufgeklärt werden. Zunächst sprachen Spuren für einen Täter im persönlichen Umfeld der Frau, die sich dann allerdings als falsch erweisen. Der Freund des Opfers berichtete von einem fremden Mann, mit dem sich Svenja K. zuletzt getroffen habe. Doch auch diese Spur führte nicht zum Ermittlungserfolg.*

Der Fall Lola, Bad Saulgau: *Die Region kommt nicht zur Ruhe. Nur wenige Wochen nach dem Mord in*

Pfullendorf wird eine 32-jährige Frau in Bad Saulgau ermordet. Die junge Frau war von Beruf Tänzerin und nannte sich Lola. Zeugen sahen sie zuletzt am 21. September 2005, als sie gegen 1 Uhr nachts die Diskothek Mausefalle in Bad Saulgau verließ. Zwei Tage später wurde ihre Leiche auf dem Grundstück eines Schrebergartens in der Nähe des Flugplatzes gefunden. Die gerichtsmedizinische Untersuchung ergab, dass die Frau noch in derselben Nacht getötet worden war.

Obwohl die Fälle alle sehr unterschiedlich waren, ist Kommissar Hanta bis heute davon überzeugt, dass ein Großteil der ermordeten Frauen auf das Konto ein und desselben Täters gehen, wenn nicht sogar alle. Auf die Frage, wie er darauf komme, antwortet Hanta vielsagend: „Es gibt auch bei Polizisten so ein Gespür. Und meines sagt mir, dass ich mich darauf verlassen kann." Dann fügt er hinzu: „Außerdem gibt es ein Übereinstimmungsmerkmal, das aus ermittlungstechnischen Gründen unter Verschluss gehalten wird. Ich bin überzeugt, dass dieses Detail den Täter eines Tages überführen wird."

17

Als Linda mir gegenübersaß, in einem einfachen, blauen Pullover und einer figurbetonten Jeans, wusste ich, dass ich das Gespräch nur schwer durchstehen würde. Ich hatte starke Kopfschmerzen, und sobald ich mich nach vorne lehnte, bückte oder schnell bewegte, wurde mir schwindelig. Sobald Linda mich ansah, brach mir der Schweiß aus.

Es war 14:05 Uhr.

„Ich befürchte, ich bekomme eine Grippe", gab ich offen zu. „Aber wir versuchen es trotzdem."

Linda nickte und sah mich aufmerksam an. Ihr verletztes Auge stand schon etwas weiter offen als am Vortag, die Wunde hatte sie geschickt mit Make-up kaschiert. Sie schlug ein Bein über das andere.

Ich hatte mir drei Eingangsfragen zurechtgelegt und entschied mich für die zweite. Plötzlich kamen mir die beiden anderen Fragen naiv vor. Nachdem ich einen Schluck Wasser getrunken hatte, fragte ich also: „Warum sind Sie hier in der Klinik, Frau Fallersleben?"

„Ich stehe im Verdacht, meinen Mann ermordet zu haben und nicht schuldfähig zu sein", sagte sie. „Aber das stimmt nicht. Ich habe meinen Mann, Benjamin Fallersleben, nicht ermordet. Und ich bin nicht psychiatrisch erkrankt."

Ich nickte. Dann blätterte ich in meinen Unterlagen und sagte: „Sie sind hier, weil bei Ihnen am 16. Mai dieses Jahres schwere Ess- und Schlafstörungen diagnostiziert worden sind. Außerdem bestand der Verdacht auf paranoide Wahnbildung und eine ernstzunehmende Depression."

Sie sah mich an.

„Professor Norman Sombra hat das diagnostiziert", sagte sie und erwiderte meinen Blick.

Ich wartete. Raum 4 war ein neutraler Raum mit Möbeln aus hellem Holz. Auf dem Tisch stand eine Box mit Kleenex-Taschentüchern, in der Ecke lag ein großer, grüner Sitzball. Ein Kalender an der Wand zeigte lachende Menschen, die vor einem blauen Hintergrund in die Luft sprangen und sich dabei an den Händen hielten.

„Der Tod meines Mannes war ein Schock für mich", hörte ich Linda wieder. „Ebenso die Anklage. Tatsächlich habe ich sehr schlecht geschlafen in dieser Zeit und habe in der Untersuchungshaft wiederholt um Schlaftabletten gebeten. Ich sehe darin kein Problem, zumindest keines, das meine Schuldfähigkeit anzweifeln ließe."

Ich nickte.

Linda sprach plötzlich so vernünftig und ruhig wie eine Religionslehrerin.

„Und die Wahnbildungen?", fragte ich und wischte mir den Schweiß von der Stirn.

„Meines Erachtens gibt es einen Tatverdächtigen im privaten Patientenumfeld meines Mannes", erwiderte sie. „Darauf habe ich die Staatsanwaltschaft hingewiesen. Auch bei der Polizei habe ich das zu Protokoll gegeben. Dass man mir dafür gleich paranoides Verhalten unterstellt, ist unangebracht und überzogen. Das macht mir zu schaffen." Sie sah mich an, biss sich auf die Lippe und fügte hinzu: „Vielleicht habe ich damals etwas heftig reagiert, als mir niemand glaubte.

165

Aber die Vorstellung, dass der Mörder meines Mannes ungesühnt davon kommt, ist für mich unerträglich. Natürlich ist mir klar, dass Staatsanwaltschaft und Polizei ihre Arbeit gut machen und berechtigte Gründe haben werden, wenn sie den Mann nicht anklagen."

Wir zuckten beide zusammen, als draußen die Turmuhr schlug.

Ich notierte mir etwas, nahm einen Schluck Wasser und setzte zur nächsten Frage an, als Linda sich plötzlich nach vorne beugte und flüsterte:

„Hast du die Patientenakte gelesen?"

„Ich …"

„Bitte, Julian", sagte sie. „Was ist dein Eindruck?"

Ich fasste mir an den Kopf und sagte: „Ich möchte zuerst dieses Gespräch über die Bühne bringen. Mir ist wirklich nicht wohl."

Sie lehnte sich wieder zurück. Ihr Blick wurde eine Spur kälter, als ich fragte: „Hören Sie Stimmen?"

„Nein", antwortete sie. „Ich meine, nicht so, wie Sie das im psychiatrischen Kontext interpretieren könnten. Ich habe keine akustischen Halluzinationen und höre auch keine Stimmen, die mein Handeln kommentieren oder mir sagen, was ich tun soll."

Ich nickte wieder.

„Wissen Sie", fuhr sie dann plötzlich fort. „Mein Mann bewegte sich in gewissen gesellschaftlichen Schichten, für die, wie soll ich sagen, die normalen

Spielregeln nicht gelten. Menschen mit Macht. Solche Menschen, die die Fäden ziehen, wissen Sie. Und diesen Menschen bin ich ein Dorn im Auge. Deshalb bin ich angeklagt. Man will mich aus dem Weg haben."

Lindas Blick wurde eine Spur intensiver.

Warum hatte ich keine Schmerztablette genommen?

Ich blickte in meine Unterlagen und fragte: „Trifft der Satz auf Sie zu: Am besten fühle ich mich morgens nach einem guten Schlaf, obwohl ich die meiste Zeit depressiv bin."

Linda sagte: „Ich bin nicht depressiv. Und einen guten Schlaf habe ich auch nicht. Aber wenn ich depressiv wäre, dann wüsste ich, dass ich mich vor allem morgens schlecht fühlen würde."

„Die Hauptstadt von Italien ist Ungarn", sagte ich. „Stimmt das?"

Ich konnte die Verachtung in ihren Augen sehen. Trotzdem antwortete sie: „Die Hauptstadt von Italien ist Rom."

Ich fragte: „Je trauriger ich bin, desto mehr möchte ich essen. Trifft das auf Sie zu?"

„Nein", sagte sie. „Dann habe ich keinen Appetit."

„Wann sind Sie besonders niedergeschlagen?", fragte ich. „Morgens, mittags, abends?"

„Besonders niedergeschlagen bin ich, nachdem ich mit Leuten geredet habe, die mich des Mordes an meinem eigenen Mann verdächtigen", sagte sie schnippisch. „An einem Mann, den ich trotz allem geliebt habe, auch wenn unsere Ehe keine Idylle war. Aber wissen Sie was?"

Wieder beugte sie sich nach vorne.

„Was?", fragte ich.

„Ich war es nicht", sagte sie.

Ich nickte.

Es war schwül in dem Raum. Ich schwitzte jetzt so stark, dass mir ununterbrochen Schweißtropfen den Rücken herabliefen.

Linda sah mich die ganze Zeit aufmerksam an. Sie legte eine Hand auf meinen Arm und fragte besorgt: „Ihnen geht es wirklich nicht gut, oder, Doktor Kraft?"

Ich stand auf, ging zum Waschbecken und ließ mir kaltes Wasser über die Hände laufen. Als ich aufblickte, erschrak ich. Mein Gesicht war kreidebleich.

„Bitte lies die Akte", hörte ich Linda, die plötzlich hinter mir stand. Mein Herz schlug schneller. Sie sagte: „Dieser Mann ist eine Gefahr für die Allgemeinheit, bitte, wir müssen handeln, bevor er noch mehr Böses tut. Vielleicht ist er sogar längst in der Klinik, manchmal habe ich das Gefühl, dass …"

Sie blickte sich um.

„Linda", sagte ich und hielt mir mit beiden Händen den Kopf fest. „Bitte, hören Sie auf, sich da reinzusteigern, sonst kann ich nichts für Sie tun. Sie müssen ganz ruhig bleiben."

„Bitte", sagte sie und hielt mich fest. Ihr Auge zuckte, als sie fragte: „Du holst mich hier doch raus, ja? Das versprichst du mir doch, oder? Ich kann hier nicht bleiben, er ist hier, bitte, warum glaubt mir denn niemand?"

18

Nach dem Gespräch nahm ich eine Schmerztablette und legte mich ins Bett. Ich hoffte auf etwas Schlaf, danach würde es mir besser gehen, aber meine Gedanken kreisten um Linda. Die 600er Ibuprofen hatte mir nur den schlimmsten Schmerz genommen, aber nicht die Angst.

Ich blickte auf das Handy.

Es war 16:10 Uhr.

Ich stand auf und duschte. Danach zog ich meine Jeans, ein weißes T-Shirt und die sandfarbenen Mokassins an. Das war kein Golfoutfit, das war mir schon klar, aber ich hatte nichts anderes. Sorgfältig wickelte ich mir einen neuen Verband um das rechte Handgelenk, nahm die Golftasche und ging hinab.

Schon von weitem sah ich Norman am Abschlagplatz.

„Gut dass ich dich hier treffe", sagte ich. „Ich muss mit dir reden."

„Worum geht's?", fragte Norman und sah mich an.

„Du hast Tom Ruptur gefeuert?"

„Das war längst überfällig", gab er zur Antwort, platzierte einen neuen Ball auf dem Tee und holte zu einem Probeschlag aus.

Ich stellte meine Tasche neben seine.

„Weißt du, Julian", sagte er. „Was zwei erwachsene Menschen miteinander machen, ist mir egal. Aber Patientinnen sind tabu."

Norman schlug zu. Der Ball flog fast zweihundert Meter weit.

„Tom war von Anfang an schwierig", fuhr Norman fort. „Benjamin hat ihn quasi im Alleingang eingestellt. Aber wir sind keine Sozialeinrichtung, verdammt noch mal."

Die Turmuhr schlug Viertel vor fünf.

„Norman", sagte ich und starrte auf den Boden. Nach einer zweiten Ibuprofen waren meine Schmerzen fast weg, dafür fühlte es sich jetzt an wie Watte im Kopf. Ich räusperte mich und sagte: „Vielleicht solltest du den Fall den Ermittlern überlassen. Was, wenn Tom doch etwas mit Evelins Tod zu tun hat?" Ich bemühte mich um einen defensiven Tonfall, als ich hinzufügte: „Ich finde, du kannst das nicht allein entscheiden. Du feuerst Tom und denkst, damit wäre alles erledigt."

„Ist es das nicht?", fragte Norman und sah mich an.

Ich schluckte.

„Wem wäre denn mit einem Ermittlungsverfahren gedient?", fragte er dann, holte erneut aus und schlug zu. Der Ball flog mit einem surrenden Geräusch davon. „Den Angehörigen sicher nicht", sagte er. „Das Gespräch mit der Mutter vorhin war kein Zuckerschlecken, das kannst du mir glauben." Norman blickte in die Ferne und fuhr fort: „Es ist kein Verbrechen geschehen. Die einzige Schuld trifft Tom, er hat mit den Gefühlen einer psychisch labilen Person gespielt. Aber glaub mir, er ist genug gestraft damit, dass sich Evelin nach dem Stelldichein umgebracht hat."

Ich blickte auf meinen Verband.

„Okay, auch ich habe Schuld", fügte Norman hinzu. „Aber das war mir mal wieder eine Lehre. Ich werde nie mehr jemanden einstellen, bei dem ich kein gutes Gefühl habe."

Ich zog einen Schläger aus meiner Tasche, ganz vorsichtig.

„Natürlich habe ich das mit Jeremias abgeklärt", fuhr Norman fort, blickte auf meine verletzte Hand und sagte: „Evelin Reiter ist eindeutig an einer Überdosis Melperon gestorben. Herz-Kreislauf-Versagen. Und sie ist nicht vergewaltigt worden. Der Geschlechtsverkehr hat einvernehmlich stattgefunden."

Ich verzog das Gesicht.

„Dieser Tom ist ein Idiot", hörte ich Norman. „Aber er ist kein Mörder, glaub mir. Du kannst ja selbst mit Jeremias sprechen, er müsste jeden Moment hier sein."

Ich steckte den Schläger zurück in die Tasche.

„Lass mal den Ebeling aus der Inneren draufschauen", sagte Norman mit Blick auf meine verletzte Hand. „Der kennt sich mit Sportunfällen aus. Kann nicht schaden."

„Ach", winkte ich ab. „Das wird schon."

Kurz vor fünf packten wir unsere Taschen und liefen zum Clubhaus hinüber. Ich blickte mich um. Es war nicht viel los auf dem Golfplatz, insgesamt sah ich vielleicht zwanzig Männer, die sich in kleinen Gruppen über den Platz verteilten. Vor dem Clubhaus standen drei Männer – und einer davon war Hanta.

„Das ist Jeremias", sagte Norman. „Der beste Gerichtsmediziner der Welt."

Der große, schlaksige Kerl wollte mir seine Hand reichen. Als er meinen Verband bemerkte, zog er sie wieder zurück und sagte: „Oh, verletzt?"

„Geht schon."

„Und das ist Tristan", hörte ich Norman. „Tristan Becker, der Richter."

Als Norman mein ungläubiges Gesicht bemerkte, fügte er hinzu: „Ja, Tristan steht auch dem Mordprozess gegen Linda vor. Übrigens der beste Richter der Welt."

172

Wir nickten uns zu. Tristan war ein Mann wie ein Baum, groß, stark, unerschütterlich, und er sagte: „Freut mich sehr, dass wir Sie für das Gutachten gewinnen konnten. Sie genießen einen ausgezeichneten Ruf, Julian, und das nicht nur im Golf."

Ich sagte, dass mich das Lob beschäme.

„Wir kennen uns schon", sagte Kommissar Hanta und klopfte mir auf die Schulter. „Schön dass du dabei bist, Julian. Ich darf doch du sagen?"

Ich nickte.

Unsere Truppe setzte sich in Bewegung. Der Richter fragte mich, ob ich mir schon ein Bild von Linda machen könne. Es sei noch zu früh, darüber etwas Substantielles zu sagen, erklärte ich ihm, und dass ich am nächsten Tag noch ein zweites Gespräch mit Linda hätte.

Hanta blickte zu uns herüber.

„Ich stelle mir das wirklich wahnsinnig schwer vor", sagte der Richter, „also zu entscheiden, ob jemand ernsthaft psychisch erkrankt ist oder nur so tut. Aber bei Frau Fallersleben scheint mir der Fall klar. Die Szene im Gericht war richtiggehend unheimlich."

„Unheimlich?", fragte ich.

„Von einer Sekunde auf die andere war sie wie eine andere Person", antwortete der Richter. „Wirklich wie im Film. Zuerst sprach sie noch recht vernünftig über ihre Ehe, dann ging sie plötzlich auf die

Staatsanwältin los und beschimpfte sie. Sogar gekratzt hat sie die Frau."

Wir hatten das erste Loch erreicht. Es war ein 3-Par-Loch. Alle machten nacheinander ihren Abschlag und schwiegen, um die Konzentration des Spielenden nicht zu stören. Dann war ich dran. Mein Ball flog nur knappe hundert Meter weit, doch Norman sagte: „Für eine verletzte Hand gar nicht so schlecht."

Wir liefen den Bällen hinterher. Ich war der erste, der wieder schlagen musste. Schmerzhaft verzog ich mein Gesicht, als ich den Schläger schwang, doch ich schaffte es tatsächlich, mit dem zweiten Schlag ins Grün zu kommen.

„Alle Achtung", sagte der Richter.

Die anderen zogen nach, alle schafften es mit dem zweiten Schlag in die Nähe des Grüns, doch nur Norman gelang es, den Ball mit dem dritten Schlag einzulochen. Wir beglückwünschten ihn und gingen weiter. Bis zum nächsten Loch war es ein gutes Stück zu Fuß.

„Wie wurden Sie eigentlich Gutachter?", wollte der Richter wissen.

Diesmal hörten auch die anderen zu.

„Bereits als Junge habe ich mir Notizen über meine Mitschüler gemacht", erzählte ich und lachte so wie Leute, die gerne von früher erzählen. „Es gab da ein nettes Mädchen in meiner Klasse. Jutta hieß sie. Über sie steht in meinem Schulheft: *Wird einen reichen Mann heiraten und depressiv werden.* Und das in der dritten Klasse!"

Richter Becker schmunzelte.

„Und was ist aus Jutta geworden?", fragte Kommissar Hanta.

„Leider war meine Prognose zutreffend", erwiderte ich. „Denn der Mann, den das nette Mädchen geheiratet hat, bin ich."

Alle lachten.

Auch ich.

„Spaß beiseite", sagte Norman. „Das tut mir leid wegen deiner Frau. Hab auch schon davon gehört. Wenn du willst, kümmere ich mich um einen Platz für sie hier auf Marienberg."

„Danke", entgegnete ich. „Ich werde mit Jutta darüber sprechen."

„Sag mal, wie schätzt du Lindas Geisteszustand ein?"

Ich drehte mich nach rechts.

Kommissar Hanta sagte: „Ich frage, weil Linda mich angerufen hat. Mitte Juli muss das gewesen sein. Sie habe gehört, dass ich nach einem Serienmörder suche, sagte sie. Und sie meinte, sie habe ihn gefunden."

Alle schwiegen.

Aus der Ferne war das Schlagen der Turmuhr zu hören.

„Als ich dann hier war", fuhr der Kommissar fort, „hat sie mich plötzlich beschimpft. Dass ich mit

Norman unter einer Decke stecken würde und so. Von Beweisen war dann auch keine Spur mehr." Er blieb stehen, keuchte und fügte hinzu: „Hat sie dir gegenüber da etwas erwähnt?"

Ich verstand.

Deshalb war Hanta hier.

„Lass Julian in Ruhe", sagte Norman erstaunlich scharf. „Hier auf Marienberg gibt es keinen Serienkiller. Das sind doch bloß Hirngespinste. Die meisten Verbrechen geschehen zu Hause in der Familie. Die Wahrscheinlichkeit, dass du von deiner Frau oder deinem Hund totgebissen wirst, ist tausendmal höher."

Hanta lachte gequält. Schweiß stand auf seiner Stirn.

Mittlerweile hatten wir das nächste Loch erreicht. Wieder schlugen alle nacheinander ihre Bälle hinaus, und wieder ging Norman in Führung. Trotzdem konnte ich zufrieden sein. Ich brauchte zwar sieben Schläge, bis ich den Ball ins Loch bekam, doch Jeremias war mit acht Schlägen noch schlechter als ich.

Auf dem Weg zum nächsten Loch kamen wir an einem Teich vorbei. Jeremias blieb stehen und sagte: „Hier hat Benjamin mal einen Ball versenkt. Er hat ihn drüben vom zweiten Loch aus abgeschlagen und das Ding flog bis hierher, ein Wahnsinnsschuss, über vierhundert Meter." Nachdenklich schüttelte er den Kopf und fügte hinzu: „Benjamin war schon ein Held."

„Du meinst wohl ein Frauenheld", sagte der Richter.

„Frauenheld?", fragte ich.

„Kennst du die ganzen Stories etwa noch nicht?", fragte Jeremias. „Benjamin hat alles, was nicht bei drei auf den Bäumen war, naja, du weißt schon. Er soll doch sogar mal Helen geschwängert haben, anno dazumal, eine Zeitlang ging sogar das Gerücht umher von einem unehelichen Sohn."

Ich blickte zu Norman.

Er schwieg.

19

Ob ich noch was mit trinken käme, fragte Jeremias nach dem Golfen. Leider hätte ich noch viel zu tun, gab ich zur Antwort. Nachdem die Montagsrunde im Clubhaus verschwunden war, ging ich durch den Park, ich wollte so schnell wie möglich zurück auf mein Zimmer. Nicht eine Minute länger hätte ich es ausgehalten. Männer dieser Art strengten mich an, ihr Alphatiergehabe, ihr aufgesetztes Lachen und ihre Witze, das alles ließ mich regelrecht durchsichtig werden.

Ich atmete tief ein und wieder aus.

Die Abendsonne lag golden über dem Park, Grillen zirpten, die Luft war noch warm. Alles war wie am Abend zuvor, mit nur einem Unterschied. Evelin war tot.

Ich setzte mich auf eine Parkbank und starrte vor mich hin.

Als die Turmuhr halb neun schlug, zuckte ich zusammen.

Erst jetzt bemerkte ich, dass ich auf derselben Bank saß, auf der ich keine 24 Stunden zuvor mit Evelin gesessen hatte. Es war die Bank unter der Hängeulme. Ich lauschte auf den Wind, der durch die Blätter fuhr. Wenn ich gekonnt hätte, hätte ich die Zeit zurückgedreht. Wenn ich gekonnt hätte, hätte ich Evelin gesagt, dass sie ein wunderbarer Mensch gewesen sei. Und dass sie sich vielleicht doch geirrt habe. Vielleicht gab es doch Monster.

Ich zog die Patientenakte aus der vorderen Golftasche. Ich hatte sie eingesteckt, weil ich mit Norman hatte darüber reden wollte, doch es hatte sich noch keine Gelegenheit ergeben. Unschlüssig blätterte ich darin herum, dann begann ich wieder zu lesen:

Protokoll der sechsten Sitzung *(1. Feb. 2017)*

Frage: *„Wie geht es Ihnen heute?"*

Patient 211: *„Nicht gut. Ich habe Bauchkrämpfe und Schlafstörungen. Wenn ich doch einschlafe, wache ich immer wieder schweißgebadet auf."*

Antwort: *„Das hatten wir ja schon. Das ist ein gängiges Phänomen, man spricht da von Anfangsverschlechterung. Das kommt vom Durcharbeiten des seelischen Schutts. Sie kennen* *doch sicher den Spruch, dass nur Schmerz und Tränen zur Heilung führen.“*

Patient 211: *„Okay.“*

Frage: *„Sie haben mir letztes Mal von Diana erzählt, die Sie auf dem Festplatz in Bad Saulgau kennengelernt haben. Sie sind mit ihr ins Auto gestiegen.“*

Patient 211: *„Habe ich das erzählt?“*

Schweigt. Längere Pause.

„Aber nein. Ich habe sie nicht auf dem Bächtlefest kennengelernt. Ich weiß schon, was sie meinen, damals ist sie ja so furchtbar … “

Schweigt. Wieder längere Pause.

„Es war wirklich furchtbar. Ich meine, Diana wollte nichts von mir, aber dass sie so furchtbar gestorben ist, das wollte ich natürlich nicht.“

Wieder längere Pause. Patient schwitzt stark.

„Natürlich war ich zuvor mal wütend auf sie und habe Sachen gesagt, die ich später bereut habe, aber das wollte ich nie.“

Schweigt. Längere Pause.

Frage: *„Was ist danach passiert?“*

Patient 211: *„Danach?“*

Schweigt.

Frage: *„Haben Sie Tötungsphantasien?“*

Patient 211: *„Tötungsphantasien? Wie meinen Sie das? Ich habe … “*

Schweigt.

Frage: *„Sie verspüren keinen Drang mehr zu töten? Ist das richtig?“*

Patient 211: „*Aber ich habe doch nie ...* "

Schweigt.

„*Wissen Sie, ich möchte heiraten und eine Familie gründen. Deshalb bin ich bei Ihnen.*"

Frage: „*Wie meinen Sie das?*"

Patient 211: „*Ich möchte mich der Realität stellen und Verantwortung übernehmen. Bei Ihnen spüre ich, dass ich meinem Ziel näherkomme.*"

Frage: „*Das ist gut. Aber wir haben noch einen weiten Weg vor uns.*"

Patient 211: „*Eigentlich war ich mein ganzes Leben auf der Suche nach einer Frau wie ihr.*"

Schweigt.

„*Ein echter Mann muss ein Haus bauen und Kinder bekommen. Das sagt mein Bruder immer. Er hat gar nicht so unrecht, denke ich. Zumindest in diesem Punkt.*"

Schweigt.

„*Manchmal stelle ich mir vor, wie unsere Kinder aussehen würden. Ich will ein guter Vater werden. Deshalb bin ich hier. Wenn ich eine Familie gründe, will ich frei sein und keine Altlasten mit mir herumtragen.*"

Schweigt.

„*Ich weiß, was Sie jetzt wieder denken. Der Typ spinnt doch, denken Sie. Will eine Frau heiraten, mit der er noch kein Wort gewechselt hat.*"

Schweigt.

„*Aber ich bin kein Träumer, das können Sie mir glauben. Vor sechs Jahren habe ich ein Haus gekauft, in der Nähe wo* ich aufgewachsen bin, mit Blick auf den St. Lazarus. Ich habe das Haus eigenhändig umgebaut. Da habe ich viel Zeit reingesteckt. Jetzt ist es fertig. Es gibt einen Pool und eine wunderschöne Terrasse. Ich male mir oft aus, was meine Königin sagen wird, wenn sie das zum ersten Mal sieht.“

Frage: „Königin? Nennen Sie die Frau so? Aber ich denke, Sie merken schon selbst, wo das Problem liegt. Sie schmieden Hochzeitspläne mit einer Frau, die noch nicht einmal von Ihrer Existenz weiß.“

Patient 211: „Das Problem ist mir schon klar. Aber im Unterschied zu früher arbeite ich heute auf dieses Ziel hin. Natürlich habe ich ein bisschen Angst, was sie sagen wird, wenn ich dann vor ihr stehe. Wie sie reagieren wird. Aber ich versuche, mich dieser Angst zu stellen. Deshalb bin ich doch hier.“

Antwort: „Wir haben noch einen weiten Weg vor uns. Für heute ist die Sitzung aber beendet.“

Notiz: Patient 211 hat sich in der Vergangenheit zwar strafbar gemacht, stellt aber meines Erachtens für die Zukunft keine Gefahr mehr für die Allgemeinheit dar.

Ein Käuzchen schrie.

Etwas raschelte im Gebüsch. Es war nur ein Vogel. Langsam wurde es dunkel, die nächste Gaslaterne stand fünf Meter entfernt. Sie ragte wie ein Gespenst aus einer anderen Zeit in die unsere. Ich hielt die Akte so, dass etwas mehr Licht darauf fiel, und las weiter:

Protokoll der siebten Sitzung (*8. Februar 2017*)

Frage: „*Wie geht es Ihnen heute?*"

Patient 211: „*Schlechter. Die Bilder kommen wieder hoch, das wird leider mehr anstatt weniger. Zwei Nächte konnte ich gar nicht schlafen. Bei der Arbeit habe ich Probleme, deshalb habe ich schon einen Auftrag versemmelt. Das wühlt mich alles total auf.*"

Frage: „*Sie wissen ja schon Bescheid. Das ist ganz normal. Wenn Sie sich dem Verdrängten stellen, tut das weh. Aber dass die Bewegung stattfindet, ist ein gutes Zeichen. Wir dürfen nur nicht auf halbem Weg stehen bleiben. Sie müssen sich diesen Bildern und Gefühlen stellen, das alles noch einmal bewusst durchleben und dann die Verantwortung übernehmen.*"

Patient 211: „*Okay. Das ist das Konzept der Analyse, das hab ich verstanden, aber trotzdem …*"

Schweigt.

„*Ich bin selbstständig, ich kann mir keine langen Krankschreibungen erlauben.*"

Schweigt.

Frage: „*Ich möchte noch einmal auf die ermordeten Frauen zurückkommen. Im Internet habe ich von einem besonders grausamen Mord gelesen. Die Presse hat ihn als Zerstückelungs-Mord bezeichnet. Er hat sich in Pfullendorf ereignet. Waren Sie das?*"

Patient 211: „*Die Stadt Pfullendorf kenne ich, das stimmt. Auch von dem Mord habe ich gehört, ich kann mich sogar an die Frau erinnern, sie hieß Svenja, oder?*"

Schweigt.

„Sagen Sie, wie wird einer eigentlich zum Mörder? Warum tut jemand so etwas?"

Antwort: *„Töten ist die primitivste Form der Konfliktbewältigung. Deshalb ist es so wichtig, dass Sie lernen, über Ihre Gefühle zu sprechen, gerade über die negativen."*

Patient 211: *„Aber es gibt doch viele Menschen, die das nicht können?"*

Antwort: *„Da kommt natürlich noch mehr dazu. In der Psychoanalyse gehen wir davon aus, dass frühkindliche Verletzungen der Seele dafür verantwortlich sind. Dorthin versuchen wir ja zusammen vorzustoßen. Aber es gibt auch andere Meinungen. Neurologen glauben, dass neurologische Hirnschäden für das Böse verantwortlich sind, schon im Mutterleib kann da ganz viel schieflaufen, natürlich auch bei der Geburt oder dann später ein Unfall, das hat sich schnell. Drogen, vor allem Alkoholismus, das spielt natürlich auch eine große Rolle. Relativ verbreitet ist auch die Erklärung, dass Mörder wütende Versager sind. Die Täter morden, um sich für soziale Misserfolge zu rächen, und üben auf diesem Weg die Macht aus, die ihnen ansonsten verwehrt bleibt."*

Patient 211: *schweigt.*

Frage: *„Wir haben noch ein bisschen Zeit. Ich würde jetzt gerne über Ihre Kindheit sprechen."*

Patient 211: *„Da gibt es nicht so viel."*

Schweigt.

„Wissen Sie, ich komme von ganz unten. Ich habe hart an mir gearbeitet. Eines Tages habe ich mich dazu entschieden,

was ich sein möchte. Und das bin ich geworden. Ich habe die
Kontrolle über mein Schicksal übernommen."

Schweigt.

„Und dann ist sie mir wohl irgendwie entglitten."

Schweigt.

„Ich bin als drittes von fünf Kindern in einem Dorf bei
Dornbirn geboren, das ist in Österreich. Als ich zwei Jahre alt
war, zog meine Familie nach Deutschland in die Nähe von
Wangen im Allgäu. Wir hatten einen landwirtschaftlichen Be-
trieb. Wir Kinder haben früh mitangepackt. Ich bin katholisch
erzogen worden. Wir haben nicht viel geredet zu Hause. Mein
Vater war streng, aber so waren alle Väter damals. Die engste
Beziehung habe ich eigentlich zu meinem Bruder."

Schweigt.

Frage: *„Ihr Bruder ist sechs Jahre älter als Sie?"*

Patient 211: *„Ja, sechs Jahre."*

Schweigt.

Frage: *„Wurden Sie als Kind missbraucht?"*

Patient 211: *„Nein."*

Frage: *„Wurden Sie von Ihrem Vater missbraucht? Oder*
von einem Onkel oder sonst einer erwachsenen Person?"

Patient 211: *„Nein. Wie kommen Sie darauf?"*

Schweigt.

„So etwas gab es bei uns nicht."

Antwort: *„Die meisten Opfer von sexuellem Missbrauch*
können sich an diese schwerwiegende Traumatisierung gar nicht
mehr erinnern und sie deshalb auch nicht als Ursache für ihr
Problem benennen."

Patient 211: „Aber bei uns gab es so was nicht. Wirklich nicht."

Schweigt.

„Das Schlimmste, an das ich mich erinnern kann, ist so ein Porno. Mein Bruder war ja älter als ich, da habe ich das immer mitangeschaut. Das waren echt heftige Szenen zum Teil."

Schweigt.

„Mein Vater hat uns mal dabei überrascht. Das wäre ja widerwärtig, hat er nur gemeint."

Schweigt.

„Danach hatte ich dann immer Schmerzen, wenn ich eine Erektion bekam. Und ein schlechtes Gewissen."

Schweigt.

„Meine Mutter kam ab diesem Tag nie mehr abends zu mir ans Bett, um mir einen Kuss zu geben. Ich glaube, mein Vater hat es ihr verboten."

Schlusswort: „Das ist interessant. Darüber reden wir nächste Sitzung weiter."

Notiz: *Tiefgreifende Störung des sexuellen Empfindens an der Schwelle zum Erwachsenwerden durch den Vater mit daraus resultierender Sexualangst, Kastrationsangst.*

20

Das Licht der Gaslaterne reichte jetzt kaum mehr aus, um die Seiten zu beleuchten. Die Buchstaben gingen im Grau ineinander über. Ich schloss die Akte und blickte in Richtung Klinik. In einigen Zimmern brannte noch Licht, aber Lindas Fenster war dunkel.

Es war 21:24 Uhr.

Etwas raschelte im Gebüsch.

Ein Vogel hüpfte heraus, sein Bein war abgeknickt, es sah nicht natürlich aus. Unruhig packte ich meine Sachen zusammen und ging. Nach nur wenigen Metern erspähte ich eine Lücke im Bauzaun – und plötzlich wusste ich, dass Evelin hier durchgestiegen war. Ohne nachzudenken schlüpfte auch ich hindurch.

Die Turmuhr schlug halb zehn.

Das Gras raschelte leise, als ich auf das Alte Schloss zuging. Der Garten lag in Grautönen vor mir, nur die Grube war tiefschwarz. Die Geräte der Bauarbeiter standen still. Das Schloss wurde nicht beleuchtet in der Nacht, kalt erhob es sich vor mir wie eine Felswand. Hinter dem Turm leuchtete der Mond.

Ich sog die kühle Luft ein. Das war meine dritte Nacht auf Marienberg.

Geh ins Bett.

Nur aus Neugier drückte ich die Klinke herab. Die Tür war nicht verschlossen. Vor mir lag die Eingangshalle im Halbdunkel, das Mondlicht fiel herein und brachte den Kronleuchter zum Funkeln. Meine Schritte hallten auf dem Marmorboden. Klack. Klack. Klack. Es kam mir vor wie in einem Traum, als ich die Halle durchquerte, etwas Böses zog mich in den Keller hinab, doch ich wusste nicht, was es war.

186

„Hilfe!"

Mein Puls schoss in die Höhe.

Das war ein Schrei gewesen. Der Schrei einer Frau. Eindeutig. Und er war aus dem Keller gekommen. Panisch blickte ich mich um. Außer mir war niemand zu sehen. Am liebsten wäre ich weggerannt, doch ich war ja Arzt, ich musste helfen, oder nicht? Ich stellte die Golftasche ab und stieg die Treppe hinab. Meine Hand zitterte, als ich sie um das Geländer legte. Je tiefer ich stieg, desto unsicherer wurde ich: Vielleicht hatte ich mir das doch nur eingebildet?

„Zu Hilfe!"

Nein, das war kein Traum. Das war die Wirklichkeit. Ich musste ruhig bleiben, doch mein panisches Ich fragte bereits: Was, wenn der Täter zurückgekommen war? Was, wenn er ein Messer hatte? Wäre es nicht besser, wieder nach oben zu gehen und Hilfe zu holen? Selbst wenn ich gegen ihn kämpfte: Hatte ich überhaupt eine Chance gegen einen Mann, der zum Äußersten entschlossen war?

„Hört mich denn keiner?"

Zitternd stand ich auf der untersten Stufe. An der Wand erkannte ich etwas, das aussah wie eine Schaufel. Ich griff danach. Schwer lag das Gerät in meiner Hand.

Die Tür am Ende des Ganges war ein schwarzes Loch.

Ich sah mich selbst wie in einem Videoclip darauf zugehen.

„Bitte, lassen Sie mich leben!"

Ich legte meine Hand auf die Klinke und drückte sie herab. Als ich in den Raum hineinspähte, war ich vor Angst wie erstarrt. Auf dem Boden stand eine Lampe, die die Szenerie gespenstisch beleuchtete. Die Umrisse einer Frau zeichneten sich im Gegenlicht ab. Deutlich erkannte ich zwei lange Beine. Dann die Haare, die zu einem Pferdeschwanz gebunden waren. Als sie sich umdrehte, erkannte ich ihr Gesicht.

„Was machen Sie denn hier?", fragte ich perplex.

„Ich teste etwas", sagte sie so selbstverständlich, als wäre unser Treffen das Normalste der Welt. Es war Josephine Drechsler, die Polizistin von heute Morgen.

„Sie testen etwas?", wiederholte ich ungläubig.

„Ob man hört, wenn jemand um Hilfe ruft", gab sie zur Antwort. „Und Bingo!", sagte sie und lächelte mich an: „*Sie* sind gekommen."

„Und was wollen Sie damit beweisen?", keuchte ich. Mein Puls raste noch immer.

„Keine Ahnung", antwortete sie und blickte auf meine Schaufel.

Ihre helle Haut schimmerte im Mondlicht. Erst jetzt fiel mir auf, wie schön sie war, eine rothaarige Engländerin mit Sommersprossen, die nicht in diese Kurstadt passte. Meine Hand zitterte.

„Marienberg hat ein Problem", sagte Josy und blickte auf die Waffe in meiner Hand. „In den letzten Monaten sterben hier so viele Patientinnen wie seit Jahren nicht."

Ich stellte die Schaufel an die Wand.

„Sie ... sterben?", stammelte ich. Mein Atem ging schwer.

„Sie verschwinden", sagte sie. „Aber wenn Sie mich fragen, ist das reine Tarnung. Ich könnte wetten, die sind längst tot."

„Tot?", fragte ich und starrte auf die Einweckgläser im Regal. „Aber wie kommen Sie darauf?"

Sie kratzte sich die Hände, zog einen Zettel aus ihrer Jeans und erklärte, als hätte sie mich nicht verstanden: „Im Januar fing es an. Da verschwand Siegrid Höchst, die Ehefrau von dem Typen von den Höchst-Werken, depressiv, aber auf dem Weg der Besserung. Der Fall war ähnlich gelagert wie bei Debby Koch: Es gab einen Brief, in dem die Patientin bat, man möge nicht nach ihr suchen, sie brauche einfach Abstand und so weiter. Siegrid Höchst nahm alle ihre Wertsachen mit und ein Konto mit 120.000 Euro."

Josy sah mich triumphierend an, ihre Augen standen schräg nach oben und funkelten grünlich. Mir wurde schwindelig. Mein Puls ging noch immer zu schnell und ich suchte nach etwas, auf das ich mich setzen konnte. Dabei vermied ich, das Bett auch nur anzusehen, in dem Evelin gestorben war.

„Zwei Monate später, im März, starb Charlen Tavikov", fuhr Josy fort. „Sie war Engländerin, eine Landsmännin von mir. Ihre Leiche wurde am Hang gefunden, oben bei der Aussichtsplattform. Es hieß, sie wäre ausgerutscht und von einer Erdmasse mitgerissen worden."

Ich setzte mich auf einen Holzschemel.

Die Matratze war weg, das Bettgestell stand anders da als am Morgen, jemand hatte es an die Wand gerückt. Trinkflasche und Tabletten waren auch nicht mehr da. Außerdem hatte jemand den Boden gewischt. Ich schnupperte. Es roch nach Terpentin.

„Im Mai verschwand dann Iris Meyer-Riemenschneider", hörte ich Josy wieder. „Dieselbe Geschichte wie bei Siegrid und Debby. Sie hinterließ einen Brief, sie bräuchte eine Auszeit, bitte sucht nicht nach mir und so weiter. Das Geld war futsch, logisch."

Ich sah zu ihr hoch und sagte leise: „Ich wusste nicht, dass es so viele waren."

„Siegrids Abenteuerlust habe leider Nachahmerinnen gefunden, meinte Norman. Seine Theorie ist nicht ganz von der Hand zu weisen. Menschen sind wie Lemminge. Wenn einer springt, springen alle."

Oben schlug die Turmuhr.

Ich starrte zum Kellerfenster hoch. Draußen war niemand mehr unterwegs. Langsam richtete ich meinen Blick wieder auf Josy. Sie schien keine Angst zu haben, seltsam. Ich verstand nicht, wie sie als Frau nachts alleine in den Keller gehen konnte. Hinter ihr im Regal lag ein altes Chirurgenbesteck, Skalpell, Zange, Klammern.

„Aber das ist noch nicht alles", fuhr Josy fort. „Ende Mai stürzte sich Giuliana aus dem Fenster. Für den Sturz gibt es keine Zeugen. Nach zwei Tagen auf der Intensivstation verstarb sie an den inneren Verletzungen."

Der Mond fiel durch das Kellerfenster.

„Tja, und jetzt also Debby Koch und Evelin Reiter", sagte sie und reichte mir den Zettel. Meine Hand zitterte, als ich danach griff:

1. *Evelin Reiter, geb. 16.05.1986, gest. 22. August 2017, Suizid, Tabletten.*
2. *Debby Koch, geb. 05.09.1972, vermisst seit dem 21. August 2017.*
3. *Giuliana Pergalozzi, (geb. ?), gestorben am 25. Mai 2017, Suizid, Fenstersturz.*
4. *Iris Meyer-Riemenschneider, geb. 28.12.1963, seit dem 1. Mai 2017 vermisst.*
5. *Charlen Tavikov, geb. 08.01.1951, gest. am 4. März 2017, Unfall beim Wandern.*
6. *Siegrid Höchst, geb. 29.11.1964, seit dem 06.02.2017 vermisst.*

„Woher haben Sie das?", fragte ich.

„Recherche." Sie nahm mir den Zettel wieder weg, steckte ihn hinten in ihre Jeans und sagte: „Verdammt viele Tote auf einen Haufen, was? Und mittendrin unser toter Analytiker."

Mir wurde übel.

Obwohl man die Matratze weggeschafft und das Bettgestell mit Terpentin bearbeitet hatte, stank es noch immer nach Urin – und nach einem Tier. Ganz langsam arbeitete sich der Geruch vor bis in meine Lunge. Ich hustete.

„Glauben Sie also auch an diesen Serienmörder?", fragte ich und wischte mir den Schweiß von der Stirn.

„Sollen wir hochgehen?", entgegnete sie. „Gibt gemütlichere Orte, um zu reden."

Ich nickte. Draußen war es deutlich wärmer als drinnen. Die Grillen zirpten. Über uns funkelten die Sterne, es war eine besonders klare Nacht. Befreit atmete ich die frische Luft ein. Josy ging durch den Garten, direkt an der Baugrube vorbei, mein Blick fiel auf ihre Wanderstiefel.

„Wissen Sie", sagte sie, als wir das Loch im Bauzaun erreicht hatten: „Serienmörder sind Märchen für Erwachsene. Man erfindet sie, um sich ein bisschen zu gruseln. Das ist wie in der Geisterbahn. Das ist okay, ich lese so was auch gern, aber in der Realität gibt es keine Hexen, die Kinder verbrennen. Es gibt keine Wölfe, die Frauen auffressen. Und es gibt nur ganz, ganz wenig Serienmörder."

„Aber dieser Kommissar Hanta, der glaubt das auch. Kennen Sie den?"

„Hanta", sagte sie und verdrehte ihre Augen. „War mal ein guter Mann. Das Golfspielen scheint ihn doch nicht ganz auszufüllen, deshalb jagt er halt weiter nach seinem Serienkiller."

Mit diesen Worten schlüpfte sie durch das Loch. Bevor ich durchstieg, reichte ich ihr meine Golftasche. Für einen Moment erwog ich, ihr die Akte zu zeigen, dann verwarf ich den Gedanken wieder.

„In der Realität werden die meisten Verbrechen nur aus einem Grund begangen", hörte ich Josy wieder. „Das ist Geld."

„Geld", wiederholte ich.

Wir setzten uns auf die Parkbank unter der Ulme.

Josy erklärte: „Marienberg hat sich letzten Oktober für ein Förderprogramm beworben, das ist ein richtig fettes EU-Projekt, *Neue Wege in der Medizin und Psychiatrie,* nennt sich das. Der Gewinner bekommt nicht nur eine Urkunde, sondern eine milliardenschwere Finanzspritze. Marienberg hat es unter die letzten drei geschafft, eine beachtliche Leistung. In zwei Monaten fällt die Entscheidung."

„Ein Förderprogramm?", fragte ich ungläubig.

Sie nickte, hob ein paar Kiesel vom Boden auf und warf sie gegen die Gaslaterne. Immer wenn sie traf, klackte es hell. Und sie traf oft.

„Da kommen so viele Selbstmorde natürlich nicht gelegen", fügte sie hinzu, „das wirft kein gutes Licht auf die Klinik."

Klack.

„Sie meinen, jemand manipuliert die Statistik, um bei dem Wettbewerb besser dazustehen?", fragte ich.

„Bingo", sagte Josy, warf noch ein Steinchen und fügte hinzu: „Ich sage ja nicht, dass Norman die Frauen persönlich umbringt. Aber er vertuscht die Selbstmorde, glaube ich, zumindest bis er das Geld aus Brüssel auf seinem Konto hat."

Klack. Klack.

Mein Blick wanderte zu Lindas Zimmer nach oben. Das Fenster war dunkel.

„Aber Norman vertuscht doch die Selbstmorde nicht", erwiderte ich. „Denken Sie doch nur mal an Evelin."

„Sieben Suizide in einem halben Jahr wären zu viel", sagte Josy. „Drei sehen da besser aus."

Klack. Klack. Klack.

„Und wie passt da Benjamin Fallersleben in Ihre Theorie?", fragte ich.

„War ein schwieriger Typ", antwortete Josy. „Und ich kenn mich aus mit schwierigen Typen, das können Sie mir glauben." Sie lächelte mich an. Plötzlich wirkte sie wie ein Mädchen, das viel zu schnell erwachsen geworden war. „Fallersleben war von der alten Schule. Er wollte nicht an dem EU-Projekt teilnehmen. Klinkenputzen nannte er das, idiotische Selbstvermarkung und was weiß ich noch alles. Versteht sich von selbst, dass er vor allem deshalb dagegen war, weil für seine Psychoanalyse in der Klinik der Zukunft kein Platz mehr vorgesehen war. Norman und Delphine, die beiden setzen ja fast nur noch auf so neue Therapieformen. Fallersleben lehnte das alles als amerikanischen Unsinn ab. Ein richtiger Freudianer halt. Deshalb hat er den Antrag auch boykottiert. Und wissen Sie, was ich glaube?"

Ich sah sie an.

„Fallersleben hat natürlich mitbekommen, was da abging. Er wusste, dass Siegrid Höchst nicht in die Karibik abgedüst war, sondern längst unter der Erde lag. Wahrscheinlich hat er gedroht, alles auffliegen zu lassen. Mit dieser Haltung hätte er der Klinik natürlich enorm geschadet, sie finanziell und ideell ruiniert. Deshalb musste er aus dem Weg."

Noch einmal machte es Klack.

„Marienberg steht finanziell längst nicht so gut da, wie man vermuten könnte. Die Umbaumaßnahmen kosten, die Klinik ist verschuldet, Norman braucht das Geld, dringend."

„Das leuchtet mir ein", sagte ich und blickte wieder zu Lindas Fenster hinauf.

„Außerdem war Fallersleben krank, er hätte es ohnehin nicht mehr lange gemacht. Wenn man es so betrachtet, hat Norman ihn nicht getötet, sondern den Zug nur beschleunigt, in dem er saß."

„Den Zug?"

„Den ICE in Richtung Himmel", sagte sie und deutete zu den Sternen.

Auch ich blickte hinauf.

„Jetzt muss Norman es nur noch schaffen, dass Linda unter Betreuung gestellt wird", hörte ich Josy neben mir. „Dann steht seiner Klinik der Zukunft nichts mehr im Wege."

21

Es war spät geworden. Erst gegen elf Uhr kam ich zurück auf mein Zimmer, knipste das Licht an und sah es sofort: Mein Bett war frisch gemacht worden. Außerdem roch es nach Putzmitteln. Das war der Geruch von *Bona Parkett Polish*, ich erkannte ihn sofort. Jemand war hier gewesen. Ich öffnete die Balkontür und trat auf die Terrasse hinaus. Das Gespräch mit der Kommissarin hatte mich aufgewühlt.

Die Alpen waren ein dunkler Streifen am dunklen Horizont. Darüber funkelten die Sterne und die Unendlichkeit des Universums.

Meine Hand zitterte.

In meinem Kopf dröhnte es. Ich war müde, aber zugleich war mein Körper alarmiert. Wenn ich mich jetzt schlafen legte, würde ich kein Auge zutun. Unruhig ging ich ins Bad, nahm eine Schmerztablette und trank zwei Gläser Wasser. Dann schlich ich mich auf den Gang hinaus. An der Stationsküche im zweiten Stock blieb ich stehen. Große, silberne Töpfe schimmerten im Zwielicht. Ich ging weiter. Im Treppenhaus begegnete ich keiner Menschenseele. Im vierten Stock schienen ebenfalls alle zu schlafen. Immer weiter ging ich, bis ich schließlich vor Lindas Tür stand. Zimmer 401. Ich presste mein Ohr an das kühle Holz und lauschte.

Alles war ruhig.

Im Notfall würde ich die ganze Nacht Wache halten.

Wenn es stimmte, was die Kommissarin sagte, dann war Linda in Gefahr. Wenn Norman seinen Freund umgebracht hatte, dann würde er auch vor Linda keinen Halt machen. Oder spann sich die Engländerin da etwas zusammen? Warum leitete sie keine offizielle Fahndung ein? Unruhig ging ich zum Schwesternzimmer und klopfte.

Leise sagte jemand: „Ja, bitte?"

„Helen?", fragte ich und streckte meinen Kopf hinein. „Kann ich dich kurz sprechen?"

Helen lag auf einem Sofa und blickte von ihrem Smartphone auf, als ich eintrat.

„Ja klar", sagte sie. Ihre Stimme klang bedrückt. „Was gibt's denn?" Noch einmal blickte sie auf ihr Handy, schaltete es dann aus und legte es neben sich auf den Stuhl. „In einer Stunde geht meine Nacht-schicht los", fügte sie hinzu.

An der Wand hing ein Druck von Monets *Seero-senteich*, daneben der Dienstplan, darüber ein Fernse-her. Auf der Fensterbank stand eine Salzlampe.

„Willst du was trinken?", fragte ich. „Ich spendiere dir auch eine Cola am Automaten."

Sie schüttelte den Kopf.

„Mir ist es lieber, wenn wir hier bleiben", sagte sie. Das T-Shirt spannte über ihren Brüsten. Ihre Haare waren feucht, als hätte sie eben erst geduscht. Im Licht der Nachttischlampe bemerkte ich, dass ihre Augen gerötet waren.

„Ist was passiert?", fragte ich.

Wieder schüttelte sie den Kopf.

Ich schloss die Tür, setzte mich zu ihr aufs Sofa und berührte ihr Knie. Als sie es wegzog, setzte ich mich auf den Stuhl an der Wand. „Ich will ehrlich sein", begann ich das Gespräch. „Ich habe mit Josephine Drechsler gesprochen, der Kommissarin aus Salem."

Helen fuhr sich durch die feuchten Haare.

Ich fragte: „Seit Januar sind drei Frauen aus Marien-berg verschwunden, stimmt das? Siegrid Höchst, Iris Meyer-Riemenschneider und Debby Koch."

Helen sagte: „Von mir weißt du aber nichts, ja?"

Ich nickte.

„In diesem Jahr ist tatsächlich der Wurm drin." He-len knetete sich die Haare, während sie erzählte: „So viele Selbstmorde gab es noch nie. Und das ausgerechnet jetzt, wo die aus Brüssel mit Argusaugen auf Marienberg schauen." Ihre Unterlippe bebte, als sie sagte: „Ich habe Iris gefunden. Sie hing an einem Duschschlauch im Bad, erhängt. Das ist … das war … das Schlimmste, was ich bisher gesehen habe. In meinem ganzen Leben. Das stülpt dich einmal um, komplett, verstehst du, was ich meine?"

Ich nickte.

„Natürlich bin ich danach sofort zu Norman", fuhr sie fort. „Am nächsten Tag hieß es dann, Iris wäre verschwunden. So wie Siegrid davor. Norman hat mir erklärt, warum er das tun musste. Ehrlich gesagt, irgendwie verstehe ich das auch."

Ich sah sie an.

Helen checkte ihr Smartphone, bevor sie weitererzählte: „Marienberg ist eine gute Klinik. Wir hätten den ersten Platz verdient. Wir sind ein konsequent offen geführtes Haus, und ich bin davon überzeugt, dass es deshalb nicht mehr Suizide gibt als anderswo, wo man die Patienten wegsperrt wie Verbrecher oder Tiere. Aber wenn sich das ausgerechnet jetzt häuft, also das ist Wasser auf die Mühlen der Kritiker."

Helen schob ihre Hände unter die Oberschenkel und sagte: „Wenn wir erstmal das Geld haben und den Preis, dann haben wir ein ganz anderes Standing, um die Öffentlichkeit aufzuklären."

Ich nickte.

Auf dem Gang waren Schritte zu hören. Als die Schritte vorüber waren, sagte Helen: „Ich war aber nur bei Iris dabei. Siegrid ist, glaub ich, wirklich verschwunden. Und bei Debby habe ich keine Ahnung."

Ich massierte vorsichtig meine Hand.

Helen stand auf, trat vor den kleinen Spiegel, der über dem Waschbecken hing, und begann ihre Haare zu machen.

„Guiliana stürzte sich aus dem Fenster im vierten Stock", sagte sie. „Es war mitten in der Nacht. Als ich kam, war sie schon tot." Helen ließ die Haarbürste sinken und starrte in den Spiegel. „Guiliana war eine ganz besondere Patientin. Wir waren fast so etwas wie Freundinnen. Als ich Giuliana tot am Boden liegen sah, fühlte ich mich irgendwie – verraten."

Ich nickte.

Helen legte die Bürste weg, drehte sich zu mir um und fragte: „Verstehst du jetzt, warum ich bei Linda so panisch war? Ich dachte, oh Gott, nicht schon wieder!"

Sie kam zu mir und setzte sich auf den Tisch.

„Ich erinnere mich an jede einzelne Patientin", sagte Helen. „Siegrid war eine sehr stille Frau. Sie verschwand an dem Morgen, an dem sie zur Wochenenderprobung nach Hause sollte. Sie sagte, sie wollte im Dorfladen noch schnell ein paar Sachen einkaufen. Das war ein Freitagmorgen. Danach kam sie nie mehr zurück. Wir haben eine Vermisstenanzeige gestellt, aber die Polizei kann in so einem Fall nichts tun. Am nächsten Tag kam der Brief mit der Post. Einmal an die Klinik, einmal an ihren Mann. Darin stand, dass es ihr gutgehe. Man solle nicht nach ihr suchen und so weiter."

Helen stellte ihren Fuß zwischen meine Beine.

„Glaubst du, Norman hat was mit Benjamins Tod zu tun?", fragte ich.

Energisch schüttelte sie den Kopf. „Um Gottes willen. Wo denkst du hin? Das war Linda, ganz sicher. Die war doch schon immer verrückt. Benjamin hatte es nicht leicht mit ihr, aber selber schuld."

Helens Fuß wanderte zwischen meinen Beinen herum.

„Okay", sagte ich heiser und griff nach dem Fuß. „Zumindest bei Iris Meyer-Riemenschneider bist du dir sicher. Warum gehst du nicht zur Polizei?"

„Ich geh schon noch zur Polizei, verlass dich darauf", sagte sie.

„Was ist?", fragte ich plötzlich zärtlich.

Helen kämpfte mit den Tränen.

„Ich war wie verblendet", brach es aus ihr heraus. „Ich bin so eine dumme Kuh! Die ganzen Jahre habe ich vergeudet. Ich war … ich habe … ich dachte … Norman liebt mich. Ich dachte, er würde seine Frau verlassen, das hat er immer wieder gesagt. Dabei hat er mich … er hat mich … also er hat mich … die ganze Zeit verarscht. So wie Benjamin auch. Wie kann man nur so blöd sein? Warum war ich nur so blöd?"

Helen weinte.

Ich nahm sie in den Arm. Zärtlich strich ich ihr eine Haarsträhne aus dem Gesicht und flüsterte, dass sie eine tolle Frau sei.

„Wegen Norman habe ich ... habe ich ... ", stammelte sie an meiner Schulter. Dann machte sie sich plötzlich los und blickte mich aus verheulten Augen an, als sie sagte: „Aber jetzt ist Schluss. Ich habe mich lange genug zum Affen gemacht!"

Ich sah sie an.

„Ich habe es ihm gestern schon gesagt", fuhr sie kämpferisch fort. „Entweder er trennt sich oder ...." Sie zuckte mit den Schultern. „Aber ich lass mich nicht mehr hinhalten! Morgen gehe ich zur Polizei!"

Helen schnäuzte sich.

Es war 23:41 Uhr.

„Stimmt es eigentlich", fragte ich, „dass du ein Kind hast?"

Helen schnäuzte sich noch einmal und sagte: „Benjamin und ich waren mal zusammen, ja das stimmt. Als ich schwanger wurde, lernte er aber Linda kennen. Sie war damals noch eine Studentin, fast noch ein Kind!" Helen schüttelte den Kopf. „Benjamin hat mir versichert, dass er für das Baby zahlen würde. Aber dann kam ich mit Norman zusammen und er wollte, dass ich das Kind zur Adoption freigebe. Und weil ich geglaubt habe, dass Norman und ich … also dass wir zwei … auch heiraten würden … deshalb dachte ich, es wäre besser so."

„Aber weißt du denn gar nicht, wo das Kind …?"

Helen legte mir ihren Zeigefinger auf die Lippen. Dann zog sie mich zu sich heran und küsste mich. Ich wusste, dass ich jetzt hätte gehen sollen. Ich mochte Hclen, doch mir lag nichts an ihr. Beinahe war ich froh, als zehn Minuten später Schritte auf dem Gang zu hören waren und Helen sagte: „Das ist Karin. Du musst jetzt gehen."

22

Helen hatte ihren ersten Kontrollgang bereits hinter sich. Erschöpft betrat sie das Schwesternzimmer. Die Geschichte mit Julian machte ihr Sorgen, aber wirklich schmerzhaft war, dass sich Norman einfach nicht mehr meldete. Nach mehr als 20 Jahren hatte er sie einfach abserviert. Als ob nie etwas zwischen ihnen gewesen wäre.

Sie blickte in den Spiegel.

Du siehst furchtbar aus. Du musst abnehmen.

Helen legte sich auf das Sofa, nahm ihr Handy und öffnete das Farmer-Spiel. Seit Monaten schon spielte sie dieses Spiel, bei dem man einen Bauernhof aufbauen und versorgen musste. Gewissenhaft fütterte sie ihre Hühner, melkte ein paar Kühe und pflanzte neuen Hafer an. Dann schaute sie im Steinofen nach, ob die Pizza schon fertig war. Es war ihre erste Pizza, weil der Steinofen erst auf Level 21 freigeschaltet worden war. Wenn sie genug Pizzen hatte, konnte sie ein Restaurant eröffnen. Darauf arbeitete sie hin.

Es war 01:16 Uhr.

Auf der Station war alles in Ordnung. Die Patientinnen schliefen, auch Linda. Helen erntete den Mais und überprüfte das Lager, ob noch genügend Rüben da waren.

Ob sie glaube, dass Norman etwas mit dem Tod von Benjamin zu tun hat, hatte Julian gefragt.

„Um Gottes willen", hatte sie geantwortet. „Wo denkst du hin?"

Norman war ein Taktiker, ein Machtmensch, aber niemals würde er einen Menschen umbringen. Niemals. So weit würde er nicht gehen.

Helen horchte auf.

Alles war ruhig.

Linda war schon immer eine schwierige Person gewesen, sehr kompliziert, sehr labil, und dabei wahnsinnig egoistisch. Man musste sich doch nur mal diese Sachen anschauen, die sie machte, diese Installationen mit ausgestopften Feinstrumpfhosen und echtem Fleisch, das war doch ekelhaft, krank war das. Mochte ja sein, dass das in New York gefeiert wurde, aber deshalb war es trotzdem krank. Außerdem war Linda immer so aufgedreht, immer so gut gelaunt und überfreundlich, total manisch, fand Helen. Da war es ja nur logisch, dass sie jetzt depressiv war.

Hast du kurz Zeit?

Helen zuckte zusammen. Eine WhatsApp war angekommen, der Absender war Norman. Sofort schnellte ihr Puls nach oben.

Hast du kurz Zeit?

Helen schloss das Spiel und öffnete die WhatsApp. Sie sah, dass Norman noch online war, und tippte: *Warum?*

Ich würde dich gerne sehen, kam es prompt zurück.

Warum?, fragte sie wieder.

Bitte, schrieb er. *Um 2 unten im Rosengarten.*

Helen durfte nicht sofort antworten, sie musste nachdenken. Wenn sie bis zehn keine Antwort hätte, hatte sie gestern zu Norman gesagt, dann sei Schluss. Und jetzt war es halb zwei. Er war dreieinhalb Stunden über der Frist.

Okay, Norman war ein vielbeschäftigter Mann.

Helen stand auf, putze sich die Zähne und schaufelte sich kaltes Wasser ins Gesicht. Dann presste sie ihr Gesicht in das Handtuch und begann zu weinen.

Benutzte Norman sie wirklich nur? War sie einfach nur bequem für ihn? Die kleine, naive Krankenschwester, die ihn jahrelang angehimmelt und ihre Beine breitgemacht hatte? War es so, wie Karin gesagt hatte? War es wirklich nur das?

Helen starrte ihr Spiegelbild an. Ihre Lippe bebte.

Nein. Norman liebte sie. Er hatte auch mit keiner anderen etwas. Und selbst wenn – sie war ja auch kein Engel. Helen legte Lipgloss auf. Hör nicht auf das, was die anderen sagen, sagte sie sich. Menschen sind gehässig und neidisch, vor allem Frauen; Karin ist doch schon lange scharf auf Norman.

Hör auf das, was du fühlst.

Helen nahm ihr Handy und antwortete: *Okay. Ich komme. Um 2 unten im Rosengarten.*

Um zehn vor zwei schlich sie leise durch das Treppenhaus hinaus. Nachts sah der Park unheimlich aus. Diese Gaslaternen waren wirklich Grauen erregend, außerdem bedrückend. An Normans Stelle hätte sie die längst rausreißen lassen. Helen fröstelte. Der Kies knirschte unter ihren Sohlen. Warum lotste Norman sie eigentlich nach draußen mitten in der Nacht? Er wusste doch, dass sie Nachtdienst hatte. Das fragte sich Helen, trotzdem ging sie zielstrebig auf den Rosengarten zu.

Es war 01:56 Uhr.

Ihr Handy hatte sie dabei.

Im Rosengarten setzte sie sich auf eine Bank, die zwischen zwei Laternen im Dunkeln lag. Wenn Norman um dieses Treffen gebeten hatte, dann war es besser, wenn niemand sie sehen würde, dachte sie und kicherte. Helen schloss die Augen und stellte sich vor, wie sie sich küssten.

Es knackte.

Ein Käuzchen schrie.

„Norman?", fragte sie und spähte zur Klinik hinüber.

Sie konnte niemand erkennen, der Weg war leer, Norman war noch nicht da.

Helen blickte auf ihren Piepser und hoffte, dass sie ungestört bleiben würden. Dann schloss sie wieder die Augen und seufzte. Wie schön wäre es, wenn sic ihn endlich für sich hätte. Dann könnten sie zusammen in Urlaub fahren und die Mittagspause gemeinsam verbringen. Sie würde Norman keine Vorwürfe machen, so wie seine Frau, diese Giftspritze, sondern sie würde ihn nach allen Regeln der Kunst verwöhnen. Helen stellte sich vor, wie sie in ihrer neuen Unterwäsche …

Wieder knackte es. Ein Rascheln.

Und dann ging plötzlich alles ganz schnell. Jemand riss sie zurück und presste ihr etwas vor den Mund.

Norman?

Der süßliche Geruch drang tief in sie ein. Es war irgendein Chloroform-Gemisch, sie erkannte das am Geschmack, und sie wusste auch, was das bedeutete. Sie hatte nicht mehr viel Zeit. Als ihr Angreifer sie von der Bank zog und ins Gebüsch schleppte, schlug sie um sich. Doch er war stärker. Er drückte sie zu Boden und vergewaltigte sie, bis ihre Bewegungen träge wurden und ihr ganzer Körper erschlaffte.

Helen wusste nicht, wieviel Zeit vergangen war, als sie wieder zu sich kam. Um sie herum war es stockdunkel. Sie saß auf etwas Weichem, es fühlte sich an wie eine Matratze. Was, warum …? Warum konnte sie sich nicht bewegen? Nur langsam wurde ihr bewusst, dass ihre Hände auf dem Rücken gefesselt waren, auch an den Füßen war irgendetwas Hartes.

Hatte da eine Turmuhr geschlagen?

Sie war in einem Keller, das konnte sie riechen, aber zugleich war da noch etwas anderes, ein seltsamer Geruch, der immer mehr in ihr Bewusstsein drang.

Etwas Fauliges, Süßes.

„Hallo?", fragte sie leise.

In ihrem Kopf war ein rhythmisches Wummern und Pochen. Je mehr sie wieder zu sich kam, desto lauter wurde das Wummern. Desto stärker wurde der Schmerz in ihrem Unterleib. Desto mehr erinnerte sie sich wieder an das, was vorgefallen war.

Er hatte sie vergewaltigt.

Hatte er das wirklich getan?

Sie tastet mit den Händen um sich, Zentimeter für Zentimeter. Ja, das war eine Matratze, aber die Matratze lag auf dem Boden, es war ein Steinboden, er war kalt. Vorsichtig stellte sie ihre Füße auf den Boden. Vielleicht könnte sie aufstehen und die Umgebung abtasten, wenn sie es versuchte, doch war das klug? Was, wenn sie danach die Matratze nicht mehr fand? Was, wenn sie stolperte? Was, wenn da im Dunkel irgendwo …?

„Hallo?", fragte sie wieder.

Dann zuckte sie zusammen.

Sie hatte jemanden atmen gehört, ein leises Röcheln.

Langsam stand sie auf. Ihre Knie zitterten, die Geräusche in ihrem Kopf nahmen zu, bevor sie wieder etwas abebbten. Helen wartete, bis sich ihr Kreislauf stabilisiert hatte, dann machte sie einen kleinen Schritt nach vorne.

„Hallo?", fragte sie wieder.

Keine Antwort.

Dann schrie sie auf.

„Wer ist da?", fragte sie. Ihr Herz raste. Jemand stand hinter ihr, sie konnte ihn atmen hören.

„Wer sind Sie?", fragte sie. „Bitte tun Sie mir nichts. Ich tue auch alles, was Sie wollen."

Der Geruch wurde stärker, von Sekunde zu Sekunde, er war süßlich und ekelerregend.

„Wer sind Sie?", rief sie. „Was wollen Sie von mir?"

„Warum hast du mir das angetan?", fragte er. „Ich war doch immer so gut zu dir."

Helen würgte. Sie glaubte, sich übergeben zu müssen. Aber vor allem glaubte sie, wahnsinnig zu werden. Denn sie kannte die Stimme.

„Benjamin?", fragte sie. „Herr Fallersleben?"

Er packte sie, hielt ihr wieder das Tuch unter die Nase und schleppte sie auf die Matratze zurück. Helen wehrte sich nicht mehr. Es hatte ja eh keinen Sinn. Sie verstand nicht. Wie war es möglich, dass Benjamin hier unten hauste? Sie hatten seine Leiche doch gefunden? Mit jedem Atemzug wurde Helens Kopf schwerer, ihre Arme, ihre Beine.

Als ob es eine Erlösung wäre.

Als ob sie keine Angst mehr hätte.

Sie lag auf dem Bauch und betete, dass sie das Bewusstsein verlieren würde, bevor er sie wieder vergewaltigte. Doch sie spürte nichts. Die Augen fielen ihr zu. Dann wurde es hell und warm um sie herum.

23

Es war Dienstagmorgen.

09:25 Uhr.

Ich traute meinen Augen nicht, als ich die Uhrzeit vom Handy ablas. Tatsächlich hatte ich mehrere Stunden am Stück geschlafen und fühlte mich so gut wie lange nicht. Zufrieden lauschte ich den Geräuschen um mich herum. Auf dem Gang klapperte ein Geschirrwagen. Draußen zwitscherte ein Vogel. Die Jalousie war noch heruntergelassen, das Licht fiel in goldenen Punkten auf das Parkett. Ich stand auf und duschte ausgiebig.

Dabei dachte ich an Linda.

Noch bevor ich den ersten Kaffee trank, ging ich hoch in den vierten Stock, um nach ihr zu sehen. Bereits auf dem Gang bemerkte ich, dass etwas nicht stimmte. Auf Station B herrschte Chaos: Die Ruflichter blinkten über den Türen. Eine fluchende Delphine eilte an mir vorüber. Sie wirkte unkonzentriert und grüßte nur flüchtig. Ich folgte ihr in die Schwesternküche.

„Nein, da hätte sie sich doch abgemeldet!", schrie Delphine eine Schwester an. „Das hat sie doch sonst auch immer getan!"

„Kann ich helfen?", fragte ich.

„Doktor Kraft", sagte sie erstaunt. Und dann: „Haben Sie Helen gesehen?"

„Helen?" Ich hielt mich am Türbalken fest, fragte: „Warum? Was ist mit ihr?"

„Sie ist nicht da", antwortete Delphine. „Sie geht auch nicht an ihr Handy. Die Patientin von 408 hat sich heute Morgen erbrochen, fast zwei Stunden lag die in ihrer Kotze. Verdammt, so was darf nicht passieren! Norman wollte Luidgard von der 1A schicken, aber die ist auch noch nicht hier. Ich dreh noch durch!"

Mein Brustkorb zog sich zusammen, ich hustete.

„Ja?", fragte Delphine und drückte auf ihr Funkgerät. Dann sagte sie „Okay, ich komme." Und zu mir: „Ich muss."

Damit eilte sie davon.

Wie benommen stand ich auf dem Gang. Ein Pfleger kam mit einem Essenswagen auf mich zu, ich starrte ihn an, spürte, dass es unhöflich war, so zu starren, dass es zu viel war, dass ich aufhören musste, doch ich konnte nicht. Ich starrte und starrte.

Der Typ war Ende vierzig, kantiges Kinn, groß und muskulös.

Hatte Benjamin eigentlich irgendwo beschrieben, wie Patient 211 aussah?

„Wohin wollen Sie?", fragte ich.

„Ich fahre Essen aus", antwortete er und sah mich irritiert an. Nachdem er vorüber war, drehte er sich noch einmal nach mir um.

Mir war schlecht. Die Luft begann zu flimmern als wäre der Boden heißer Asphalt. In diesem Moment ahnte ich bereits, was mit Helen geschehen war. Nein: Ich wusste es.

Helen ist tot.

Mein Herz raste. Ich rannte den ganzen Weg bis in Normans Büro, riss die Tür auf und rief: „Wo ist Helen? Was ist mit ihr passiert?"

Norman saß an seinem Schreibtisch und telefonierte. Er hielt eine Hand vor den Hörer und blickte mich an, beinahe so, als hätte er mich erwartet. Dann nahm er die Hand wieder weg und sagte zu der Person in der Leitung: „Tut mir leid, ich muss aufhören. Ich rufe später wieder an."

Norman nahm seine Brille ab, massierte die Nasenwurzel und setzte die Brille wieder auf.

„Wo ist Helen?", fragte ich außer Atem.

Wir sahen uns an.

„Wir müssen was tun", sagte ich und ging auf Norman zu. „Das ist nicht normal. Gestern Nacht habe ich Helen noch gesehen, da war keine Rede von Verreisen oder Magen-Darm. Ich habe kein gutes Gefühl bei der Sache, Norman. Wir müssen handeln, sofort, nach allem was passiert ist, müssen wir etwas tun."

Norman schwieg.

Ich stand an seinem Schreibtisch. Meine Hände zitterten, doch ich legte beide auf die Platte und verlagerte mein Gewicht nach vorne. Drohend sagte ich: „Oder willst du mir weismachen, dass auch Helen ein neues Leben in der Karibik beginnen will?"

Norman starrte durch mich hindurch. „Ich habe keine Ahnung, wovon du sprichst", sagte er. „Aber du hast recht. Etwas stimmt hier nicht. Leider weiß ich nicht, was genau passiert."

„Wirklich nicht?" Ich lehnte mich weiter nach vorne.

Norman zog beide Augenbrauen nach oben.

„Seit über zehn Jahren hältst du Helen hin!", brach es aus mir heraus. „Die arme Frau, wie kannst du ihr das antun! Sie hat wahrlich etwas Besseres verdient! Du hast ihr Hoffnungen gemacht und sie nach Strich und Faden ausgenutzt. Und nun, da sie die Schnauze endlich voll hat und nicht mehr für dich lügen will, verschwindet sie plötzlich?"

Normal rückte seine Brille zurecht. Kalt sagte er: „Ich weiß nicht, wovon du redest."

„Natürlich nicht", erwiderte ich, verschränkte meine Arme vor der Brust und sagte: „Aber eins kann ich dir versichern, Norman. Ich werde Linda nicht für unzurechnungsfähig erklären, nur damit du in Ruhe schalten und walten kannst." Ich sah ihm fest in die Augen, sagte: „Außerdem halte ich es für besser, wenn Linda so schnell wie möglich von hier wegkommt. Sonst machst du sie wirklich noch krank."

Stille.

Draußen schlug die Turmuhr.

Drinnen schnitt Normans eisige Stimme durch mein Hirn: „Was willst du damit sagen?"

„Gaslichtern nennt man das", sagte ich. „Als Psychiater kennst du dich ja damit aus."

„Gaslichtern?" Norman lachte.

Gaslichtern ist die wohl hinterhältigste Art, jemanden fertig zu machen. Der Begriff stammt aus einem englischen Theaterstück, in dem ein Mann seiner Ehefrau weismacht, sie bilde sich das Flackern des Lichts nur ein. Indem er ihre Wahrnehmung permanent anzweifelt, weiß sie irgendwann nicht mehr, was Realität und was Fiktion ist.

„Das ist nicht dein Ernst!" Norman lachte immer noch. „Nur weil hier ein paar alte Gaslaternen rumstehen?"

Die Opfer verzweifeln letztlich an sich und an der Welt, nur an der Liebe zum Täter, daran halten sie fest.

„Gaslighting!", spottete Norman. „Mach dich doch nicht lächerlich!"

Plötzlich wieder ernst sagte er: „Linda ist eine Schlange. So weit hat sie dich also schon. Merkst du das nicht? Sie macht dich zu ihrer Marionette."

Mein Magen zog sich zusammen.

„Ich werde dir kein Gefälligkeitsgutachten schreiben", sagte ich betont ruhig.

„Wie kommst du denn darauf?", entgegnete er und lachte wieder. „Niemand verlangt das von dir."

„Tut mir leid, Norman", sagte ich. „Ich muss den Fall an die Staatsanwaltschaft übergeben. Das geht so nicht. Du kannst das nicht alles vertuschen nur wegen des Geldes. Merkst du nicht, was sich da anhäuft?"

Sein Handy klingelte. Er nahm nicht ab.

Norman sah aus wie ein Reptil, als er mich fragte: „Was hast du da vorhin eigentlich gesagt? Du hast Helen gestern Abend noch getroffen?"

Ich fuhr mir durch die Haare.

„Und was habt ihr da gemacht, gestern Abend, du und Helen?", fragte er. „Dasselbe wie mit Evelin? Kam mir zu Ohren, dass du mit ihr spazieren warst."

Ich schluckte.

„Verdammt, Julian", fügte er wieder versöhnlicher hinzu. „Ich will dich doch nicht in die Pfanne hauen."

„Mich in die Pfanne hauen?", fragte ich.

Norman stand auf. Er griff in das Bücherregal hinter sich, nahm ein Buch heraus und drückte auf einen Knopf an der Wand.

Was …?

216

Die beiden mittleren Regale fuhren auseinander und öffneten sich wie eine Schiebetür.

„Was …?", stammelte ich.

„Ich zeig dir was", sagte Norman und verschwand in dem Spalt.

„Was ist das?", stammelte ich und folgte ihm. Der Raum diente offenbar der Überwachung. Überall waren Bildschirme befestigt, Computer und Kabel.

Ich hustete, atmete, hustete.

Norman nahm eine Fernbedienung, drückte sie und ein Bildschirm leuchtete auf. Dann erschien ein Menü, das verschiedene Dateien anzeigte. Sie waren nach Datum, Uhrzeit und Raumnummer geordnet.

„Du überwachst die Klinik?", fragte ich.

Statt einer Antwort öffnete Norman ein Video und ließ es laufen.

Montag, 21.08.2017, 05:10 Uhr, Zimmer 202.

Es zeigte eine nackte Frau von hinten. Sie saß auf einem Mann, die beiden hatten offensichtlich Sex. Es dauerte eine Weile, bis ich erkannte, dass es sich bei der Frau um Helen handelte. Und der Mann, auf dem sie saß, war ich.

„Aber", wollte ich einwenden, doch in diesem Augenblick änderte sich die Szene. Ich erstarrte. Der Mann warf die Frau von sich ab, beugte sich über sie und drückte sie bäuchlings in die Matratze. Er hielt ihre Handgelenke fest, legte sich auf sie und drang in sie ein.

„Nein", sagte die Frau.

Ich bekam eine Gänsehaut, als ich die Stimme erkannte. Es war Helen.

Sie sagte: „Nicht so fest, bitte nicht. Ich will das nicht, hör auf." Dann wimmert sie, flehte immer wieder: „Bitte nicht, Julian, du tust mir weh."

Mein Herz raste.

Ungläubig schüttelte ich den Kopf.

„Du weißt, was es bedeutet, wenn ich damit zur Polizei gehe", sagte Norman und fügte hinzu: „Vor allem jetzt, da Helen verschwunden ist."

Ich starrte ihn an. Norman war ein Monster. Das wurde mir in diesem Augenblick klar.

„Das Video ist ein Fake", wollte ich sagen, doch etwas verschloss mir die Lippen. Ich brachte kein Wort mehr hervor.

Nein, bitte nicht? Du tust mir weh, Julian.

„Keine Angst", sagte Norman und legte seine Hand auf meinen Arm. „Du kannst mit Helen machen, was du willst. Mir ist das egal. Aber du kennst ja den Spruch."

„Welchen Spruch?", krächzte ich.

„Eine Hand wäscht die andere."

Vor meinen Augen drehte sich der Raum.

„Außerdem hast du mich jetzt in der Hand", hörte ich Normans Stimme wie aus dem Off. „Vom Gesetz her bin ich natürlich nicht autorisiert, meine Patienten und Angestellten zu überwachen. Auch dein kleiner

Porno mit Helen wird vor Gericht nicht als Beweis zugelassen werden. Aber was soll ich tun? Mir gehört schließlich der Laden. Und da muss ich ja wissen, was los ist."

„Beweis?", krächzte ich.

„Falls die trotzdem ein Verfahren gegen dich anzetteln." Norman saß auf einem Gesundheitsstuhl ohne Lehne, verschränkte die Arme im Nacken und grinste mich an. Dann tippte er wieder auf der Fernbedienung herum, scrollte im Menü nach unten und öffnete die Datei *Sonntag, 20.08.2017, 02:37 Uhr, Zimmer 404.*

Norman drückte auf *Play.*

Ich starrte auf den Bildschirm.

Eine Frau lag im Bett, neben ihr saß ein Mann und hielt ihre Hand. Das war's. Mehr geschah nicht. Doch wieder waren Stimmen zu hören, es knackte und rauschte, aber trotzdem war gut zu verstehen, was die beiden sprachen: „Okay", sagte der Mann. „Wir treffen uns um sechs unten bei der Bank. Wie immer. Deinen Rucksack nehme ich schon mit." „Okay", sagte sie. Er fragte: „Bist du dir auch ganz sicher, Debby?" Sie sagte: „Ja. Ich liebe dich."

Triumphierend blickte Norman mich an.

Ungläubig schüttelte ich den Kopf.

Der Mann stand auf und stellte etwas vor die Kamera, es sah aus wie ein Stuhl, alles wurde dunkel. Norman hielt das Video an und sagte: „Das ist einer aus dem Dorf. Der ist über das Fenster reingeklettert. Verstehst du jetzt, warum ich glaube, dass Debby freiwillig weg ist? Weil ich es weiß, deshalb."

Noch immer war ich wie betäubt. Ich konnte einfach nicht fassen, dass Norman so ein Monster war. Helen hatte das nie gesagt.

Bitte, Julian, du tust mir weh!

„Ich habe das Video auch Debbys Mann gezeigt, danach war keine Rede mehr von Anzeige erstatten", hörte ich Norman wieder. „Ich entscheide das von Fall zu Fall. Aber der Koch, der konnte die Wahrheit verkraften, schien mir sogar erleichtert zu sein, irgendwie."

In Normans Büro klingelte das Telefon.

Er reagierte nicht darauf.

„Lass dich von den Frauen nicht kirre machen", sagte er und legte mir den Arm um die Schulter. „Egal, was Helen über mich erzählt hat", fuhr er fort, „sie lügt. Helen war enttäuscht. Und ja, ich gebe zu, ich bin auch schon mal schwach geworden und mit ihr in die Kiste gestiegen. Das war ein Fehler, aber verdammt, ich bin halt auch nur ein Mann."

Ich versuchte, mich zu konzentrieren, aber alles drehte sich.

„Und Evelin? Tom?", stammelte ich.

„Es gibt Aufnahmen, die zeigen die beiden in eindeutigen Situationen", sagte er, nickte und fragte:

„Willst du sie sehen? Konnte ganz schön abgehen, die Kleine."

Ich schüttelte den Kopf.

„Das ist der Vorteil an harten Fakten", fuhr Norman fort. „Ohne dieses kleine Druckmittelchen hätte Tom noch jahrelang geleugnet und sein Unwesen hier auf Marienberg getrieben. Der denkt mit dem Schwanz. Aber wie der Vater, so der Sohn."

Ich starrte Norman an. Noch bevor er antwortete, fragte ich: „Kann ich ein Glas Wasser haben? Mir ist nicht gut."

Norman verließ den Raum. Als er mit einer Flasche und zwei Gläsern zurückkam, hatte ich die Datei bereits gefunden: *Sonntag, 20. August 2017, 05:00 Uhr, Zimmer 401.*

Das war Lindas Zimmer. Ich schwitzte. Mein T-Shirt klebte an meinem Rücken, ich wollte weg, aber ich musste wissen, was in dieser Nacht geschehen war.

„Schau es dir ruhig an", sagte Norman.

Ich hörte noch, wie er die Flasche öffnete, dann drückte ich auf *Play*:

Der Bildschirm war zweigeteilt. In Lindas Zimmer gab es offensichtlich zwei Kameras. Links sah man das Bett, in dem eine Frau schlief, Linda. Auf der rechten Bildhälfte war der vordere Teil des Zimmers zu sehen, das Fenster und der Schreibtisch.

Ich ging näher an den Monitor heran.

„Das Licht ist nicht besonders gut", bemerkte Norman. „Und die Schärfe könnte auch besser sein. Die Nachtkamera ist leider schon etwas älter."

Lindas rechter Arm zuckte, sie wälzte sich hin und her.

„Ton gibt es leider nicht", sagte Norman, reichte mir das Glas Wasser und fügte hinzu: „Ausgerechnet in Lindas Zimmer ist das Ding kaputt. Aber so eine kleine Überwachungsanlage ist mehr wert als jeder Evaluationsbogen, das kannst du mir glauben. Du kannst dir gar nicht vorstellen, wie sich die Menschen verhalten, wenn sie sich unbeobachtet fühlen. Schwestern enthaaren sich mit den Rasierern der Patienten die Beine, Pfleger pinkeln ins Waschbecken, Küchenpersonal legt heruntergefallenes Essen einfach wieder zurück aufs Tablett."

Ich starrte nur auf den Bildschirm.

Das Glas in meiner Hand war eiskalt.

Plötzlich fuhr Linda hoch. Sie saß aufrecht im Bett. Ihre langen, dunklen Haare waren deutlich zu erkennen. Eine Weile passierte gar nichts.

Ich trank.

Linda zog sich das T-Shirt aus. Ihre Brüste waren weiße Inseln in dem Grau. Sie saß auf der Bettkante und beobachtete ihre Hände wie etwas, das verloren gegangen war, beinahe ungläubig. Ruckartig erhob sie sich. Für einen Moment schien sie zu lauschen, als hätte sie etwas gehört, dann drehte sie den Kopf in unsere Richtung, wie traumgesteuert, und setzte sich in Bewegung. Vor der Kamera blieb sie stehen. Instinktiv wich ich zurück, ihr Blick war nur schwer auszuhalten.

Die Kamera wechselte. Auf der rechten Bildhälfte war jetzt das leere Bett zu sehen. Auf der linken Linda von hinten. Bis auf den Slip war sie nackt. Sie ging langsam auf das Fenster zu. Sehr langsam.

Ich trank.

Linda nahm etwas aus der Schreibtischschublade, dann ging sie zum Fenster und öffnete es. Ein Feuerzeug flammte auf. Etwas glühte. Offensichtlich zündete sie sich eine Zigarette an. Wenig später war es dann deutlich zu erkennen: Linda stand nackt am Fenster und rauchte. Sonst war niemand im Raum.

Ich presste meine Finger gegen das Glas.

Plötzlich war das Bild weg.

„Da stimmt was nicht mit dem Stromkreis", sagte Norman. „Immer wenn jemand das Licht anmacht, schaltete sich die Kamera aus. Ärgerlich. Ausgerechnet in Lindas Zimmer. Aber das sollte reichen."

Mein Glas fiel auf den Boden.

„Nicht so schlimm", sagte Norman. „Ist ja nur Wasser."

Der Raum drehte sich um mich. Lichter blinkten, grüne und rote Lichter, ich musste raus. Kalter Schweiß brach mir aus, mein Atem ging schnell und flach, als ich den Raum verließ. Raus. Schnell weg.

„Ach so", rief Norman mir hinterher.

Ich blieb stehen.

„Sei vorsichtig", sagte er. „Linda wird alles tun, um dich zu kontrollieren. Sie wird dabei zu Mitteln greifen, die, nun ja, nicht ganz legal sind."

Ich hielt mir die Hände an die Schläfen. Norman erschien zwischen dem Bücherregal, grinste anzüglich und sagte: „Bei mir hat sie es auch probiert."

Ich starrte ihn an.

Sein Gesicht widerte mich an, die harten Züge, der entgleiste Mund, das Grinsen. Es war das Grinsen eines Mannes, der nie eine Frau wie Linda bekommen würde.

Trotzdem saß der Stachel.

24

Zwei Stunden später stand ich wieder am Fenster meines Zimmers und blickte hinaus. Von Helen gab es noch immer keine Spur. Ich versuchte, mich zu entspannen, aber Normans Filme steckten wie ein Messer in meinem Körper, das mich keinen klaren Gedanken mehr fassen ließ. Ich ging ins Bad, öffnete den Kulturbeutel und nahm einen Tranquilizer heraus. Man durfte diese Tabletten nicht wie Smarties schlucken, das wusste ich natürlich, aber ich musste runterkommen. Ich musste die Nerven behalten.

Mit Wasser spülte ich die Tablette hinunter.

Gleich würde es besser werden.

Norman war gefährlich, daran bestand kein Zweifel. Das hatte er mir unmissverständlich zu verstehen gegeben. Wieder brach mir der Schweiß aus. Mein Herz ging unregelmäßig, als ich zurück ans Fenster trat. Wie hatte er das mit dem Video von mir und Helen nur hinbekommen? Die Bilder waren echt, das gab ich ja zu, Helen hatte mich dermaßen angemacht, dass ich gar nicht anders gekonnt hatte. Aber Helen wollte das, sie hatte Ja gesagt!

Die weiße Alpenkette am Horizont.

Darüber der blaue Himmel.

Einatmen. Ausatmen.

Es gab nur eine plausible Erklärung: Norman hatte das Video manipuliert. Er muss Helen dazu bekommen haben, diese Sätze zu sagen: „Bitte nicht, Julian, du tust mir weh." Dann hatte er ihre Stimme unter die Bilder gelegt. Das war heutzutage kein Problem mehr, das bekam doch jeder Laie am Computer hin. Durch Helens Gejammer bekam das Ganze einen vollkommen anderen Sinn.

Ich schloss die Augen. Helen hatte das gewollt. Ich war nicht verrückt.

Ja, Julian, oh ja, so ist gut, mach weiter, bitte, hör nicht auf!

Ich öffnete die Augen wieder. Die Alpen waren gestochen scharf. Mein Herzschlag normalisierte sich. Wenn Norman dieses Video manipuliert hatte, dann hatte er vielleicht auch die anderen manipuliert. Dieser Gedanke ließ mich nicht mehr los. Auf jeden Fall bedeutete allein die Existenz dieses geheimen Überwachungsraumes, dass Norman über eine hohe kriminelle Energie verfügte.

Ich musste Linda hier rausbekommen.

Mein Flug zurück nach Hamburg ging am nächsten Tag um 12:05 Uhr ab Friedrichshafen. Spätestens um neun musste ich die Klinik verlassen. Ich durfte Linda hier nicht alleine zurücklassen, das wurde mir von Minute zu Minute klarer. Das wäre ihr sicherer Tod.

Unruhig ging ich hin und her.

Ich könnte die Staatsanwältin anrufen und ihr die Wahrheit schildern, also zumindest teilweise. Von dem Überwachungsraum und den Videos durfte ich nichts erwähnen, denn solange ich keine Beweise hatte, dass es sich dabei um Fälschungen handelte, war Norman klar im Vorteil. Aber ich könnte sagen, dass Linda aufgrund der Befangenheit der Ärzte und des Personals in Marienberg psychische und physische Schäden erlitt.

Ich schlug gegen den Türpfosten.

Unruhig ging ich hin und her.

Linda würde dann frühestens Anfang nächster Woche verlegt werden. Das war zu spät. Außerdem wäre Norman alarmiert und würde womöglich durchdrehen. Womöglich würde Linda noch in den nächsten Tagen verschwinden – oder Selbstmord begehen.

Die Alpenkette verschwamm vor meinen Augen.

Einatmen. Ausatmen.

Ich musste mit der Staatsanwältin sprechen, es gab keinen anderen Weg. Das Handy lag auf dem Schreibtisch, ich nahm es und stellte fest, dass der Akku fast leer war. Auch das noch. In der Aktentasche fand ich ein Ladegerät und schloss es an.

Auf dem Gang waren Stimmen zu hören.

Dann ein Lärm wie von einer Kehrmaschine.

Linda war nicht psychisch erkrankt, sie war voll schuldfähig. Das würde ich der Staatsanwältin sagen. Und dass Gefahr im Verzug sei. Linda musste hier raus. Sie musste zurück nach Ravensburg in die JVA. Am besten, ich selbst nahm sie morgen früh gleich mit. Meine Hände zitterten, als ich im Handy nach der Telefonnummer der Staatsanwältin suchte.

Nur noch eine Tablette.

Ich spülte sie mit Wasser hinunter.

Die Staatsanwältin ging nicht ans Telefon. Ich hinterließ ihrer Geschäftsstelle eine Nachricht. Als ich auflegte, fiel mein Blick auf die Golftasche an der Wand. Ich nahm die Akte heraus und setzte mich damit in den Sessel. Das Handy lag griffbereit. Es war 11:21 Uhr, als ich die letzten fünf Seiten zu lesen begann:

Protokoll der achten Sitzung *(22. Feb. 2017)*
Frage: *„Wie geht es Ihnen heute?"*

Patient 211: „*Ich bin jetzt schon das achte Mal hier. Aber es wird nicht besser. Im Gegenteil. Letzte Woche konnte ich wieder nicht arbeiten. Schlafen kann ich gar nicht mehr. Mirjam ist ausgezogen. Sie hält das nicht mehr aus mit mir, sagt sie.*"

Frage: „*Das ist bestimmt nicht leicht für Sie. Aber es gibt keinen einfachen Weg.*"

Patient 211: „*Sie meinen, das ist das Tal und danach kommt endlich Licht?*"

Antwort: „*Richtig. In der Vergangenheit haben sich viele falsche Verknüpfungen bei Ihnen gebildet. Dadurch entstanden falsche Muster. Wir müssen das alles wieder lösen, indem wir es durcharbeiten, dann neue Bahnen und Verbindungen herstellen. Das schöne, neue Bild, das kommt dann erst am Ende zum Vorschein.*"

Patient 211: „*Aber wenn jetzt noch meine Firma den Bach runtergeht, dann weiß ich nicht, wie ich ... *"

Frage: „*Wir haben in der letzten Sitzung über Ihre Kindheit gesprochen. Sie haben erzählt, dass Ihr Vater Sie beim Anschauen eines Pornofilms überrascht hat. Was hat das in Ihnen ausgelöst?*"

Patient 211: „*Scham.*"

Schweigt.

„*Wut.*"

Frage: „*Hatten Sie danach ein schlechtes Gewissen, sobald sie erregt waren?*"

Patient 211: „*Ja.*"

Schweigt.

„Manchmal frage ich mich schon, ob das daher kommt. Weil ich mir diese Gefühle verboten habe?"

Schweigt.

„Es geht übrigens voran mit meiner Königin. Ich habe mit ihr gesprochen! Also nicht viel, aber ein paar Worte. Und einen Brief habe ich ihr auch geschrieben. Ich glaube, das ist besser, da kann ich ihr meine Gefühle in aller Ruhe schildern. Weil wenn sie dann vor mir steht, da verschlägt es mir einfach die Sprache."

Frage: „Haben Sie den Brief abgeschickt?"

Patient 211: „Noch nicht."

Frage: „Wenn Sie wollen, können wir den nächste Woche zusammen durchgehen. Wollen Sie das?"

Patient 211: „Okay. Aber was soll ich jetzt machen, wenn es wiederkommt? Wenn ich wieder nicht schlafen kann?"

Frage: „Haben Sie es schon mal mit autogenem Training probiert?"

Patient 211: „Nein, das nicht."

Antwort: „Okay, wir haben jetzt noch zwanzig Minuten Zeit. Das ist zwar nicht üblich, aber ich zeige Ihnen ein paar einfache Entspannungsübungen. Die machen Sie dann zu Hause."

Notiz: *Patient nimmt Entspannungsübungen gut auf.*

Etwas vibrierte. Ich blickte auf das Handy.

Es war nur eine WhatsApp von Jutta. Sie wollte mich morgen am Flughafen abholen. Ich schrieb: Okay. Dann las ich weiter.

Protokoll der neunten Sitzung *(1. März 2017)*

Frage: *„Wie geht es Ihnen heute?"*

Patient 211: *„Nicht gut. Wirklich nicht. Die letzte Woche war der reine Horror. Die Lähmung fängt wieder an, so von innen heraus. Ich war nochmal bei dem Internisten, der meinte, ich bräuchte Medikamente, ich sollte zu einem Psychiater gehen. Können Sie mir da jemand empfehlen?"*

Frage: *„Haben Sie es mit autogenem Training probiert?"*

Patient 211: *„Ja, aber das hat nicht geholfen."*

Frage: *„Sie müssen das öfters probieren. Am Anfang kann es dauern, bis man abschaltet."*

Patient 211: *„Ich habe … "*

Schweigt.

Hält etwas in den Händen.

Frage: *„Ist das der Brief, von dem Sie erzählt haben?"*

Patient 211: *„Ja."*

Schweigt.

„Soll ich jetzt lesen? Okay."

Schweigt.

„Bei der Anrede bin ich mir unsicher. Soll ich ‚Liebe X' schreiben? Oder einfach nur ‚Hallo'?"

Frage: *„Sprechen Sie die Frau nicht mit Vornamen an?"*

Patient 211: *„Doch, doch. Im Brief dann natürlich schon. Aber es ist mir jetzt lieber, wenn ihre Identität geheim bleibt."*

Schweigt.

„Okay, ich lese jetzt."

Schweigt.

230

„Liebe X. Als wir uns das erste Mal gesehen haben, war das wie ein Blitzschlag bei mir. Ich weiß nicht, ob du dich an mich erinnerst, aber ich denke schon. Ich stand ganz hinten rechts und du hast mich so angelächelt. Seitdem gehst du mir nicht mehr aus dem Kopf. Kann es sein, dass dein letztes Stück eine Botschaft an mich enthielt? Ich glaube schon. Das Liebespaar, das sind wir."

Schweigt.

„Ich habe ein Haus gekauft für dich. Es steht wunderschön bei Dornbirn mit Blick über die Berge. Über Jahre habe ich all meine Kraft und mein Geld in dieses Haus gesteckt. Und jetzt ist es fertig. Es gibt eine Veranda aus weißem Holz, und ich habe Rosen gepflanzt. Sogar einen Pool habe ich angelegt. Ich lege diesem Brief ein Foto bei, dann kannst du es selbst sehen. Ich kann den Tag nicht erwarten, an dem wir einziehen."

Schweigt.

„Ich weiß, dass du verheiratet bist. Aber ich habe das Gefühl, dein Mann macht dich nicht glücklich. Er passt ja auch gar nicht zu dir. Du bist unglücklich mit ihm, stimmt's? Ich verspreche dir, wenn wir zusammen sind, werde ich ..."

Schweigt.

Frage: „Warum lesen Sie nicht weiter?"

Patient 211: „Also weiter bin ich noch nicht."

Schweigt.

„Was denken Sie?"

Antwort: „Ihre Vorstellung von Liebe scheint mir reichlich unterentwickelt. In einer langen Partnerschaft wird es immer Phasen und Probleme geben, in denen die Zweisamkeit nicht *im Vordergrund steht. Das wäre auch bei Ihnen und Ihrer, nun ja, Königin so. Wenn Sie die Liebe weiterhin so idealisieren, werden Sie keine Partnerschaft eingehen können."*

Patient 211: *„Das glaube ich nicht."*

Schweigt.

„Warum sagen Sie das?"

Schweigt.

„Sie machen immer alles kaputt. Sie sind ein komplett negativer Mensch, so wie mein Bruder. Was wissen Sie schon von der Liebe? Haben Sie überhaupt schon mal wirklich jemanden geliebt? Sie sind doch ein Narzisst, es geht nur immer um Sie."

Steht auf. Setzt sich wieder.

„Wie können Sie sich anmaßen, über meine Gefühle zu urteilen? Liebe ist nicht so, wie Sie denken. Das lässt sich nicht in ein Schema pressen. Was wissen Sie schon darüber? Sie reden doch immer nur, Blabla, zerreden alles. Mit Ihnen hält es niemand aus. Und dann immer Ihr arroganter Gesichtsausdruck dabei, ich kann das nicht mehr sehen. Da muss ich fast kotzen."

Schweigt.

„Entschuldigung."

Abschluss: *„Das nennt man Übertragung. Aber darüber reden wir in der nächsten Sitzung."*

Notiz: *Extrem ausgeprägte Übertragungsreaktion! Gab es doch einen Missbrauch durch den Vater, ggf. durch den älteren Bruder? Unbedingt nachhaken.*

Protokoll der zehnten Sitzung *(8. März 2017)*

Die heutige Sitzung fällt aus. Patient 211 bricht die Analyse ab.

Im Vorfeld klagte er am Telefon über massive Schlafstörungen und Schmerzen, die ihn ans Bett fesselten. Deshalb habe ich ihn an einen Psychiater verwiesen, das ist nicht mehr mein Gebiet.

Ich habe eben noch eine Zweitmeinung darüber eingeholt. Meine Tochter Delphine hat mich in dem Entschluss bekräftigt, Patient 211 nicht länger zu behandeln. In seinem jetzigen Zustand sei ein Klinikaufenthalt dringend ratsam. Eine Überweisung nach Marienberg scheint mir sinnvoll.

25

Dienstagnachmittag, 16 Uhr.

Das zweite Gespräch mit Linda stand an. Sie musste gleich kommen. Nervös blickte ich mich in Raum 4 um, ob irgendwo eine Kamera versteckt sei. Ich durchsuchte die Schubladen, fand rote Knetmasse und klebte eine Kugel davon über das runde Schlüsselloch des Schranks.

Es klopfte.

Ich sagte: „Herein!"

Eine Schwester brachte Linda und verschwand sofort wieder.

„Gibt es Neuigkeiten von Helen?", fragte Linda, als sie sich setzte.

„Leider nein", sagte ich und senkte den Kopf. „Das Problem bei so Fällen ist", fuhr ich fort, „dass die Polizei nichts tun kann. Helen ist ja erwachsen. Und es gibt kein Anzeichen für ein Gewaltverbrechen. Nur weil sie mal einen Tag nicht bei der Arbeit erscheint, wird nicht gleich ein Sonderkommando eingerichtet."

Linda schüttelte den Kopf. Dann sagte sie: „Er ist hier."

„Wer?", fragte ich.

„Patient 211", antwortete sie. „Hast du die Akte nicht gelesen?"

„Linda", sagte ich sanft. „Du hast gelogen."

„Wie bitte?"

Ich hörte deutlich, wie Linda schluckte, doch ich traute mich nicht, sie anzusehen.

„Ich habe gelogen?", hörte ich sie wieder. „Ich?"

Langsam blickte ich auf.

„In der Akte steht", sagte ich, „dass Benjamin am 8. März mit Delphine ein Supervisionsgespräch in seinem Büro geführt hat. Das bedeutet, dass Delphine bei euch zu Hause war. Du hast bei der Polizei aber zu Protokoll gegeben, warte, ich zitiere: *Ich war allein zu Hause. Außer Benjamin und mir war niemand da.*"

Linda öffnete den Mund. Dann schloss sie ihn wieder.

„Okay", sagte sie und begann plötzlich zu weinen. Sie klang beinahe erleichtert, als sie unter Tränen gestand: „Ich kam in das Büro und sah Delphine. Sie hatte das Messer in der Hand und kniete über Benjamin. Irgendwie habe ich das kommen sehen. Ich habe das all die Jahre kommen sehen. Delphine hat einen starken Charakter. Sie lässt sich auf Dauer nicht unterdrücken." Linda wischte sich mit dem Ärmel über die Augen. „Ich war total hysterisch, habe herumgeschrien, sie solle abhauen. Dass ich das schon regeln würde." Sie blickte mich an, als sie sagte: „Ich wollte doch nur meine Tochter schützen."

Ich nickte.

Linda legte ihre Hände vor das Gesicht und stammelte, während ihr zarter Körper von Weinkrämpfen geschüttelt wurde: „Ich hätte Benjamin verbieten müssen, Delphine zu analysieren. Ich meine, ich weiß … Delphine wollte das … anscheinend … aber was kann eine 14-Jährige schon beurteilen? Verdammt! Sie war noch … ein Kind! Ich hätte … hätte … darauf bestehen müssen! Als Mutter, meine ich … deshalb bin ich bereit … also ich bin bereit, ich muss …"

„Du bist bereit, für Delphine ins Gefängnis zu gehen?", fragte ich, reichte Linda ein Tuch aus der Kleenex-Box und wartete, bis sie sich geschnäuzt hatte.

„Linda", sagte ich dann. „Das ist doch keine Lösung. Du tust deiner Tochter damit keinen Gefallen"

Sie starrte durch mich hindurch.

„Delphine ist 21 Jahre alt", begann ich wieder. „Sie ist erwachsen. Wenn sie Benjamin erstochen hat, muss sie die Verantwortung dafür übernehmen. Einen anderen Weg gibt es nicht."

Linda schüttelte den Kopf und sagte: „Es ist alles meine Schuld."

„Linda", sagte ich. „Hör doch auf damit! Warum willst du unbedingt Schuld haben? Willst du dir dadurch als Mutter mehr Bedeutung zuschreiben als du hast? Ich kenne das leider zur Genüge. Frauen neigen dazu, sich für alles Mögliche die Schuld zu geben, insbesondere dafür, wenn etwas in der Familie schiefläuft. Aber du bist klug. Tapp bitte nicht in diese Falle."

Linda schwieg.

„Gesund hingegen wäre es", fuhr ich fort, „wenn du dich mit deinem Anwalt berätst. Vielleicht gibt es strafmildernde Umstände für Delphine, und wer weiß, vielleicht war es ja Notwehr? Hast du überhaupt mal mit ihr darüber gesprochen? Was sagt sie dazu?"

Linda schüttelte den Kopf.

„Das ist ja das Absurde", krächzte sie. „Wir können einfach nicht darüber sprechen. Es ist wie ein unsichtbares Seil, das mir den Hals zuzieht, sobald ich mit ihr darüber reden will. Ihr scheint es ähnlich zu gehen. Sie sagt immer nur, dass ich mir keine Sorgen zu machen brauche."

Draußen war ein Staubsauger zu hören.

„Linda", sagte ich. „Ich fliege morgen zurück nach Hamburg."

Sie sah mich ängstlich an.

„Ich lasse dich nur ungern hier zurück", gab ich zu. „Norman ist zwar kein Serienkiller, aber keine Ahnung, wie weit er geht, um seine Klinik zu retten."

„Norman?", fragte Linda. Sofort verdüsterte sich ihr Gesicht. „Du glaubst, dass Norman etwas damit zu tun hat?"

„Mir wäre es lieber, du würdest zurück in die JVA nach Ravensburg gehen", sagte ich. „Ich versuche gerade, die Staatsanwältin zu überreden, dass ich dich gleich morgen früh mitnehmen kann. Ich könnte dich auf dem Weg nach Friedrichshafen dann in Ravensburg abliefern."

„Geht das?", fragte Linda.

Ich sagte: „Wenn ich morgen bei dir klopfe, dann hast du das Nötigste gepackt. Verstanden?"

„Okay", sagte sie und legte ihre Hand auf meine. Die Berührung verwirrte mich, aber mehr noch ihr Blick, als sie fragte: „Aber was mache ich, wenn er heute Nacht wiederkommt?"

26

Es war Dienstagabend. Ich stand am Fenster, nippte an meinem Kaffee und ließ den Blick über den Park schweifen. Drei Tage war ich hier gewesen – und drei

Nächte. Wenn es nur schon morgen wäre. Wenn ich nur schon zu Hause wäre.

Wenn die Nacht nur schon vorüber wäre.

Das Handy vibrierte, es lag auf dem Schreibtisch, Jutta schrieb: *Ich freu mich auf dich.* Ich antwortete: *Du Liebe. Bis morgen.* Dann blickte ich wieder hinaus. Am Liefereingang standen zwei Wagen, einer mit der Aufschrift *Königs Stadtapotheke* und daneben wieder *Putzer putzt, Unser Name ist Programm.* Ich sah in Richtung Altes Schloss. Die Gaslaternen waren noch nicht angeschaltet, bei Tageslicht wirkten sie wie kahle Gerippe.

Als ob sie tot wären.

Wieder überkam mich diese innere Unruhe, die ich mit einer weiteren Beruhigungstablette herabspülte. Nur noch diese eine; sobald ich zu Hause war, das schwor ich mir, wäre Schluss damit. Keine Tranquilizer mehr. Nur noch diese eine, um die letzte Nacht zu überstehen. Auch ich hatte Angst vor dieser Nacht, große Angst sogar, und je mehr ich sie vor Linda heruntergespielt hatte, desto größer war sie geworden.

Die Sonne rutschte tiefer.

Zwei Männer im Anzug standen im Rosengarten. Etwas stimmte da draußen nicht, allein in den letzten zwanzig Minuten hatte ich vier Männer in Richtung Schloss eilen sehen. Zwei davon hatten große, schwarze Koffer getragen.

Ich nahm noch einen Schluck Kaffee.

Die Gipfel der Alpen färbten sich bereits rötlich.

Die Männer wirkten nicht wie Patienten, der eine telefonierte ununterbrochen mit dem Handy, der andere tippte fortwährend etwas in sein Smartphone ein. Ich kratzte mich am Hals, hielt jedoch inne, als ich Hanta bemerkte. Er ging wild gestikulierend auf die beiden Männer zu, gefolgt von Hilde, die nicht angeleint war. Aufgeregt wedelte das Tier mit dem Schwanz. Hanta sprach auf die Männer ein, und sie folgten ihm in Richtung Altes Schloss.

Meine Hand zitterte.

Hatten sie Helen gefunden?

Ich stellte die Tasse auf den Schreibtisch, setzte mich in den Ledersessel und blieb minutenlang regungslos sitzen. Erst als es klopfte, zuckte ich zusammen. Ich griff nach dem Handy, es war schon 19:32 Uhr. Mit der Hand wischte ich mir den Mund ab, ich musste kurz eingeschlafen sein.

Wieder klopfte es.

„Ja?", sagte ich.

Hanta steckte seinen Kopf zur Tür herein, hinter ihm der Hund, der sich bereits durch den Spalt quetschte.

„Herr Doktor Kraft", sagte er. „Störe ich?"

„Ich bin allergisch gegen Hunde", sagte ich.

Hanta sah blass aus. Er durchquerte mein Zimmer, deutete auf die Terrasse hinaus und befahl: „Hilde, sitz!"

Dann schloss er die Balkontür und sagte: „Hilde hat eine furchtbare Entdeckung gemacht. Draußen beim Alten Schloss, in der Baugrube, da hat sie Knochen gefunden. Zwei Oberschenkelknochen. Überreste einer Leiche."

Mein Herz pochte.

„Helen?", fragte ich leise.

„Glaube ich nicht", antwortete er. Sein Gehabe der letzten Tage war von ihm abgefallen. Er sagte: „Dafür war das Fleisch am Knochen schon zu stark verwest. Die Leichen müssen älter sein, mindestens zwei Monate. Morgen früh graben die den ganzen Schlossgarten um."

„Leichen?"

Hanta schloss die Augen, als er sagte: „Es müssen mehrere Frauen sein. Weil es sind zwei rechte Oberschenkelknochen, die Hilde gefunden hat. Also mindestens zwei Leichen." Er öffnete die Augen wieder und fügte hinzu: „So wie Hilde getan hat, liegen da noch mehr."

Beide blickten wir zu Hilde hinaus.

Als hätte sie uns verstanden, wedelte sie mit dem Schwanz.

„Linda hat vielleicht doch recht", sagte der Kommissar. „Auf Marienberg hat ein Verbrechen stattgefunden. Ein schreckliches Verbrechen. Wenn sich der Verdacht bestätigt, müssen wir sie nochmal vernehmen. Hältst du sie für vernehmungsfähig?"

240

„Schwer zu sagen, ich denke, sie … "

„Sie hat das von Anfang an gesagt", fiel er mir ins Wort. „Sie *muss* etwas wissen. Als sie mich anrief, redete sie noch etwas von Beweisen. Danach sprach sie nur noch vage von einem Serienmörder, als ob sie verrückt wäre. Aber vielleicht hat sie jemand eingeschüchtert? Bedroht? Jemand, vor dem sie Angst hat oder jemand, den sie deckt?"

Kommissar Hanta sah mich an.

Jetzt hatte er ihn wieder, den starren Blick des Jägers.

„Sie haben eine Verlegung beantragt", fuhr er fort. „Die Staatsanwältin hat mich angerufen. Wir befürworten das, darum geht es nicht. Aber warum haben Sie das beantragt? Warum genau halten Sie Linda hier nicht mehr für sicher? Was ist Ihr Verdacht? Ist es wegen diesem Pfleger, Tom Ruptur?"

„Tom Ruptur", sagte ich. „Der Mann gefällt mir nicht." Dann fragte ich den Kommissar: „Wollen Sie was trinken? Oder Hilde?"

Er nickte. „Ein Wasser wäre gut. Für Hilde auch Wasser, bitte."

Ich war ganz ruhig. Die Tabletten wirkten. Gelassen schlenderte ich im Zimmer umher, besorgte zwei Gläser, eine Flasche Wasser, schenkte ein, füllte Leitungswasser in den Aschenbecher. Als ich den Napf vor Hilde abstellte, schleckte sie mir über die Hände.

Während ich die Hände gründlich wusch, hörte ich den Kommissar:

„Gerüchten zufolge handelt es sich bei Tom um den unehelichen Sohn von Benjamin und dieser Helen, also der Stationsschwester, die gestern Nacht verschwand. Bestätigt ist aber noch nichts. Ich habe den jungen Mann schon länger im Visier, er ist mehrmals vorbestraft, Körperverletzung, Ladendiebstahl, Verstoß gegen das Betäubungsmittelgesetz. Außerdem ist er bei einer Pflegefamilie in Tuttlingen aufgewachsen, das ist nicht weit weg von Sigmaringen."

Ich trocknete mir die Hände ab.

Kommissar Hanta sagte: „Trotzdem glaube ich nicht, dass Tom unser Mann ist. 2003 beim Donaumord war er erst siebzehn."

„Der Donaumord?"

Er nickte, nahm einen Schluck Wasser und sagte: „Ich meine, möglich wäre es, aber … Die Tat war derart skrupellos durchgeführt, dass mir mein Instinkt sagt, das war nicht sein erster Mord."

Draußen klopfte Hilde mit dem Schwanz.

„Wenn Sie mich fragen", fuhr Kommissar Hanta fort, „ist das jemand, der in den letzten Jahren hier in der Klinik wie selbstverständlich ein und ausging. Jemand, den die Leute schätzen. Jemand, der die Fäden in der Hand hält. Ansonsten hätte er das alles nicht geschafft, nicht so lange, nicht so viele."

„Sie meinen?", fragte ich. Ich fühlte mich gut.

„Das, was ich jetzt sage, bleibt unter uns", zog mich Hanta ins Vertrauen. „Ich schätze Norman sehr. Und solange alles nur Spekulation ist, will ich nichts gesagt haben." Er nahm noch einen Schluck Wasser, sagte: „Über vierzig Jahre habe ich Verbrecher gejagt. Diese Erfahrung sagt mir eins: Die schlimmsten Sadisten gedeihen mitten im bürgerlichen Leben. Ich will Norman nichts unterstellen. Aber bei unserem Mörder handelt es sich nicht um irgendeinen Junkie oder Asozialen, da bin ich mir sicher. Unser Mörder lebt ein gutbürgerliches Leben. Nur die Fassade der Anständigkeit ermöglicht ihm das Verbrechen, allein organisatorisch schon, ich meine, der Mann braucht ein Auto, er braucht ein Versteck, ein Haus, eine Tarnung."

„Norman?", sagte ich. „Nein, das glaube ich nicht. Norman ist ein guter Arzt, und ist er nicht verheiratet? Seine Frau engagiert sich doch sogar in Afrika. Das kann ich mir einfach nicht vorstellen."

„Wissen Sie, Doktor Kraft", sagte Kommissar Hanta und klopfte mir auf die Schulter. „Sie glauben nicht, was ich schon alles erlebt habe: Der Fabrikant isst mit Freunden in seinem Haus zu Abend, während er im Keller Frauen gefangen hält und foltert. Der Chefarzt weiht feierlich ein neues Krebszentrum ein, und danach missbraucht er ein krebskrankes Kind. Vor Gericht heißt es dann immer, der Täter habe ein regelrechtes Doppelleben geführt, à la Dr. Jekyll und

Mr. Hyde. Nachbarn, Freunde und Presse sind entsetzt. Weil der so normal gewesen sei, heißt es dann immer. Weil er so liebevoll mit seiner eigenen Frau umgegangen sei, mit den eigenen Kindern."

Kommissar Hanta schüttelte den Kopf. „Da frage ich mich immer: Ja sind diese Menschen denn blind? Sind sie wirklich so naiv? Wissen die das nicht?"

Mit festen Schritten ging er in meinem Zimmer hin und her.

„Die Schauspielerei ist das Problem", fuhr er fort. „Und eins sage ich Ihnen: Je kultivierter, desto größer ist die Schauspielkunst, das können Sie mir glauben." An der Balkontür blieb er stehen und fügte hinzu: „Da lobe ich mir die Tiere. Die verstellen sich wenigstens nicht."

Hilde wedelte mit dem Schwanz.

„Norman war das nicht", sagte ich.

Kommissar Hanta klopfte mir abermals auf die Schulter und sagte: „Das ehrt Sie." Dann fügte er hinzu: Aber weshalb ich eigentlich hier bin. Sie fliegen doch morgen zurück nach Hamburg?"

Ich nickte.

„Nur der Ordnung halber", sagte er. „Ich bräuchte noch eine Speichelprobe von Ihnen. Also das wurde gerade beschlossen. Alle männlichen Patienten und Ärzte, die im letzten halben Jahr auf Marienberg waren, sollen überprüft werden. Hab grad mit Konstanz geredet, oberste Anweisung. Wenn wir das jetzt schnell machen, müssen wir Ihnen nicht nach Hamburg hinterherlaufen. Ich meine, wegen mir bräuchten wir von Ihnen überhaupt keine Probe, aber Sie kennen ja die Juristen. Nachher ficht das jemand an, weil wir nicht von allen die Probe eingesammelt haben. Juristen kommen ja auf die absonderlichsten Ideen."

Hilde beobachtete uns aufmerksam.

„Ist doch okay oder?", fragte er.

„Natürlich", sagte ich.

Der Kommissar zog ein Wattestäbchen aus einer Plastikbox und kam zu mir. Ich öffnete meinen Mund, er fuhr ein paar Mal über die Innenseite meiner Wange und sagte: „So, das war's."

27

Die Turmuhr schlug drei Mal.

Es war Viertel vor zwölf.

Linda lag bewegungslos in ihrem Bett. Sie versuchte, ruhig und gleichmäßig zu atmen, auch dann noch, als sich die Tür langsam öffnete. Das ist nur die Nachtschwester, beruhigte sie sich. Kurz vor zwölf war ihr zweiter Kontrollgang, Linda wusste das. Dennoch beschleunigte sich ihr Puls, als die Schritte sich dem Bett näherten.

Linda atmete ganz ruhig.

Die Schwester blieb an ihrem Bett stehen. Sie beugte sich über Linda und schien zu lauschen.

Ganz ruhig atmen.

Endlich hörte Linda, wie die Frau wieder fortging. Schritte, ein leises Knacken. Doch sie ging nicht hinaus, die Schritte gingen zum Fenster. Regula war sehr gewissenhaft, normalerweise arbeitete sie auf Station 1B, aber in dieser Nacht hatte sie den Nachtdienst für Helen übernommen. Wahrscheinlich kontrollierte sie, ob das Fenster geschlossen war.

Helen sei bei ihrer Schwester in Kiel, sagten die einen.

Sie sei bei ihrem Lover in Zürich, die anderen.

Aber Helen war nirgends mehr. Linda ahnte das. Helen war tot, und es gab einen einfachen Grund dafür: Patient 211 war auf Marienberg. Angestrengt lauschte sie auf die Geräusche in ihrem Zimmer. Nach einer Ewigkeit, wie es ihr schien, bewegten sich die Schritte wieder in Richtung Tür. Die Tür wurde geöffnet, die Schwester ging hinaus, die Tür wurde geschlossen.

Langsam öffnete Linda ihre Augen.

Das Zimmer lag in Grautönen vor ihr.

Warte noch ein paar Minuten, sagte sie sich, denn auf dem Gang waren wieder Schritte zu hören. Gegenüber wurde eine Zimmertür geöffnet, leise Stimmen drangen heraus, dann wurde die Tür wieder geschlossen. Schritte verhallten. Irgendwo bellte ein Hund.

Linda streckte ihr rechtes Bein aus, dann das linke.

Wie eine Puppe richtete sie sich auf.

Sie sah zum Fenster hinüber, der Mond stand am Himmel. Gebannt starrte Linda auf die volle, runde Kugel, die über dem Park hing; es war Vollmond. Vorsichtig schlug sie die Decke zurück, setzte sich auf den Bettrand und berührte mit den Füßen das Parkett. Ihr Blick wanderte über den Nachttisch. Die Tablettendose schimmerte. Norman hatte getobt, weil Julian ihre Dosis Schlaftabletten herabgesetzt hatte. Seitdem überwachte Norman die Einnahme der Tabletten persönlich. Er hatte sie gezwungen, vier

Melperon zu nehmen, vier kleine, weiße Dragees, die Linda trotzig geschluckt hatte. Es war ihr nichts anderes übriggeblieben. Sie hatte die Tabletten in den Mund gesteckt, mit Wasser nachgespült und demonstrativ geschluckt. Trotzdem hatte Norman ihre Backentaschen kontrolliert und sogar unter die Zunge war er mit seinem Finger gefahren.

„Brav", hatte Norman gesagt. „Bist ein braves Mädchen."

Linda ballte ihre Hand zur Faust. Dieser Wichser. Exakt zwölf Minuten später hatte sie alles wieder erbrochen. Sie wusste nicht, wie viel von dem Wirkstoff in dieser Zeit bereits in ihr Blut übergegangen war, aber viel konnte es nicht gewesen sein. Denn bisher hatte sie noch kein Auge zugetan.

Linda stand auf, ging zum Schrank, zog sich dicke Socken über, schlüpfte in ihre Strickweste und stellte sich ans Fenster. Jetzt hieß es warten. Das war ihre letzte Nacht auf Marienberg. Wenn er sie wirklich töten wollte, dann musste er es in dieser Nacht tun.

Die Turmuhr schlug Mitternacht.

Vier Melperon! Das war dreist. Wie sicher sich Norman fühlte, seitdem Benjamin tot war. Und dann dieses Grinsen. Norman war ein Sadist. Zudem war er scheinheilig, spielte den Moralapostel und entließ Tom, dabei hatte er selbst schon Affären mit Patientinnen gehabt.

Es schlug Viertel nach zwölf.

Der Mond schien hell.

Der nächste Kontrollgang der Nachtschwester fand in drei Stunden statt. Linda verschränkte ihre Arme und lehnte sich gegen die Wand. Der Vorhang berührte ihr Gesicht, zärtlich schmiegte sie ihre Wange hinein. Damals, als sie die Analyse bei Benjamin begonnen hatte, es musste die zweite oder dritte Sitzung gewesen sein, da war sie aufgesprungen und hatte sich in einen langen, schweren Vorhang eingedreht. Benjamin war ihr nicht gefolgt. „Was suchen Sie in dem Vorhang?", hatte er bloß gefragt. Über zwanzig Jahre waren seitdem vergangen, doch Linda erinnerte sich an jedes Wort. „Schutz", hatte sie geantwortet, und hinzugefügt: „Ich suche Geborgenheit." „Sind Sie sicher?", hatte er zurückgefragt: „Ist das Geborgenheit? Oder engt Sie das ein? Schnürt es Ihnen da drinnen nicht die Luft ab?"

Du schnürst mir die Luft ab! Das hätte sie antworten sollen, aber damals war sie zu jung gewesen, fast noch ein Kind. Statt sich von ihm zu befreien, von dem übergroßen Analytiker, hatte sie ihn geheiratet.

Linda sah in den Park hinab.

Es war eine klare Nacht. Sie suchte die Wege mit ihrem Blick ab, nach rechts zur Baustelle, dann wieder links in Richtung Golfplatz, hinab zum Rosengarten. Alles ruhig. Damals, als Linda Benjamin kennengelernt hatte, hatte es den neuen Klinikbau noch nicht gegeben. Zu Beginn der Neunzigerjahre war

Marienberg eine kleine, elitäre Klinik gewesen, eine Oase für betuchte Patienten, die Diskretion schätzten. Nur dreiundzwanzig Zimmer hatte es im Alten Schloss gegeben, mehr nicht. Benjamin hatte jeden Patienten und jede Patientin noch mit Namen gekannt. Wenn er zur Visite kam, war das ein Ereignis gewesen. Norman, der Assistent, stand immer ein Schritt hinter ihm.

Linda schloss die Augen.

Sie erinnerte sich an den Tag, als Benjamin ihr das Alte Schloss gezeigt hatte: „Mein Werk", hatte er gesagt. Linda war die Rundtreppe nach oben gerannt und auf dem Geländer wieder herabgerutscht. So wie Belle in *Die Schöne und das Biest*. Übermütig war sie damals gewesen, frech. Und Benjamin hatte sie unten wieder aufgefangen. Sie sei seine Schöne, hatte er gesagt – und sein Biest.

Linda lächelte bei der Erinnerung.

Die Turmuhr schlug halb eins.

Dann das erste Mal Sex mit Benjamin. Beinahe war es eine Vergewaltigung gewesen. Sie habe das doch gewollt, hatte er entschuldigend gesagt, als sie ihn später darauf ansprach. Und ja, es stimmte. In den Sitzungen hatte sie ihm von ihren Phantasien erzählt. Sie war dabei ins Detail gegangen, vielleicht mehr, als notwendig gewesen wäre. Immer wieder hatte sie ihm davon erzählt, von den gespreizten Beinen, den verbundenen Augen und davon, wie er sie nahm. Danach hatte Benjamin sie anders angesehen.

Als er dann Ernst machte, war sie irritiert gewesen.

Rückblickend verstand sie das immer weniger. Benjamin hätte das niemals tun dürfen, er hätte keine 21-Jährige heiraten dürfen, und er hätte Delphine auch nicht analysieren dürfen. Aber er hatte es immer schon verstanden, Abhängigkeitsverhältnisse aufzubauen, aus denen es kein Entkommen gab, außer …

Linda richtete sich auf.

Eine große, dunkle Gestalt schlich durch den Rosengarten.

Es war Tom. Benjamin hatte es zwar immer geleugnet, aber sie war nicht blöd. Jeder wusste, dass Benjamin ein uneheliches Kind hatte. Unehelich! Jetzt redete sie schon daher wie die Leute. Ein Kind war ein Kind. Punkt. Und Benjamin war ein verdammter Spießbürger. Warum hatte er auch nie offen mit ihr darüber geredet? Immer, wenn sie das Gespräch darauf gebracht hatte, war er aufgestanden und gegangen.

Tom schlich auf die Klinik zu.

Linda ging zum Schreibtisch, nahm den Schlüssel heraus und steckte ihn in das Schloss. Sie drehte ihn nach rechts, drückte den Griff herunter und öffnete das Fenster. Kühle Luft drang herein. Sie atmete tief ein. Dann spähte sie wieder in den Park hinab. Für einen Moment glaubte sie, er sei verschwunden, doch dann entdeckte sie Tom auf dem Grasstreifen neben dem Kiesweg. Er kam näher. Noch zwanzig Meter, dann war er da.

Linda winkte ihm zu. Er winkte zurück.

Deutlich konnte sie den Gegenstand in seiner Hand erkennen, es war ein dunkles, kleines Päckchen. Tom stellte sich unter ihr Fenster, blickte hoch und warf. Linda streckte die Hände aus, versuchte, das Päckchen zu greifen, doch es flog wieder hinab. Er versuchte es noch einmal. Wieder klappte es nicht. Sie brauchten fünf Versuche, bis Linda es fangen konnte. Flüchtig winkte sie ihm noch einmal zu, dann schloss sie das Fenster wieder. Sie zog den Schlüssel ab, legte ihn zurück in den Schreibtisch und öffnete die Schachtel. Es fühlte sich gut an, als sie den Gegenstand in ihrer rechten Hand hielt.

Es war ein Messer.

Die Klinge blitzte im Mondlicht.

Linda schlüpfte zurück ins Bett. Sie zog die Decke bis zum Hals hinauf, das Messer hielt sie fest. Jetzt brauchte sie nur noch zu warten.

Was?

Linda zuckte zusammen. Sie musste kurz eingenickt sein. Das Messer lag noch immer in ihrer Hand, sie hatte also nicht geträumt.

Still liegenbleiben!

Wenn er kam, musste es so aussehen, als schliefe sie. Als wäre sie seinen sadistischen Spielchen hilflos ausgeliefert. Linda lauschte. Aus dem Schrank war ein Geräusch gekommen, glaubte sie. Sie warf den Kopf hin und her, als hätte sie einen Albtraum, und ließ ihn seitlich liegen. Wenn sie jetzt das Auge einen Spalt öffnete, konnte sie den Schrank sehen.

Was?

Je länger sie in die Dämmerung starrte, desto deutlicher zeichnete sich eine dunkle Gestalt an der Wand ab. Dort kauerte jemand. Er glotzte sie an. Lindas Hand krampfte sich um das Messer. Es war Benjamin, der dort an der Wand kauerte, seine Augen standen weit offen.

Es waren böse Augen.

Linda blinzelte.

Die Gestalt verschwand wieder. Jetzt erkannte Linda einen Stuhl, über dem ihre Strickjacke hing. Sie entspannte sich. Der Radiowecker zeigte 02:26 Uhr. Sie musste aufpassen, damit sie keinen Fehler machte. Beim letzten Mal war er erst gegen Morgen gekommen. Wahrscheinlich kam er auch heute Nacht nicht vor dem zweiten Kontrollgang. Aber er würde sie nicht im Bett ermorden, da war sie sich sicher. Von daher wäre es nicht schlimm, wenn sie kurz einnickte. Nur das Messer durfte er nicht sehen, das war alles, worauf sie achten musste. Linda zog die Bettdecke nach rechts, damit mehr Stoff über ihrer rechten Hand war.

Dann blickte sie noch mal in Richtung Schrank.

Da war nichts.

„Linda?"

Sie zuckte zusammen. Hatte da jemand ihren Namen gerufen? Noch bevor sie die Stimme erneut hörte, wusste sie, dass es soweit war. Jetzt. Er war da. Jemand stand neben ihrem Bett, sie fühlte das. Ihr Herz raste, während sie krampfhaft die Augen geschlossen hielt.

„Linda", flüsterte er: „Meine Linda."

Es roch nach Zigarre und *Taylor of Old Bond Street.* Eindeutig. Und es war Benjamins Stimme, auch das war eindeutig, doch etwas war anders.

„Linda", flüsterte er.

Es klang verdammt echt.

Eine behandschuhte Hand streichelte über ihre Wange. Es war ein Gummihandschuh, sie wusste, wie sich diese Handschuhe anfühlten. Auch Benjamin hatte sie immer benutzt. Seine Hand glitt tiefer, streichelte über ihren Hals, zögerte, strich über ihre Brüste.

„Warum hast du mir das angetan?", fragte er.

Linda bekam Panik. Wenn er das Messer spürte, war es aus. Sie musste es tun, doch etwas hielt sie zurück. Du bist bereit, sagte sie sich. Denke nicht darüber nach. Wenn er sich über dich beugt, musst du es tun. Heute Nacht ist die Nacht.

„Habe ich nicht immer gut für dich gesorgt?", fragte er.

„Nein!", schrie jemand und dann: „Nicht!"

Das Licht ging an. Linda fuhr auf, sie öffnete die Augen und wollte schreien, doch das, was sie sah, ließ sie erstarren.

Delphine.

Julian und Delphine.

Julian drücke Delphine zu Boden.

Delphine fluchte: „Lassen Sie mich los, verdammt. Ich tue doch nichts." Dabei versuchte sie, nach dem Handy zu greifen, das neben ihr auf dem Parkett lag. Das Display leuchtete. Aus dem Handy kam eine Stimme. Es war Benjamins Stimme, die sagte: „Habe ich nicht immer gut für dich gesorgt? Warum tust du mir das an?" Linda war unfähig, sich zu bewegen. Erst als ihre Tochter sie ansah, sich in ihre Arme warf und schluchzte: „Wir wollen doch nur dein Bestes, Mama", löste sich Linda langsam aus ihrer Erstarrung.

„Wir wollen doch nur, dass du freiwillig hier bleibst, Mama. Die Untersuchungshaft ist doch nichts für dich. Und dann das Gefängnis, das ist kein Zuckerschlecken, weißt du. Das bist du doch gar nicht gewohnt. Bitte, wir wollen doch nur dein Bestes, das musst du mir glauben."

„Wir?", stammelte Linda. „Meinst du Norman und dich?"

Delphine wischte sich die Tränen ab. Sie trug einen viel zu großen Pullover, der nach Benjamins

Aftershave roch, und sagte: „Mama, du musst uns vertrauen. Norman ist in Ordnung. Und ich liebe dich doch."

Dann umarmte sie ihre Mutter wieder.

Linda hielt ihr weinendes Kind im Arm und sagte: „Ist ja gut, Phinchen."

28

Wenige Stunden später, es war Mittwochmorgen, 06:56 Uhr, erwachte ich von einem gewaltigen Lärm. Motorenlärm war zu hören, Schläge, dazwischen immer wieder Rufe. Ich quälte mich aus dem Bett, tapste zum Fenster und sah zwei Lastwagen. Daneben stand ein riesiger Bagger im Schlossgarten. Überall liefen Männer mit Spaten herum, manche trugen einen Mundschutz.

Jetzt ging es also los.

Die Turmuhr schlug sieben.

Ich putzte meine Zähne, rasierte mich notdürftig, duschte und zog den dunkelblauen Anzug über. Meine Gedanken waren bei Linda. Bis halb eins hatte ich auf dem Gang vor ihrem Zimmer Wache gehalten. Doch dann hatte ich Geräusche gehört, als hätte jemand das Fenster geöffnet. Meine Angst, jemand könnte über diesen Weg bei ihr einsteigen, war von Minute zu Minute gewachsen. Irgendwann hatte ich es nicht mehr ausgehalten, war in ihr Zimmer geschlichen und hatte mich im Schrank versteckt. Linda hatte geschlafen, alles war ruhig gewesen. Doch gegen vier Uhr morgens war eine dunkle Gestalt in das Zimmer gekommen. Ich war auf alles gefasst gewesen – aber nicht auf Delphine.

Ich wuchtete den Koffer auf mein Bett.

Noch immer war ich unschlüssig, was ich von der Szene halten sollte. Mutter und Tochter hatten sich umarmt, dabei immer wieder geweint und sich gegenseitig versichert, alles sei gut. Wahrscheinlich waren die beiden einfach nur fertig mit den Nerven. Etwas Vernünftiges war in dieser Situation nicht aus ihnen herauszubekommen gewesen, nur eines stand für mich fest: Die beiden hatten Angst vor der Wahrheit. Deshalb sprachen sie nicht miteinander. Linda hatte Angst, dass Delphine ihren Vater ermordet haben könnte. Und Delphine hatte Angst, dass ihre Mutter es war.

Ich legte zwei Hemden in den Koffer.

Der Lärm war unerträglich.

Benjamin hätte Delphine nicht mit fünf bis sechs Sitzungen pro Woche quälen dürfen. Dachte er, sie dadurch zu seiner engsten Vertrauten zu machen? Bei Freud und dessen Tochter Anna hatte das ja auch funktioniert. Doch Delphine wehrte sich gegen die Übermacht und stach auf den Vater ein – denkbar wäre es. Aber Norman war ja auch noch da. Vielleicht

hatte er es doch getan und danach Mutter und Tochter gegeneinander ausgespielt. Mittlerweile erschien
mir alles plausibel, nur konnte ich im Moment nichts
tun. Aber nach allem, was geschehen war, würde die
Staatsanwaltschaft endlich gründlich ermitteln. In den
nächsten Tagen und Wochen würden sie jeden Stein
umdrehen auf Marienberg.

Ich packte meinen Schlafanzug ein, die Unterhosen,
die Krawatte.

Momentan war nur eins wichtig: Linda musste weg.
Ich konnte sie hier doch nicht zurücklassen. Die
Staatsanwältin hatte sich immer noch nicht bei mir ge-
meldet und es würde noch eine Ewigkeit dauern, bis
die aus Ravensburg einen Gefangenentransporter
schickten, um Linda abzuholen. Eilig packte ich die
restlichen Sachen in den Koffer, schloss ihn und
checkte mein Handy, als es an der Tür klopfte.

„Ja?"

„Herr Doktor Kraft!"

Hanta. Bevor er eintrat, quetschte sich bereits Hilde
durch den Türspalt, kam zu mir gelaufen, beschnüf-
felte mich und wedelte mit dem Schwanz.

„Braver Hund", sagte ich und drehte mich von der
Schnauze weg.

„Hilde!", rief der Kommissar, deutete vor die Tür
und sagte: „Platz!" Dann schloss er die Tür und sah
mich an. Über Nacht war er deutlich gealtert. Das
Weiße in seinen Augen war gelb, die Augenringe

waren schwarz. Schweißperlen standen auf seiner Stirn. Er stank wie ein Hund.

„Gibt es etwas Neues?", fragte ich mit Blick auf den Jutebeutel, den er in der Hand hielt.

„Ich wollte Sie nur warnen", sagte er.

„Warnen?"

Er zog ein in Klarsichtfolie verschweißtes Ledermäppchen aus dem Beutel und fragte: „Das wurde drüben im Schloss gefunden, in einem der Kellerräume, wo auch die Leichen zwischengelagert waren."

„Wie bitte?", fragte ich und setzte mich aufs Bett. „Leichen zwischengelagert?"

„Gehört das Ihnen?", fragte er.

Ich schüttelte den Kopf.

Kommissar Hanta steckte das Mäppchen wieder in den Beutel, trat ans Fenster uns sagte: „Bevor die Leichen in der Baugrube entsorgt wurden, lagen sie vermutlich bis zu einer Woche im Heizungsraum des Alten Schlosses. Dort wurde auch dieses Ledermäppchen gefunden. Es sind zwei Fotos von Ihnen drin, Daten von Ihrem Flug, Notizen über Ihre Frau, kurzum, lauter Dinge, die nichts Gutes ahnen lassen." Hanta drehte sich um, er sah mich aus seinen blutunterlaufenen Augen an, als er sagte: „Er scheint Sie im Visier zu haben."

„Im Visier?"

„Er überwacht Sie."

„Mich?", fragte ich.

„Herr Doktor", fuhr Hanta fort und blickte auf die Uhr. „Mehr weiß ich leider auch nicht. Der Chef aus Konstanz ist gerade heillos überfordert. Kenne Lupovik schon lange, ein guter Mann, war mal ein Schüler von mir. Wie sich die Zeiten ändern. Hat eine Mordskarriere hingelegt. Nun ja. Er bat mich nur, das schnell mit Ihnen abzuklären, Details behält er aber für sich. Ich bin ja nur ein alter Rentner, wissen Sie?"

Ich presste beide Zeigefinger gegen die Schläfen.

„Aber ich habe Sie gewarnt", fügte Hanta hinzu. „Seien Sie vorsichtig, ja?"

„Kann ich das mal sehen?", fragte ich und streckte meine Hand nach dem Ledermäppchen aus.

Hanta schüttelte bedauernd den Kopf. „Tut mir leid, aber Sie wissen ja, das muss zuerst ins Labor. Sobald Sie in Hamburg landen, beantragen Sie Personenschutz, versprechen Sie mir das? Bis morgen wird es dann hoffentlich auch ein offizielles Verfahren geben und so weiter. Ich muss jetzt weiter."

Ich nickte. „Und wie geht es jetzt weiter?"

„Die Staatsanwaltschaft hat schon mit dem Richter gesprochen. Der Durchsuchungsbefehl für die Klinik müsste demnächst raus. Noch blockt Norman alles ab, aber lange wird er damit nicht mehr durchkommen. Auch die Villa Fallersleben sollen die mal gründlich durchsuchen. Das hängt doch alles zusammen, ich spürte das, die arme Ehefrau zu verhaften, das war doch eine Farce, ein Bauernopfer!"

„Okay", sagte ich. „Halten Sie mich bitte auf dem Laufenden." Ich nahm eine Karte aus dem Geldbeutel, reichte sie ihm und sagte: „Hier meine Handynummer. Sie können mich jederzeit anrufen."

„Guten Flug", sagte Hanta. Als er draußen war, hörte ich ihn noch einmal. Er sagte: „Hilde, los!"

Zehn Minuten später klopfte ich bereits an Lindas Tür. Sie war nicht allein. Eine Schwester war bei ihr, ein noch ganz junges Mädchen, höchstens Anfang zwanzig.

„Herr Doktor Kraft", sagte Linda. Wenn sie überrascht war, ließ sie es sich nicht anmerken.

„Ich soll die Patientin mitnehmen", sagte ich zu dem Mädchen. „Frau Fallersleben kommt wieder nach Ravensburg."

Das Mädchen sah mich verwirrt an. Ich zeigte ihr meinen Ausweis, hielt ihr einen Zettel hin und sagte: „Ausnahmeregelung von Richter Becker. Die Überführung wird durch mich in einem privaten PKW erfolgen. Wenn Sie das bitte unterschreiben möchten."

Das Mädchen las die paar Zeilen durch, unterschrieb und fragte: „Professor Sombra weiß aber Bescheid, ja?"

„Natürlich", erwiderte ich, deutete in den zerstörten Schlossgarten hinab und fügte hinzu: „Der hat jetzt aber Wichtigeres zu tun."

„Gehen wir?", fragte Linda, nahm eine Tasche und sah mich abwartend an.

„Okay", sagte ich und bot ihr meinen Arm an. „Gehen wir."

29

Leichenfund in Heiligenberg
Grausames Gewaltverbrechen

31.08.2017 Heiligenberg/Bodenseekreis Bei einem Grillfest in der Reihenhaussiedlung Seeblick in Heiligenberg kam es in der Nacht zum 28. August zu einer grausamen Entdeckung. Weil eine Feuerstelle nicht ausreichend gesichert war, kam es zu einem Funkenflug auf die umliegenden Dächer. Die Feuerwehr evakuierte auch das Haus von Wolfgang P., der sich laut Angaben der Nachbarn zu diesem Zeitpunkt im Urlaub befand. Auf dem Dachboden fanden die Helfer fünf Fässer mit der Aufschrift Vorsicht leicht entflammbar. Nach dem Öffnen der Fässer herrschte Entsetzen in der Reihenhaussiedlung.

In einem Fass befanden sich menschliche Gliedmaßen, in einem anderen ein Torso und ein Kopf. Mittlerweile konnte die Gerichtsmedizin die Identität der Leiche feststellen: Es handelt sich um den Hamburger Psychiater Dr. Julian Kraft. Die Leichenteile waren stark verätzt, was die genaue Bestimmung des Todesdatums erschwert.

Dr. Julian Kraft war vom 19. bis 23. August beruflich in der Klinik Marienberg gewesen. Am Mittwoch, den 23. August checkte er morgens online für seinen Rückflug nach Hamburg ein. Eine Zeugin sagte aus, der Arzt habe gegen 08:30

Uhr mit einem Leihwagen die Klinik verlassen. Ebenfalls im Auto befand sich eine Patientin, die der Psychiater in Ravensburg hätte abliefern sollen. Von der Patientin fehlt bis heute jede Spur.

Bei der gesuchten Patientin handelt es sich um die 41jährige Installationskünstlerin Linda Fallersleben. Für zusätzliche Brisanz sorgt der Umstand, dass es sich bei der verschwundenen Frau um die Hauptverdächtige im Mordprozess Benjamin Fallersleben handelt. Bei dem Wagen handelt es sich um einen schwarzen Mercedes der Autovermietung Hertz mit dem Kennzeichen DN-AH-4592. Ebenfalls vermisst wird Wolfgang P., der sich laut Aussagen der Nachbarn auf Mallorca aufhält. Der 36jährige Unternehmer wohnt und arbeitet seit über zehn Jahren in Heiligenberg und wird als äußerst zuverlässig und hilfsbereit beschrieben.

„Wir stehen vor einem Rätsel", sagt Erwin Lupovik, der leitende Ermittler. „Derzeit wird überprüft, ob es einen Zusammenhang gibt zwischen dem Mord an dem Hamburger Arzt und den ermordeten Frauen aus der Klinik Marienberg."

Wie unsere Zeitung bereits am 24.08. berichtet hatte, fand die Hündin eines 76-jährigen Rentners am 22. August zwei menschliche Oberschenkelknochen in einer Baugrube. Die großangelegte Suchaktion führte zu einer grausamen Entdeckung: Insgesamt wurden die Leichen von vier Frauen gefunden. Drei davon waren Patientinnen der Klinik Marienberg gewesen: Siegrid H., Iris M.-R. und Debby K. galten seit geraumer Zeit als vermisst. Bei der vierten Leiche handelt es sich um die 53-

jährige Krankenschwester Helen L., die ebenfalls als vermisst galt.

„Das ist wirklich ungeheuerlich", sagt Josephine Drechsler, Kommissarin aus Salem. „Mit so etwas konnte niemand rechnen. Die Ermittlungen laufen auf Hochtouren. Eine Sonderkommission ist eingerichtet. Insbesondere wird geprüft, wie die Verbrechen zusammenhängen und ob es Parallelen zu anderen, nicht aufgeklärten Tötungsdelikten gibt."

„Bevor das passiert ist, dachte ich immer, solche schrecklichen Verbrechen passieren nur im Fernsehen", schrieb eine Nutzerin auf Facebook. „Aber dass so etwas hier bei uns passiert, ist unglaublich."

Auch die Nachbarn von Wolfgang P. stehen unter Schock: „Der Wolfi, das ist ein wirklich netter Typ. Zwar etwas still, aber immer sehr hilfsbereit", sagte Franka M., die unmittelbare Nachbarin. „Wir glauben nicht, dass er etwas mit der Tat zu tun hat. Da verliert man ja jeden Glauben an die Menschheit."

Leichenfunde in Heiligenberg
Gefährlicher Serienmörder immer noch flüchtig

25.09.2017 Heiligenberg/Bodenseekreis *Nachdem die Polizei lange im Dunkeln tappte, steht mittlerweile fest: Wolfgang Putzer aus Heiligenberg ist der gesuchte Serienmörder, der bereits Anfang 2000 im Raum Sigmaringen fünf*

Frauen ermordet hat. Seit Januar 2017 hat er vier weitere Frauen rund um die Klinik Marienberg bei Heiligenberg getötet. Auch der Hamburger Psychiater Dr. Julian Kraft wurde von ihm erdrosselt und zerstückelt.

„Bei sexuell motivierten Serienmördern unterscheiden wir zwischen kontrollierten und unkontrollierten Tätern", sagt Erwin Lupovik, Kriminalhauptkommissar aus Konstanz und Leiter der Sonderkommission Marienberg. „Bei Wolfgang Putzer handelt es sich eindeutig um den zweiten Typus. Er ermordete die Frauen, wie es der Zufall ergab. Danach entsorgte er sie nur notdürftig, wo es gerade passte. Auch die Tötungsart ist der jeweiligen Umgebung angepasst. Systematisches oder gar rituelles Vorgehen steckt nicht dahinter."

Die gerichtsmedizinischen Untersuchungen sind mittlerweile abgeschlossen. Alle vier vermissten Frauen wurden vergewaltigt und danach ermordet. Zwei Frauen wurden nachts in ihren Zimmern überfallen und erdrosselt. Einer Patientin lauerte der Täter im Waldstück zwischen Marienberg und Heiligenberg auf, wo er sie vergewaltigte und danach den Abhang hinunter warf. Die Krankenschwester Helen L. wurde nachts im Park überfallen, missbraucht und mit einer stark blutenden Kopfwunde im Gebüsch zurückgelassen.

Rätsel gab den Ermittlern der Umstand auf, wie die Leichen von den Tatorten in den Heizungskeller des Alten Schlosses kamen und schließlich in die Baugrube.

Es erhärtet sich der Verdacht, dass sich hier der Leiter der Klinik, Professor S., ebenfalls strafbar gemacht haben könnte. Nach eigenen Angaben glaubte er an einen Suizid der

Patientinnen. Aus Angst, die Klinik könnte dadurch einen Imageschaden erleiden, ließ er die Leichen allerdings entsorgen. Die Familien habe er nur vorläufig mit den Briefen getäuscht. Derzeit wird noch geprüft, ob Professor S. sich nur wegen Strafvereitelung vor Gericht verantworten muss, oder ob er durch sein grob fahrlässiges Verhalten am Tod der Frauen mitverantwortlich gemacht werden muss.

Die Suche nach dem flüchtigen Serienmörder läuft auf Hochtouren. Auch von der von ihm entführten Installationskünstlerin Linda Fallersleben fehlt noch immer jede Spur. Die Polizei bittet um die Mithilfe der Bevölkerung (siehe Kasten). Sachdienliche Hinweise nimmt jede Polizeidienststelle entgegen.

Linda saß auf der Terrasse und las die Zeitungsartikel. Seit zwanzig Minuten schon saß sie so da, beinahe regungslos. Warum sagte sie denn nichts? Ich trat von hinten an sie heran und legte zärtlich meine Hände auf ihre Schultern. Erst jetzt zuckte sie zusammen.

Linda zitterte.

Ein Vogel schrie am Himmel.

Das war jetzt eine schwierige Situation für Linda. Sechs Wochen hatte ich damit gewartet, doch ewig konnte ich ihr nichts vormachen. Eines Tages musste sie es ja erfahren: Ich war nicht der, für den sie mich hielt. Ich war kein Arzt, sondern Wolfgang Putzer, drittes von fünf Kindern, aufgewachsen auf einem Bergbauernhof in Österreich mit Blick auf den Heiligen Lazarus. Gerne hätte ich Linda diese Enttäuschung erspart, doch das neue Leben, das ich mit ihr zusammen beginnen wollte, durfte nicht auf einer Lüge aufgebaut sein. Nichts sollte unserem Glück im Wege stehen. Zärtlich streichelte ich ihre Wange.

„Lass das", sagte sie schroff.

„Okay", entgegnete ich.

Sanft massierte ich ihren Nacken, beugte mich über sie und küsste ihre Haare, die dunkel glänzten und nach Vanille dufteten.

„Nicht", sagte sie und drehte den Kopf weg.

„Okay", entgegnete ich.

Das Ganze war nicht leicht für sie, natürlich nicht. Nach unserer Flucht aus der Klinik hatte ich sie noch ein paar Wochen in dem Glauben belassen, ich sei Julian Kraft. Von Marienberg aus hatte ich sie direkt hier hoch in unser Haus gebracht. Hier oben war sie sicher.

„Du bist Wolfgang Putzer", sagte sie verächtlich ohne mich anzusehen.

„Richtig", sagte ich.

„Und Julian Kraft war nie auf Marienberg gewesen", fügte sie leise hinzu. „Du hast ihn schon auf der Hinfahrt ermordet, stimmt's? Und dich dann für Julian Kraft ausgegeben."

„Ich habe ihn doch nur ruhiggestellt", antwortete ich. „Sonst hätte ich dich da nie rausbekommen."

Zärtlich streichelte ich ihr Haar. Ich habe Linda geliebt, vom ersten Augenblick an. Nie zuvor hatte ich so einen strahlenden Menschen gesehen. In ihrer Nähe fühlte ich mich anders, warm und intensiv. Ich legte meine Hände wieder auf ihren Nacken, aber ich traute mich nicht mehr, sie zu massieren. Linda wollte das nicht, hatte sie gesagt, und wenn sie etwas nicht wollte, dann respektierte ich das. Sie brauchte einfach noch ein bisschen Zeit.

„Ich habe das doch für uns getan", versuchte ich, meine Lage zu rechtfertigen. „Und ja, ich habe diesen Kraft am Flughafen abgeholt, ein Schild hochgehalten, *Dr. Kraft, Marienberg.* Da ist er zu mir ins Auto gestiegen. Danach habe ich mir die Haare rasiert und die Brauen schwarz gefärbt. Gefällt dir das eigentlich? Dann lasse ich das so mit den dunklen Augenbrauen."

Lindas Nackenmuskulatur verhärtete sich unter meinen Händen.

Wieder beugte ich mich über sie. Ihre Haare rochen so gut. Diesmal wehrte sie meinen Kuss nicht ab. Es schien ihr sogar zu gefallen, hatte ich das Gefühl, also ging ich weiter, küsste ihren Nacken und ihren Hals. Meine Hand zitterte, als ich ihre Brüste berührte.

„Oh Gott", flüsterte ich. „Du bist so schön."

„Nicht", sagte sie und schob meine Hände weg. Und dann wieder: „Lass das."

Ich schluckte. Das war nicht einfach für sie, natürlich nicht.

„Auf Marienberg kannte man Kraft ja nicht persönlich", fuhr ich fort, „nur beim Golfspiel, da musste ich etwas tricksen. Aber so blöd habe ich mich gar nicht angestellt." Noch einmal küsste ich ihren Nacken. Wieder drehte sie sich weg.

„Hat Norman dich nicht erkannt?", fragte sie leise. „Putzt deine Firma nicht schon ewig für die Klinik?"

„Mein Bruder hat immer mit der Klinikleitung verhandelt", antwortete ich. Das Geschäftliche war noch nie meine Stärke gewesen. Plötzlich wütend fügte ich hinzu: „Außerdem waren wir für den Herrn Professor doch schon immer nur Luft gewesen."

Langsam beugte ich mich über Linda.

„Du musst mich verstehen", sagte sie und rückte von mir weg. „Ich brauche Zeit, um das Ganze zu verarbeiten, ich bin noch nicht so weit."

„Das verstehe ich", beteuerte ich. „Natürlich."

Unruhig ging ich auf der Terrasse hin und her.

Über uns zog ein Bussard seine Kreise.

Es war Samstagabend, der 30. September. Die Terrasse unseres Hauses war wunderschön geworden, ein kleines Paradies für zwei, ganz nahe dem Himmel, 2.100 Meter über dem Meeresspiegel, weit weg von all den Menschen, die mir nichts bedeuteten. Ich blickte mich um. Um uns ragten die Dreitausender empor, gegenüber erhob sich der Heilige Lazarus, stolz und grausam sah er aus, so wie immer schon. Unter uns erstreckte sich das Rheintal, die untergehende Sonne tauchte es in ein beinahe violettes Licht, wie es im Herbst manchmal vorkam. Das sei das Licht der Erlösung, hatte meine Großmutter immer gesagt.

„Warum?", fragte Linda. „Warum hast du das getan?"

„Weil ich dich liebe", antwortete ich und griff nach ihrer Hand. „Seit ich dich zum ersten Mal gesehen habe, Linda, damals in München, da wusste ich, was ich wirklich wollte."

Ich setzte mich neben sie auf die Bank.

Beide blickten wir in die untergehende Sonne.

Im Hintergrund liefen die Goldberg-Variationen, der Pool leuchtete türkisfarben, die Sonne rötlich, Palmen wiegten sich im Abendwind und der Oleander stand noch immer in voller Blüte. Vorsichtig griff ich nach Lindas Hand. Genau so hatte ich mir das immer vorgestellt.

„Du bist Patient 211", sagte Linda, drehte ihren Kopf zu mir und blickte mich an.

Es war keine Frage, sondern eine Feststellung.

Ich nickte, streichelte ihre Hand und sagte: „Aber deinen Mann habe ich nicht umgebracht. Das schwöre ich. Ich hatte an dem Tag wirklich keine Sitzung."

Linda zog ihre Hand weg.

Sie brauchte einfach noch Zeit.

Endlich hatte ich das, wovon ich seit Jahren träumte: Ein Leben mit meiner Königin. Jetzt würde sich alles ändern. Ich würde ein besserer Mensch werden und ganz für sie da sein. Ich würde jeden Tag mit ihr verbringen, wir würden gemeinsam frühstücken, gemeinsam Mittagessen, gemeinsam Abendessen. Wir würden gemeinsam Spaziergänge unternehmen und uns dabei unterhalten. Im Winter würden wir zusammen auf dem Sofa sitzen und Filme schauen, über die wir dann sprechen konnten. Ich konnte Linda auch ein Atelier bauen, wenn sie das wollte. Wenn sie wollte, könnte sie hier oben wieder anfangen zu malen.

„Warum hast du Debby ermordet?", fragte sie.

„Das war ich nicht", sagte ich. „Wirklich nicht. Es war quasi aus Versehen."

„Wie kann man jemanden aus Versehen ermorden?", fragte sie. Ihre Stimme klang verächtlich, plötzlich kalt.

„Bitte, Liebling", flehte ich sie an. „Ich will nicht schon wieder streiten."

Die Poolbeleuchtung wechselte ihre Farbe von Türkis zu Hellblau. Es sah so schön aus, alles. Da wollte ich nicht wegen so was streiten.

„So geht das nicht", hörte ich Linda. „Wenn ich dir verzeihen soll, dann musst du mir alles erzählen."

Ich fixierte den Gipfel des Heiligen Lazarus.

Was sollte ich Linda erzählen? Eigentlich redete ich nicht gerne über solche Dinge. Das brachte doch nichts. Ich hatte es doch schon probiert, neun Sitzungen war ich bei ihrem Mann gewesen und hatte geredet, aber das hatte doch nichts gebracht. Im Gegenteil. Da hatte alles doch erst wieder angefangen, nach der dritten Sitzung waren die Schmerzen wieder so stark gewesen, dass alles wieder anfing. Dabei hatte ich zuvor über zehn Jahre Ruhe gehabt, ich hatte schon vergessen, wie sich das anfühlte, doch dann war alles wieder hochgekommen.

Und was gab es da schon zu sagen? Letztlich war es doch ganz einfach: Menschen wurden geboren und Menschen starben. So war das schon immer gewesen. Manche von ihnen waren Täter, andere Opfer. Und Frauen waren halt eher Opfer, auch das war schon immer so gewesen. Deshalb brauchten sie einen Mann, der sie beschützte.

„Es ist so schön mit dir", sagte ich und tastete wieder nach ihrer Hand.

Linda verschränkte die Arme vor der Brust.

Der Heilige Lazarus erhob sich in den ewigen Himmel.

Letztlich war der Mensch doch auch nur ein Tier, schon immer gewesen. Die ganze Geschichte der Zivilisation, das war doch alles künstlich. Das war meine Meinung. Außerdem war das doch alles verlogen, die ganze Moral, das ganze Getue, nach wie vor zählte doch das Recht des Stärkeren, egal, wie sie es nannten.

„Ich höre", sagte Linda.

„Okay", sagte ich und fixierte die Palme. Es war eine Zwergpalme, ich hoffte, dass sie den Winter überstand. „Also es war Samstagnacht, da kam ich erst spät auf Marienberg an, es war schon elf vorbei. Ich war erschöpft, aber auch aufgeputscht wegen der Geschichte mit … also mit diesem Arzt. Ich trat auf die Terrasse hinaus und hörte diese Geräusche. Jemand hatte Sex. Also bin ich rüber, das Zimmer war ganz leicht zu erreichen, die Balkontür stand offen und ich habe die beiden beobachtet. Als der Typ dann weg war, bin ich kurz rein. Ich habe mich mit Debby unterhalten, das war alles."

„Hör auf, dir alles schönzureden", sagte sie. „Das ist ja unerträglich."

„Aber das tue ich doch gar nicht", protestierte ich. „Ich weiß doch auch nicht, warum ich da rein bin zu Debby, das hätte ich nicht tun sollen, aber ich glaubte, sie hatte Angst. Und dann sind der ganze Druck und die Anspannung von mir abgefallen. Anders kann ich es nicht beschreiben. Es war wie ein Zwang."

„Du lügst", sagte Linda. „Du wiederholst die Worte irgendwelcher Therapeuten, um deine Tat zu rechtfertigen. Dabei hast du doch ganz bewusst zugedrückt, bis Debby nicht mehr geatmet hat. So etwas passiert doch nicht einfach, so etwas tut man doch!

Aber das Leben dieser Frau war dir einfach egal, alles, was zählte, warst du. Warum sagst du es nicht einfach? Hast du nicht die Eier in der Hose, das zuzugeben? Dass du ein verdammter Egoist bist, der nur an sich und seine triebgesteuerte Befriedigung denkt?"

Ich schloss meine rechte Hand zur Faust.

Linda sprach jetzt so kalt, wie nur Frauen sein können.

„Ich bin kein Egoist", sagte ich trotzig. „Ich liebe dich doch, Linda!"

Wir schwiegen.

Im Tal nahmen die Lichter zu.

„Und Evelin?", fragte sie. „Was war mit Evelin? War das etwa auch ein Versehen?"

„Entschuldigung", sagte ich und stand auf. „Ich kann wirklich nicht mehr. Mir wird gerade alles zu viel. Lass uns morgen weiterreden, Liebling, ja? Möchtest du jetzt vielleicht noch was trinken? Einen Aperol oder lieber ein Glas Rotwein? Es ist noch was von dem Spätburgunder von gestern da."

„Nichts", sagte Linda. „Ich möchte schlafen."

„Natürlich", antwortete ich und kniete mich vor sie auf den Boden. Dann machte ich die Handschelle los, mit der ihr Fuß am Tischbein festgekettet war, und fragte: „Glaubst du, du wirst mich trotzdem eines Tages lieben können?"

Linda wich zurück. Ihre Augen weiteten sich beinahe ängstlich, aber sie sagte: „Ja, gib mir nur noch etwas Zeit."

31

Am nächsten Abend saßen wir wieder auf der Terrasse. Es war Sonntag, der 1. Oktober. Wir waren beide in Decken gehüllt, mittlerweile wurde es schon früh kühl draußen, und wenn der Wind von den Bergen kam, konnte man den Schnee bereits riechen. Zärtlich sah ich Linda an.

Sie lächelte zurück.

In diesem Augenblick wusste ich wieder, was Glück war.

Ihre Zähne schimmerten, ihr dunkles Haar fiel über ihre Schultern, die Unterlippe war blutig aufgeplatzt und glänzte wie eine offene Frucht. Linda war manchmal vielleicht etwas hart in ihrem Urteil, aber sie war trotzdem perfekt. Mit Linda war alles ganz anders – so intensiv.

„Und?", fragte sie. „Was war jetzt mit Evelin?"

Die Frage kam überraschend für mich. Ich hatte gehofft, Linda könnte das Thema über Nacht vergessen haben, weil sie den ganzen Tag über so fröhlich gewesen war. Linda liebte mich, das hatte sie mir beim Mittagessen gesagt. Also nicht wortwörtlich, sondern sie sagte, wenn ich so weitermache, stehe sie im Begriff, sich in mich zu verlieben. Das war typisch Linda, sich so auszudrücken, und immer, wenn ich an ihren Satz dachte, musste ich lächeln.

„Weißt du, was ich besonders an Evelin mochte?", fragte ich.

Linda sah mich an. Ihre Pupillen weiteten sich für einen Moment, dann schüttelte sie den Kopf.

„Ihr scheues Lächeln", beantwortete ich meine Frage selbst. „Evelin war ein feiner Mensch, und sie hätte einfach einen anderen Mann gebraucht. Einen, der ihr zugehört hätte, aber auch einen, der wusste, was sie wollte. Das hat sie mir im Prinzip zu verstehen gegeben, als wir zusammen beim Spazierengehen waren. Da hat sie mich auch immer schon so angesehen, so verschmitzt. Also okay, dachte ich, so schüchtern ist die gar nicht."

„Und dann?"

„Nichts dann. Es war so, wie sie gesagt haben", fuhr ich fort. „Evelin war an dem Abend mit Tom verabredet. Sie sind dann zusammen runter, haben sich geküsst und so. Aber dann hat er sie einfach so sitzen gelassen. Als er weg war, hat Evelin nur noch geheult. Da bin ich halt zu ihr und habe sie getröstet."

Linda schluckte.

„Dieser Tom ist echt das Letzte", sagte ich. „Wusstest du, dass er das uneheliche Kind von deinem Mann ist? Mit Helen? Wie schäbig."

278

„Schäbig?", fragte Linda. „Ausgerechnet du sprichst von schäbig?"

„Ich finde so ein Verhalten schäbig, jawohl", sagte ich. „Aber lass uns nicht schon wieder streiten, Liebling. Aber eins will ich noch sagen: Ich habe Evelin nicht vergewaltigt. So etwas würde ich nie tun, ich kann das gar nicht, ich würde nie etwas gegen den Willen einer Frau tun."

„Sie hat es also genossen, gequält und getötet zu werden?", fragte Linda. Schon wieder lag dieser verächtliche Zug um ihren Mund.

Ich starrte hinab auf das Tischbein. Es war aus Gusseisen und fest im Boden verankert. Eigentlich hatte ich eben noch die Fußfessel lösen wollen. Aber Linda konnte so hart und gemein sein; zur Strafe ließ ich die Fessel dran. Das hatte sie jetzt davon. Sie fragte mich manchmal Sachen, auf die ich einfach keine Antwort wusste. Und dann sagte sie Dinge, auf die ich einfach nicht zu reagieren wusste.

Stumm saß ich da.

Unten im Dorf läuteten die Glocken.

Plötzlich spürte ich wieder diese Wut in mir, packte Linda an den Haaren, zog ihren Kopf zurück und sagte: „Ich will ja reden. Aber ich bin halt nicht so wortgewandt wie du. Und du glaubst mir ja eh nie. Deine ganze Art setzt mich unter Druck."

Linda sah mich aus ihren großen, blauen Augen an.

Ich war verwirrt.

„Wolfgang", sagte Linda. Es war mehr ein Hauch. Dann flüsterte sie: „Nicht, lass das. Ist ja gut, ich glaube dir."

Plötzlich standen mir Tränen in den Augen. Ich ließ Linda los. Das war so schön, wie sie „Wolfgang" gesagt hatte. Zum ersten Mal überhaupt. Linda meinte es wirklich ernst, ich spürte das, so etwas hätte ich mir nie träumen lassen. Plötzlich kam ich mir vor wie ein Schuft. Ich holte den Schlüssel und entfernte die Handschelle von ihrem rechten Fußgelenk.

„Das tut mir leid", sagte ich, kniete vor ihr auf dem Boden und küsste ihren Fuß. Dort, wo die Handschelle aufgelegen war, waren zwei dunkelblau-violette Ringe über dem Knöchel. Auch ihr Oberschenkel war übersät mit blauen Flecken. „Das tut mir so leid", sagte ich wieder, als ich mich aufrichtete. Dann nahm ich ihre Hand und küsste sie.

Lindas Lippen zitterten, als sie sagte: „Okay, wir reden ein ander Mal darüber. Ich bin jetzt müde. Lass uns schlafen gehen."

32

In den nächsten Wochen war ich so glücklich wie nie zuvor in meinem Leben. Der Herbst färbte die Blätter bunt und ließ die Früchte reifen. Linda und ich machten ausgiebige Spaziergänge und unterhielten uns über die Liebe, über religiöse Fragen und über die Kunst. Bald würde ich das Jagdgewehr nicht mehr brauchen, wenn wir unterwegs waren, Linda wolle bei mir bleiben, sagte sie. Durch unsere Gespräche bekam ich langsam einen Einblick in das, was sie versuchte, auszudrücken. Langsam verstand ich, wie eng mein Horizont bisher gewesen war.

Wir sprachen über Schock als Mittel der Kunst.

Und darüber, dass heutzutage niemand mehr schockiert war. Mit einer Toilette, mit nackten Brüsten und mit Sex könne man doch niemanden mehr schockieren, meinte Linda. Das Fernsehen und die Werbung hätten das doch längst übernommen und abgestumpft.

Linda war so unglaublich cool.

Ich sagte nicht, dass Sex für mich immer noch ein Tabu sei, und da, wo ich herkam, auch. Eigentlich sprach ich auch lieber über etwas anderes, über die Natur oder über Gott, über etwas Schönes halt. Vor allem abends, wenn wir am Kamin saßen, ein Glas Rotwein tranken und Kastanien mit Käse aßen, da wollte ich nicht über so schmutzige Sachen reden. Wenn sie wieder damit anfing, bemerkte ich, dass der Käse vom Bergbauer komme und deshalb noch so intensiv schmeckte. Linda stimmte mir dann zu. Ich schlug vor, ein paar Hühner im Frühjahr anzuschaffen. Linda fand das eine gute Idee. Ich sagte ihr, dass wir noch viel vorzubereiten hätten, denn bald werde der Winter einbrechen. Wir bräuchten noch mehr Brennholz und Lebensmittel, denn es könne passieren, dass wir hier oben einschneiten.

Linda nahm hier oben sogar ein paar Kilo zu.

Sie sah besser aus denn je.

Es war Donnerstag, der 16. November, als ich mit ihr beim Frühstück saß und sie sagte: „*Ich* könnte heute Abend doch mal für uns kochen."

„Das ist eine großartige Idee", erwiderte ich.

„Du kennst ja meine Spezialität noch gar nicht", sagte sie und lächelte.

„Spezialität?", fragte ich und nahm einen Schluck Kaffee.

„Lass dich überraschen", sagte sie. „Dafür bräuchte ich aber Hähnchenfleisch, ein halbes Kilo etwa. Kannst du das besorgen?"

Eigentlich wollte ich an diesem Tag nicht mehr runter ins Dorf, ich war bereits am Samstag unten gewesen und hatte alles für die Woche eingekauft. Es war mir immer nicht ganz wohl, wenn Linda hier oben alleine zurückblieb. Aber die Idee, für mich zu kochen, schien ihr Freude zu bereiten, sie wirkte beinahe euphorisch jetzt, also sagte ich: „Okay, ich gehe noch mal hinab."

Gegen halb zwölf verließ ich das Haus. Bis ins Dorf waren es vierzehn Kilometer, eine Strecke, die ich mit dem Auto in einer halben Stunde schaffte. Allerdings stand der Wagen zwei Kilometer weiter unten in einer

Garage unter einem Felsvorsprung. Die letzten hundert Höhenmeter zum Haus waren nur über einen steilen Pfad zu Fuß zu bewältigen. Während ich hinabstieg, dachte ich an Linda. Sie schien enttäuscht gewesen zu sein, dass ich sie wieder gefesselt hatte, als ich das Haus verließ. Ich nahm mir vor, unten im Dorf einen Strauß Blumen für sie zu besorgen.

Ich kratzte mich am Bart.

Endlich konnte ich ihn wieder wachsen lassen. Alle Männer hier in der Gegend trugen Vollbart. Die meisten redeten nicht viel, das Bergleben machte schweigsam. Man sagte „Grüß Gott", wenn man sich sah, und „Pfiat Gott", wenn man wieder ging. Dem Metzger hatte ich erzählt, ich sei ein Fabrikant aus Wien, der hier Zuflucht suche.

Bisher hatte niemand nachgefragt.

Kurz vor drei parkte ich den Wagen wieder in der Garage und machte mich an den Aufstieg. Bei jedem Schritt knirschte es unter meinen Wanderschuhen, ein paar Steinchen rollten hinab. Rechts und links des Weges war die Landschaft karg, viel Stein, Büsche, Flechten. Der Nebel stieg langsam herauf.

„Linda!", rief ich. Es war so schön, nach Hause zu kommen, wenn sie auf mich wartete.

Ich ging ins Schlafzimmer, band sie los und streichelte die Druckstelle, die die Handschelle auf ihrem Knöchel hinterlassen hatte. Als Linda die Blumen sah, strahlte sie und sagte: „Aber das wäre doch nicht nötig

283

gewesen." Die Überraschung war gelungen. Es waren rote Rosen, exakt acht Stück, weil wir uns jetzt schon seit acht Jahren kannten. Linda nahm eine Vase, stellte die Rosen auf den Tisch und fragte, ob ich lieber Reis oder Nudeln zu dem Fleisch möge.

„Nudeln", antwortete ich.

Linda machte sich ans Kochen. Draußen wurde es langsam dunkel. Um diese Jahreszeit setzte die Dämmerung schon ab vier Uhr nachmittags ein. Ich machte Feuer im Kamin, nahm meinen Laptop und setzte mich zu Linda in die Küche. Es gab eine Kücheninsel, eine lange Küchenzeile und einen Tresen mit Barhockern. Der Tresen war mein Lieblingsplatz, ich setzte mich und fuhr den Rechner hoch. Linda reichte mir ein Glas Weißwein. Sie trug eine weiße Küchenschürze mit Rüschen und sah zauberhaft aus, während sie das Fleisch zubereitete. Ab und zu blickte Linda über meinen Kopf hinweg auf den Fernseher, der an der Wand hinter mir hing.

„Du kannst den Ton ruhig anmachen", sagte ich.

„Nein, nein", entgegnete sie. „Ich will dich nicht stören. Was schreibst du da eigentlich die ganze Zeit?"

Linda nahm Karotten und Zwiebeln aus dem Kühlschrank.

„Unsere Geschichte", antwortete ich. „Ich schreibe unsere Geschichte auf. Wenn du willst, kannst du es später lesen."

„Wann bist du fertig?", fragte sie.

„Eigentlich bin ich so gut wie fertig", sagte ich. „Nur das Ende fehlt noch."

„Hoffentlich ein Happy End", entgegnete sie und lächelte mich an.

Ich sah sie an. Sie hatte die Haare zu einem Pferdeschwanz zusammengenommen, ihre Wangen waren gerötet. Am liebsten hätte ich ihr den Antrag sofort gemacht. Aber ich durfte nichts überstürzen. Wir hatten Zeit. Linda brauchte noch Zeit, ich spürte das, auch wenn sie in den letzten Wochen viel wärmer geworden war, geradezu liebevoll.

Linda lächelte mich noch immer an.

Dann blickte sie hoch zum Fernseher. Ihr Gesicht versteinerte. Ich drehte mich um: Auf dem Bildschirm war Marienberg zu sehen. Die Kamera zeigte das Alte Schloss und die Baugrube. Es gab einen Schnitt, eine blonde Reporterin erschien und neben ihr saß – Delphine.

Linda tastete nach der Fernbedienung, stellte den Ton an und atmete schwer. Besorgt sah ich auf ihre zitternde Hand, dann blickte auch ich zum Bildschirm hinauf:

„Wie ist das möglich, dass ein psychisch kranker Serienmörder sich für einen Arzt ausgibt?", fragte die Reporterin im TV. „Und niemandem fällt das auf?"

Delphine saß in Normans Büro. Sie trug einen weißen Arztkittel, auf dem Tisch stand ein Glas Wasser.

An der Wand hing ein Bild von Linda, es war ein frühes Bild aus der Japan-Reihe, Delphine sagte: „Wolfgang Putzer ist zwar ein Serienmörder, er ist grausam und skrupellos, aber er ist nicht psychisch krank. Diese Gleichung schwirrt leider immer noch viel zu oft in den Köpfen der Menschen herum. Dabei zeigt die Statistik eindeutig, dass psychisch kranke Menschen nicht gefährlicher sind als die sogenannten Normalen. Das Gegenteil ist sogar der Fall: psychisch kranke Menschen begehen weniger Verbrechen als gesunde. Denn um ein Verbrechen dieser Größenordnung zu begehen, müssen sie im Vollbesitz ihrer Kräfte und Fähigkeiten sein. Wolfgang Putzer hat seine Umwelt über Jahre getäuscht und sogar eine Firma erfolgreich geleitet. Das schafft ein psychisch kranker Mensch nicht. Auch die größten Serienkiller unserer Geschichte waren in diesem Sinne nicht krank, denken Sie nur an Hitler, Stalin oder Jack the Ripper."

Die Reporterin erwiderte etwas, das Bild verschwand und es ging weiter mit dem Wetter.

Ich blickte wieder zu Linda.

Äußerlich wirkte sie ruhig. Sie widmete sich dem Gemüse, schälte eine Zwiebel und wischte sich die Tränen aus den Augen. Dann hackte sie die Zwiebel klein. Sie hackte schnell und fest. Nur daran erkannte ich, wie sehr sie der Anblick ihrer Tochter mitgenommen hatte.

„Linda", sagte ich sanft. „Jetzt kannst du es ja zugeben. Es war Delphine, die ihren Vater erstochen hat, ja?"

Linda schüttelte den Kopf, nahm eine Karotte und hackte sie klein.

„Ich verstehe ja, dass du deine Tochter schützen willst, aber mir kannst du es doch sagen", fuhr ich fort.

„Delphine hat Benjamin nicht ermordet", sagte sie. Dann sah sie auf, lächelte mich an und fügte hinzu: „Ich war es."

Ich lachte. Im Fernsehen kam Werbung.

„Warum lachst du?", fragte Linda. „Ich kam an diesem Mittwoch bereits früher nach Hause. Benjamin war in seinem Büro, er lag auf dem Diwan und schlief. Er hat nicht damit gerechnet, dass ich früher nach Hause kam."

Ich stand auf, um den Fernseher auszuschalten. Ich würde das Ding aus der Küche ganz entfernen. Das Gerät im Wohnzimmer genügte, da konnten wir ab und zu eine DVD anschauen, das war okay, aber mehr nicht. Es war nicht gut, wenn Linda so etwas sah. Linda brachte das nur durcheinander, ich merkte das doch. Ich tastete nach dem Stecker auf der Rückseite des Bildschirms und zog daran.

„Hast du jetzt endlich dein Ende?", hörte ich Linda hinter mir. „Und wenn sie nicht gestorben sind, dann leben sie noch heute?"

„Genau", sagte ich, lachte und drehte mich um.

Ich erstarrte.

Linda hielt ein Messer in der Hand. Noch bevor ich reagieren konnte, stach sie auf mich ein.

„Was tust du?", fragte ich ungläubig, da rann das Blut schon aus mir heraus.

„Linda! Nicht!", stammelte ich, aber sie stach immer wieder zu.

„Du?", fragte ich verwundert.

Es war nicht so sehr das Blut, das mich erschreckte, sondern Lindas Blick. Aus ihren blauen Augen funkelte es böse. In diesem Moment wusste ich, dass Norman recht gehabt hatte. Linda war nicht ganz normal. Sie war vollkommen …

„Wer bist du?", fragte ich, da traf sie mitten in mein Herz. Das Messer ließ sie stecken. Ungläubig starrte ich auf den Griff, der aus meinem Brustkorb ragte.

„Linda … du … bitte …", stammelte ich. Ihre Lippen waren ganz nah, als sie sich über mich beugte und den Schlüssel aus meiner Hosentasche zog. Dann ging sie zur Tür, schloss sie auf und ging hinaus. Ich hörte, wie sie den Schlüssel wieder umdrehte.

Mit letzter Kraft tippe ich diese Worte: Linda, bitte, hilf mir, ich … Wenn du das hier liest, ich wollte dir nur sagen, dass … dass ich dich liebe … imr noch libe … wo bst du?

Danksagung

Seit vier Jahren schreibe ich nun schon Krimis und seit vier Jahren bedanke ich mich an erster Stelle immer bei meiner Mutter dafür, dass sie so gut auf meine kleine Tochter aufpasst. So klein ist das Kind mittlerweile zwar gar nicht mehr, aber auch diesmal gilt: Ohne Oma wäre nix gelaufen. Vielen Dank!

Obwohl ich das inzwischen eigentlich selbst können müsste, hilft mir mein Mann immer noch bei der Formatierung und dem Internet. Außerdem möchte ich ihm auch mal für sein Verständnis danken: In den letzten Arbeitswochen vor der Fertigstellung eines Buchs kann ich vollkommen abwesend sein oder kapriziös wirken, obwohl ich das nicht bin. Also danke, Roland!

Auch mein Lektor Volker Maria Neumann ist immer noch derselbe. Ich weiß nicht, wie er das macht, aber er kritisiert immer genau so viel, wie ich verkraften kann. Vielen Dank, lieber Volker, dass das so gut läuft bei uns.

Meinen Freundinnen Gesine und Tatjana danke ich dafür, dass ich ihr Wissen als Richterin und Apothekerin jederzeit anzapfen darf. Danke Mädels!

Ein ganz besonderer Dank geht an meine fantastischen Probeleser. Kein Computer und kein Lektor der Welt kann ersetzen, was ihr leistet. Seitdem ich euch habe, bekomme ich keine erbosten E-Mails mehr, weil jemand noch einen Fehler im Text gefunden hat. Denn es gibt sie einfach nicht mehr! Ihr habt sie wie ein Staubsauger rausgezogen. Vielen Dank dafür an:

Roland Aigner, Bernd Gößler, Carmen Hugger, Carmen Hummel, Gesine Kessler, Stefanie Knebel, Stefan Kuginna, Doris Kunkelmann, Nicola Labotzki, Martin Münch, André Olivier, Susann Ostermann, Julia Rauch, Samuel Salzborn, Philipp Schmidt, Claudia Spranz und Alexander Widder.

Die im Roman genannten Zahlen und Informationen beziehen sich auf:

Stephan Harbort: *Kriminologie des Serienmörders, Teil 1, Forschungsergebnis einer empirischen Analyse serieller Tötungsdelikte in der Bundesrepublik Deutschland*, in: Kriminalistik 1999, S. 642ff.

Stephan Harbort: *Das Hannibal-Syndrom, Phänomen Serienmord*, Leipzig 2001.

Stephan Harbort: *Die Maske des Mörders, Serientäter und ihre Opfer*, München 2008.

Manfred Lütz: *Irre! Wir behandeln die Falschen, Unser Problem sind die Normalen*, München 2011.

Von Silke Nowak bisher erschienen:

„Spannend, fesselnd, toller Plot"
Dandy, lovelybooks.de

„Alinas Grab ist super spannend, voller Wendungen und mit einer guten Portion Dramatik."
Bibbikatze, amazon.de

Kurz nach ihrem achten Geburtstag wird der Kinderstar Alina Odermatt ermordet im Garten ihrer Eltern gefunden. Obwohl die Ermittlungen unter Hochdruck laufen, kann der Fall nicht aufgeklärt werden. Er gehört zu den größten Rätseln in der deutschen Kriminalgeschichte.

Jahre später wendet sich der Vater des getöteten Mädchens an die Detektei *Fuchs & Bentwood* mit dem Auftrag, Alinas Bruder Mark ausfindig zu machen. Der damals Elfjährige stand zeitweise selbst unter Tatverdacht und brach später den Kontakt zur Familie ab.

Ruby Fuchs und John Bentwood machen sich auf die Suche nach dem jungen Mann. Schnell wird klar: Sein Verschwinden hängt mit dem Geheimnis um den Mord an Alina zusammen. 12 Jahre nach der schrecklichen Tat bricht das Eis des Schweigens – und der Alptraum beginnt erneut. Wie weit würdest du für die Wahrheit gehen?

Als E-Book oder Taschenbuch
Weitere Informationen bei silkenowak.de

Dr. Julian Kraft gilt als Koryphäe auf dem Gebiet der Forensischen Psychiatrie. Er beurteilt, ob ein Verbrecher zum Zeitpunkt der Tat schuldfähig war oder nicht.

Sein neuester Fall führt ihn in die Klinik Marienberg am Bodensee. Linda Fallersleben steht im Verdacht, ihren Mann ermordet zu haben. Obwohl der Leiter der Klinik, Professor Sombra, ihn vor der Patientin warnt, kann sich Julian nur schwer der Faszination entziehen, die von ihr ausgeht. Zunehmend teilt er Lindas Angst, ein Serienmörder könnte sein Unwesen auf Marienberg treiben. Denn nachts verschwinden Patientinnen aus der Klinik – und niemand weiß genau, was mit ihnen passiert.

Julian will Linda helfen, stößt damit aber bald an ungeahnte Grenzen. Wem kann er noch vertrauen? Lindas Tochter Delphine? Helen, der freundlichen Krankenschwester? Und warum ist Kommissar Hanta da?

Als E-Book oder Taschenbuch
Weitere Informationen bei silkenowak.de

Die Kommissarin Anna Gaspar steckt mitten in einem aufsehenerregenden Mordfall: der Zuhälter Bela Titus wurde von einer Frau ermordet, die sich „die Tigerin" nennt. Da erhält Anna eine merkwürdige Einladung: In einem Hotel in den Karpaten soll sie den Dokumentarfilm zeigen, den sie Jahre zuvor in Bukarest gedreht hat. Der Film dokumentiert den Alltag von Zwangsprostituierten – und das Verschwinden eines Mädchens, das von allen nur „die Tigerin" genannt wurde. Anna ist irritiert. Erst als ihr Chef und Ex-Freund Richard Parker verspricht, sie zu begleiten, fährt sie in das Hotel in den Bergen. Dort treffen acht Personen aufeinander. Schnell wird klar, dass es sich nicht um ein zufälliges Wiedersehen handelt. Jemand scheint dieses Treffen von langer Hand geplant zu haben.

Als E-Book oder Taschenbuch
Weitere Informationen bei silkenowak.de

Penny und Chris Winter gelten als Traumpaar. Aber ein Schicksalsschlag verändert ihr Leben: Chris erleidet beim Segeln einen Schlaganfall und Penny ist bereit, alles für ihn zu tun. Doch dann entdeckt sie, dass er ihr offenbar jahrelang etwas vorgespielt hat.

Während Chris sich zurück ins Leben kämpft, wird Penny von den Dämonen einer Vergangenheit heimgesucht, die ihr alles zu nehmen drohen: ihre Liebe, ihre Hoffnung – und schließlich auch ihr Leben.

Als E-Book oder Taschenbuch
Weitere Informationen bei silkenowak.de

„Eine wirklich gelungene Fortsetzung von "Auserwählt „..."

nariel, amazon.de

„...hat mich absolut überzeugt und spannungsgeladene Lesestunden beschert."

Diana, amazon.de

Achim ist Investmentbanker. Doch nach dem tragischen Unfalltod seiner Eltern verändert sich alles. Er beschließt, von London zurück auf die Schwäbische Alb zu ziehen, um den Hof seiner Eltern in ein Wellnesshotel umzubauen. Dort möchte er mit seiner Familie ein neues Leben beginnen. Sagt er. Seine Frau Iris kämpft seit der Geburt des zweiten Kindes mit Depressionen und mit etwas, das sie nicht benennen kann. Auf dem Lande soll das besser werden. Hofft sie. Leif ist der zuständige Architekt. Außerdem ist er ein langjähriger Freund der Familie. Das ist der Schein, den alle wahren. Das Ehepaar befreundet sich mit Clara. Sie ist eine Hausfrau aus dem Dorf – das ist die größte Lüge von allen. Vier Erwachsene spielen mit dem Feuer. Bis die Katastrophe passiert. Dann sind es nur noch drei. „Spielende ist ein Krimi, in dem es um Lebenslügen und den Mut zur Wahrheit geht. Aber vor allem ist es ein Roman über eine Mutter und ihre Liebe, die stärker ist als der Tod.".

Als E-Book oder Taschenbuch
Weitere Informationen bei silkenowak.de

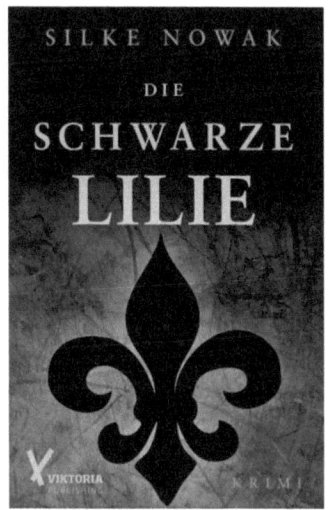

In Frankreich war die Lilie (Fleur de Lys) das Wappenzeichen des Königs. Die schwarze Lilie aber war das Symbol des Bösen. Sie wurde Verbrechern mit einem glühenden Eisen auf die Schulter gebrannt. Auch Frauen, die „unkeusch" und modern lebten, wurden mit der schwarzen Lilie gebrandmarkt.

Als die Studentin Maria Adler mit einer Brandwunde tot aus dem Landwehrkanal geborgen wird, denkt niemand an diesen Zusammenhang. Allein die junge Psychologiestudentin Clara Schwarzenbach zweifelt am Selbstmord ihrer Freundin.

Zusammen mit Kriminalhauptkommissar David Mayer stellt sie Ermittlungen an und betritt ein Gebäude aus Lebenslügen und Illusionen. Schnell wird klar: Wer hier einstürzt, findet den Tod.

Als E-Book oder Taschenbuch
Weitere Informationen bei silkenowak.de

Anne ist Hebamme an der Berliner Charité. Sie leidet an einer seltenen Angststörung, von der sie regelmäßig in der Nacht des 24. Dezembers heimgesucht wird. Erst die Begegnung mit dem attraktiven Chirurgen Alexander Marquard gibt ihr die Kraft, dagegen anzugehen: Die frisch Verlobten beschließen, das Weihnachtsfest im Kreis der Familie zu feiern. Der Landsitz der Marquards in Süddeutschland bietet dafür die ideale Kulisse. Es soll eine Reise zum Ursprung ihrer Angst werden, „um sie zu überwinden", wie Annes Psychotherapeut Dr. Samuel Frey hofft. Doch ein Mord lässt Annes Ängste wahr werden. Ein Albtraum beginnt, bei dem am Ende nichts mehr ist, wie es zu sein scheint.

Als E-Book oder Taschenbuch
Weitere Informationen bei silkenowak.de

Als Lehrerin an einem Elitegymnasium in Leipzig hat Helga Kramer ein Gespür für Begabung: Sie entscheidet, welches Kind etwas Besonderes ist – und welches nicht. Doch dann gerät sie ins Visier eines Unbekannten: „Ich bin auserwählt", lautet die Botschaft, die er ihr zukommen lässt. Wenig später wird ihre Leiche im Berliner Stadtpark Steglitz entdeckt.

Der Traum vom Wunderkind scheint verlockend: Wohin er führen kann, wenn er scheitert, erkennt das Team um Hauptkommissarin Margot Kranich erst, als es zu spät ist. Fassungslos muss die Kriminalpsychologin Clara Schwarzenbach mitansehen, wie der Fall aus dem Ruder gerät.

Als E-Book oder Taschenbuch
Weitere Informationen bei silkenowak.de